향가루트

향가루트

발행일   2021년 12월 13일

지은이   김영회
펴낸이   손형국
펴낸곳   (주)북랩
편집인   선일영   편집   정두철, 배진용, 김현아, 박준, 장하영
디자인   이현수, 한수희, 김윤주, 허지혜, 안유경   제작   박기성, 황동현, 구성우, 권태련
마케팅   김회란, 박진관
출판등록   2004. 12. 1(제2012-000051호)
주소   서울특별시 금천구 가산디지털 1로 168, 우림라이온스밸리 B동 B113~114호, C동 B101호
홈페이지   www.book.co.kr
전화번호   (02)2026-5777   팩스   (02)2026-5747

ISBN   979-11-6836-037-2 03810 (종이책)   979-11-6836-038-9 05810 (전자책)

김영회의
향가 3서
제1권

鄉歌

龜何龜何 首其現也
若不現也 燔灼而喫也

향가 루트

민족의 혼,
향가 재해독 50년의 여정

북랩 book Lab

❖ 향가의 길 ❖

≋

나는 1980년대 이래 향가를 연구해 왔다. 신라 향가 14편을 검토하여 문자 사이에 내재되어 있는 법칙들을 추적하는 데 몰두해왔다.

그리하여 그 추적의 결과를 집대성하여 우리나라 향가 해독 100주년을 기념하여 저서 《천년 향가의 비밀》(북랩, 2019)을 발간한 바 있다.

이어 신라 향가 창작법을 일본의 《만엽집》과 《고사기》, 《일본서기》 속의 운문에 적용하여 그들이 창작법에 따라 만들어져 있음을 입증한 또 다른 저서(《일본 만엽집은 향가였다》, 북랩, 2021)도 발간하였다.

이 과정에서 관련 논문 2편을 학회에 발표 등재하였다.

추적 과정에서 지금까지 우리가 알고 있는 향가 이외에 고구려 유리왕의 〈황조가(黃鳥歌)〉, 가락국기의 〈구지가(龜旨歌)〉, 〈처용가〉 배경기록에 포함된 〈지리가(智理歌)〉, 수로부인조의 〈해가(海歌)〉 역시 향가였음을 밝혀냈다.

또한 향가의 연원은 고조선까지 거슬러 올라가며, 현전하는 최고

(最古)의 작품은 B.C 17년에 만들어진 〈황조가〉였음을 확인하였다. 향가는 고구려, 백제, 신라, 가야 모두에 존재해 있었다. 향가는 한반도에 머무르지 않고 일본으로 건너가 오늘의 일본 민족을 길러낸 어머니 역할을 하였음이 분명해졌다. 향가는 고대 동북아의 모태문화였던 것이다.

특히 《만엽집》과 《고사기》, 《일본서기》 속의 향가 작품에는 한국과 일본의 고대사가 다수 기록되어 있었다. 향가를 도구로 하면 지금까지 수수께끼로 알려져 온 한일 고대사의 진짜 모습을 드러낼 수 있을 것이다.

향가는 노래로 쓴 역사이자 문화의 원류였다.

본서는 고대인들이 향가 속에 숨겨놓았던 비밀을 추적해 나가는 긴박했던 과정을 다큐물로 기록해 놓은 것이다. 따라서 이 책의 내용은 100% 실화이다.

향가의 모습을 효과적으로 알릴 수 있도록 필자의 향가 관련 저서 3권으로 '김영회의 향가3서'를 구성하였다.

《향가루트》,《천년 향가의 비밀》,《일본 만엽집은 향가였다》가 그것이다. 이 중《향가루트》는 향가의 비밀을 밝혀내기까지의 여정을 다큐로 기록한 것이고, 뒤의 두 권은 논리 중심으로 구성한 책이다. '향가 3서'는 서로가 서로를 보완하도록 해 놓았다. '향가 3서'는 독자 여러분들을 향가의 세계로 안내할 것이다.《향가루트》를 시작으로 하여《천년 향가의 비밀》,《일본 만엽집은 향가였다》순으로 읽으면 좋을 것 같다.

해독의 결정적 단서를 남겨주셨거나 향가루트에서 큰 역할을 해주신 선인들에게 감사드린다.

〈원왕생가〉를 만드셨던 신라의 원효 대사님,《삼국유사》를 집필하신 고려 일연 스님, 〈보현십원가〉를 만드신 균여 대사님과 그의 일대기를 편찬하신 고려 한림학사 혁련정, 일본 만엽가인 산상억량(山

上憶良)과 대반가지(大伴家持), 일본 만엽향가의 여왕이라 할 지통(持統) 천황, 우리 시대의 국보 1호 양주동 박사님이 계시지 않았더라면 신라 향가 창작법의 완성은 불가능하였을 것이다. 비록 문헌을 통해서였지만 이분들을 만날 수 있게 된 것은 천년의 기연이라 할 것이다.

본서가 나오기까지 집단 지성을 모아 주신 지인들께 깊이 감사드린다.

향가의 비밀을 밝혀내는 긴 세월 묵묵히 함께해준 아내 최정금, 끊임없이 격려해준 두 아들 김정범·김기범 군에게 고마움을 전한다.

2021년 12월
태안 문학방에서
김영회

목차

향가의 길 ··· 4

1. 여정의 시작 ··· 12
2. 향가 백 년 전쟁과 다시 타오르는 불길 ··· 20
3. 대전환, 표음문자에서 표의문자로 ··· 33
4. 로제타 스톤 ··· 41
5. 무가지보(無價之寶) 임신서기석 ··· 47
6. 암호문, 도솔가 ··· 57
7. 혜성가, 수리부엉이들 ··· 66
8. 쿵덕쿵덕 떡방아 찧는 소리, 풍요 ··· 81
9. 난공불락의 암호체계 ··· 86
10. 황무지 ··· 91
11. 천년의 기연 ··· 95
12. 저승의 뱃사공 ··· 103
13. 암호, 풀리다 ··· 113
14. 평화를 염원했던 두 남녀의 사랑 이야기, 서동요 ··· 119
15. 암흑 한랭기와 대기근, 모죽지랑가 ··· 136
16. 사슴공주가 찾아 왔다, 신라 행렬도 ··· 146
17. 구지가(龜旨歌)는 향가였다 ··· 154
18. 기우제, 수로부인 이야기 ··· 165
19. 민족의 빛은 향가로부터, 황조가 ··· 179
20. 임금은 신하를 믿고, 신하는 충성을 바치라 ··· 186
21. 신라 쇠락의 단초, 도천수대비가 ··· 192

22. 콜레라 창궐, 제망매가 ··· 201

23. 꽃이 집니다, 찬기파랑가 ··· 208

24. 태풍전야, 안민가 ··· 218

25. 도탄, 우적가 ··· 229

26. 천연두 역병, 처용가 ··· 233

27. 일곱 알의 진주 목걸이 ··· 240

28. 왕을 내려 달라, 구지가 ··· 244

29. 민족의 비기, 삼국유사 속 향가 ··· 249

30. 일본 만엽집(萬葉集)과의 만남, 4516번가 ··· 258

31. 리트머스 시험지 ··· 262

32. 석장사의 북소리 ··· 266

33. 난공불락의 오사카성, 이호(梨壺)의 5인 ··· 271

34. 오사카성이 열리다 ··· 279

35. 향가 일본으로 도거(渡去)하다, 소잔오(素盞嗚) ··· 285

36. 향가 코드(Code), 소죽엽(小竹葉) ··· 295

37. 백제 지원군 파병, 동요 ··· 307

38. 일본 황실의 제사 축문 ··· 318

39. 신라에 온 일본의 사신단 ··· 325

40. 바다에 가면(海行かば, 우미유카바) ··· 329

41. 우리 곁의 천년향가 ··· 334

42. 향가루트 ··· 344

43. 여정의 끝 ··· 349

◆ 1 ◆
여정의 시작

이 책의 이야기는 실화이다.

1972년 서울 신문로에 있었던 서울고등학교에서 향가를 처음으로 접했던 내가 고등학교 졸업 이후 향가를 추적했던 기나긴 여정에서 겪어야 했던 고심과 환희의 이야기를 써나간 책이다.

향가를 부르고 짓는 법은 B.C 17년 이전부터 고대 동북아에 존재했다가, 1289년 일연 스님께서 입적하심으로써 사람들의 뇌리에서 사라지고 말았다.

이 책에 나오는 이야기는 향가의 힘을 믿었던 고대 동북아인들과 향가가 잊혀진 이후 그걸 다시 해독하기 위하여 고심참담했던 수많은 향가 연구자들, 향가를 사랑하는 현대의 모든 이들에게 바치는 존경과 사랑의 헌사이다.

┃ 암호

긴 여정의 출발은 암호에 대한 이야기로부터 시작하겠다.

향가를 암호문으로 보면서부터 향가 해독의 실마리를 찾을 수 있었기 때문이다.

나는 향가를 연구하던 중 향가가 혹시 암호가 아닐까 하는 생각을 굳혀가게 되었다. 향가에 사용된 문자들이 알 수 없는 무엇인가의 법칙에 따라 인공적으로 결속된 글자 뭉치라는 느낌을 받았기 때문이다. 글자 뭉치에서는 노래와는 전혀 어울리지 않는 암호문 같은 낯선 느낌이 강하게 풍겨 나왔다.

나의 생각이 이상하지 않다는 것은 다음 글자 뭉치를 보면 납득할 수 있을 것이다.

도천수대비가(禱千壽大悲歌)라는 신라 향가의 한 구절이다.

> 기내복백 옥시치내호다
>
> 祈以攴白 屋尸置内乎多

뜻이 무엇인지 짐작조차 가지 않는 글자들이다.

요모조모 뜯어보아도 비집고 들어갈 틈이 보이지 않는다. 천자문을 뗀 한문서당 학동 수준이면 알 만한 글자들인데도 검은 것은 글자요 흰 것은 종이라고 해야 할 정도로 생소하다.

나만 '복(攴)'이라는 글자가 낯설 뿐이다. 이것은 '때리다'라는 뜻을 가지고 있다.

사람들을 골탕 먹이려고 장난삼아 써둔 것이 아닐 바에는 작자는 자기 나름의 법칙에 따라 위의 글자들을 써두었을 것이다.

그렇다면 이것은 혹시 암호가 아닐까?

위의 글자 뭉치를 보신 독자 여러분께서는 내가 향가를 암호문이라고 생각했다고 해서 나에 대해 별 이상한 사람 다 보았다고 생각하지는 않으실 것이다.

나는 탐정소설을 읽으며 자랐던 어린 시절부터 개인적으로 암호에 대해 꽂히는 강한 감수성을 가지고 있다. 그래서 암호로 접근하는 데 별다른 거부감을 갖지 않았다.

암호문이란 주고받는 당사자끼리만 내용을 알 수 있도록 써놓은 글이다. 향가가 암호문이라면 이를 쓴 사람이 누군가에게 전해주기 위해 만든 글이었다는 말이 된다.

위의 글이 만일 암호문이라면 신라시대 누군가가 위의 글자뭉치를 만들어 다른 사람에게 전해 주었을 것이고, 받은 사람은 이 글의 뜻을 충분히 알아들었을 것이다.

▎시저(Caesar) 암호

암호의 역사는 고대로 거슬러 올라간다.

널리 알려진 고대 암호로 '시저 암호'라는 것이 있다. 예수가 태어나기 100여 년 전 로마의 황제였던 시저가 가까운 사람들과 주고받았던 암호다. 시저는 알파벳을 2개씩 밀려 쓰는 방식으로 암호를 만들었다고 한다.

예

시저 암호(글자를 2개씩 밀려 쓸 경우)

a→c 알파벳 a는 2글자 뒤 c로 쓴다.

b→d 알파벳 b는 2글자 뒤 d로 쓴다.

c→e 알파벳 c는 2글자 뒤 e로 쓴다.

'I am a boy'를 시저 암호로 만든다면 알파벳을 자기 순서에서 두 개씩 밀려 쓰기에 'k co c dqa'로 표기될 것이다. 이러한 약속을 알고 있는 사람들은 이 글자 뭉치의 뜻을 쉽사리 알아보았을 것이다.

로마에서 암호를 사용하였다면 한반도 땅에 있는 신라 사람들이라고 암호를 만들지 말란 법도 없다.

신라는 실크로드의 동쪽 끝자락의 나라로 고대중동 지역과 물적 교류를 한 흔적들이 제법 남아 있다. 중동 지역은 고대 로마의 영토가 아니었던가. 암호의 개념쯤이야 얼마든지 서로 전달될 수 있었을 것이다.

  나는 향가가 일종의 암호일 것이라 가정하고 문자들 사이에 어떠한 규칙이 있나 검토해 보았다. 검토 끝에 한 가지 규칙성을 찾아낼 수 있었다.
  그것은 전해주고자 하는 문자들 사이에 복잡한 문자를 끼워 넣는 방식이었다.
  어떠한 방식인지 한글로 예를 들어보자.
  '나는 소년이다'라는 문장의 글자 사이에 적절한 글자를 끼워 넣어보자.

나는 소년이다.

→나 / ○ / 는 / ○ / 소년 / ○ / 이다.

→○에 적절한 글자들을 끼워 놓는다.

→나/일/는/이삼/소년/사오륙/이다.

→나일는이삼소년사오륙이다.

  '나는 소년이다'가 '나일는이삼소년사오륙이다'로 바뀌었다. 바뀐 글을 보고 어지간해서는 '나는 소년이다'라는 원래의 뜻을 알아차리지 못할 것이다.

▌도시소시성(道尸掃尸星)

신라 향가 혜성가에 '도시소시성(道尸掃尸星)'이라는 구절이 있다.

이 구절에 포함되어 있는 '도소성(道掃星)'이라는 세 글자는 '길을 쓰는 별'이라는 뜻을 가진 혜성의 고대 별칭이다. 고대 중국에서는 갑자기 하늘에 나타나는 꼬리가 긴 빗자루 형상의 별을 혜성(彗星)이라 하였다. '혜(彗)'는 '빗자루 혜'이다. 혜성을 다른 말로 하여 '소성(掃星)'이라고도 하였다. 빗자루로 쓰는 별이라는 뜻이다.

　　도소성

　　道掃星

　　→道 / ○ / 掃 / ○ / 星

　　→○에 尸라는 글자를 끼워 놓는다.

　　→道 / 尸 / 掃 / 尸 / 星

　　→道尸掃尸星

'도시소시성(道尸掃尸星)'은 '도소성(道掃星)'이라는 세 글자 사이에 '시(尸)'라는 글자를 끼워 놓아 제3자가 뜻을 알아차리지 못하게 하고 있는 것으로 보였다.

'도시소시성(道尸掃尸星)'이라는 난삽한 글자 중에 무엇이 진짜 전하고자 하는 뜻이고, 무엇이 끼워 놓은 글자인가를 구별해 내는 방법, 그것이 향가 암호를 푸는 방법이라고 생각되었다.

그래서 국내 최고의 암호 전문가를 찾아가 자문을 구해보기도 했다. 그 역시 아무래도 암호 같다는 나의 의견에 크게 반대하지는 않았다.

신라 향가는 삼국유사라는 역사책 속에 14편의 작품이 실려 전해온다. 그동안 이들 향가의 풀이에 수없는 사람들이 도전하였으나 아무도 성공하지 못했다.

삼일 운동이 일어나기 한 해 전이던 1918년 한 일본인 언어학자에 의해 향가 해독이 시작된 이래 한국과 일본의 상당수 연구자들이 향가풀이에 매달려 왔다.

사람들은 향가를 풀면 그 속에 우리 문화의 원형이 있을 것이라고 생각하고 빠른 해독을 기대하였다. 그러나 향가는 그 누구의 접근도 허용하지 않았다. 향가는 천하무적의 방패처럼 어떠한 창에도 뚫리지 않았던 것이다.

몇 가지 풀이가 나왔으나 신통한 내용도 아니어서 실망하지 않을 수 없었다. 사람들은 기다리다 못해 지쳐갔고, 해독되지 않는 향가는 사람들의 관심에서 멀어져 갔다.

그랬던 향가를 개인적이지만 암호문이라는 창틀을 통해 바라보자고 생각하게 되었다. 이것은 지금까지의 해독법과는 전혀 다른 접근법이었다. 만일 이것이 들어맞는다면 판도라의 상자를 여는 것이 될 것이다.

글자 사이에 있는 규칙성만을 찾아내면 풀릴 것도 같았다. 특별히 어려울 것 같지 않다고 생각되었다. 아마도 그것이 향가 해독법일 것이다.

새로운 향가 해독방법을 금방 손에 쥘 수 있을 것 같았다.

그러나 지나고 보니 그것이 고생길의 시작이었다.

고심참담의 여행길은 그렇게 해서 시작되었다.

◆ 2 ◆
향가 백 년 전쟁과 다시 타오르는 불길

향가는 모두 25편이 전해 온다. 삼국유사 14편과 균여전 11편이 그것이다.

이 중 삼국유사 14편은 신라의 향가로서 일연 스님(1206~1289)께서 저술한 삼국유사에 실려 있다. 일연 스님께서 삼국유사를 집필할 즈음은 몽고가 국토를 유린할 때였다. 민족의 운명이 백척간두에 서 있었을 때 집필하신 것이다.

일연 스님께서는 열반에 들기 전 다음과 같은 유언을 남겼다고 전해져 온다.

삼국유사에는 민족을 살릴 만한 비기(秘記)가 숨어 있다.
이 비기를 찾으면 우리 민족은 멸망하지 않고 흥성하리라.

일연 스님께서 남겨 놓았다는, 우리 민족을 멸망으로부터 구하고 다시 흥하게 할 비기는 무엇일까. 삼국유사는 이미 충분히 연구되어 있다. 그러나 숨겨 두었다는 비기는 발견되지 않았다. 그러나 만일 일연 스님의 유언이 사실이라면 비기는 아직까지도 풀이에 의문이 제기되고 있는 향가 14편이 그것일 수밖에 없었다.

그러나 향가는 정격 한문으로 표기되어 있지 않아 1,000년이 넘도록 아무도 풀이해 내지 못하였고, 깊은 침묵 속에 잠자고 있었다.

▌일본인들의 한민족 문화 유린

그러던 중 우리 민족이 일제에 강점되고 말았다.

일제는 우리 민족 말살을 위해 일선동조론(日鮮同祖論)이라는 식민지 정책을 치밀하게 펼쳐나갔다.

일선동조론이란 일본 민족과 한민족이 같은 뿌리에서 나왔다는 이론이다. 일본이 형이고, 한국이 동생이라는 일본 우위적 사상이다. 일본이 조선에서 벌인 식민지 침탈과 식민사관이 모두 여기에서 나왔다. 민족 말살 정책의 밑바탕에 일선동조론이 있었다.

일본의 학자들은 끈질기게 저항하는 한국 민족정신의 근원으로 삼국유사를 지목했다. 그들은 삼국유사를 연구하다가 향가 14편을 찾아냈고, 향가를 해독해 내면 한민족의 뿌리를 알게 되어 민족 정신을 근절할 수 있게 될 것이라고 기대했다.

그들이 향가를 연구한 목적은 향가 연구를 통해 자신들의 언어인 일본어를 이해함과 동시에, 더 나아가 민족 말살 정책인 일선동조론에 일조하기 위함이었다.

제일 먼저 향가에 매달린 학자는 금택장삼랑(金澤庄三郎, 1872~1967)이라는 언어학자였다. 그는 일선동조론을 언어학적으로 주창한 학자다.

금택장삼랑은 삼일 운동 한 해 전인 1918년 처용가를 해독해 냈다. 그러나 풀이도 조잡하고 어떠한 방법으로 풀이했는지에 대한 설명도 남겨놓지 않아 최초의 향가 해독이라는 타이틀만 가지고 있을 뿐 별다른 의미를 부여하기 어렵다.

1923년에는 점패방지진(鮎貝房之進)이라는 또 다른 학자가 서동요, 풍요, 처용가를 해독해 발표하였다. 풀어낸 작품 수도 부족하였고, 내용도 불완전하여 큰 주목을 받지 못하였다.

그는 "화랑들이 동성애 집단이었다"라고 주장하는가 하면, 명성황후 시해사건에 개입하는 등 악질적 일본 역사학자로 활약했다.

일본인들은 맨땅에 주저앉아 울고 있는 조선을 능멸하고 있었다.

그들은 향가가 우리 민족정신의 근원이라는 사실을 직감하고 향가의 정체가 무엇인지를 밝혀내고자 했다.

그러나 향가는 외롭게 그들의 문화침탈에 저항하였다. 이민족인 일본인들이 풀려는 것을 결코 허용하지 않았다. 나라를 되살리고 민족을 다시 흥하게 할 비기가 어찌 쉽사리 무너질 리 있겠는가.

처용가가 해독된 지 11년이 지났을 때 한 일본인 언어학자가 나타났다.

앞의 두 사람은 비교적 단편적으로 접근해 왔으나 세 번째의 언어학자는 앞의 두 사람과는 차원이 질적으로 달랐다. 그는 체계적이었고 종합적이었다.

소창진평(小倉進平,1882~1944)이라 불리던 학자였다. 동경제국대학 언어학과(1903~1906)와 대학원을 수료하였다. 이후 1911년 조선에 와 조선 총독부에 근무하면서 한국어를 체계적으로 연구하였다. 유럽과 미국에 유학하여 언어학을 공부하기도 하였다.

철저하게 언어학의 기초를 다진 그는 지금 서울대학교의 전신인 경성제국대학이 설립되자 교수로 부임하였다. 그리고 1929년 연구결과를 종합하여 박사학위 논문을 발표하였다.

'향가 및 이두의 연구'라는 제목이었다. 놀랍게도 거기에는 전해오던 향가 25편 모두가 남김없이 해독되어 있었다.

일본인이 향가를 풀어내고 만 것이다.

민족말살이라는 식민지 정책이 횡행하던 엄혹한 그 시절 민족 정신의 근본이라고 할 향가가 이민족에 의해 풀리고 만 것이다.

소창진평은 '향가는 신라시대 우리말 소리를 한자로 표기해 놓은 것'이라는 방법론을 바탕으로 하고 있었다.

그는 향가의 한자를 표음문자로 보았다.

이것은 일본인들이 자신들의 고시가집인 만엽집을 해독하던 방법이었다. 일본인들은 만엽집의 한자들이 고대 일본어를 소리나는 대로 표기한 것이라고 믿어오고 있었다. 그러한 만엽집 해독법을 우리 향가에 적용시켜 풀어낸 것이다.

일본인들은 이 업적이 일선동조론 강화에 중대한 이정표가 될 것으로 믿어 의심치 않았다. 소창진평은 일본 학술원상과 천황상까지 받으며 이름을 날렸다.

그의 향가 해독 성공은 일본인들에게는 기쁨이었겠지만 우리 민족에게는 분노와 씻을 수 없는 치욕스러운 소식이었다. 우리의 향가가 끝내 저항을 포기하고 만 것처럼 보였다. 땅바닥에 주저앉아 울고 있는 우리의 소녀에게 아무도 위로의 손을 내밀어 주지 않았다.

▌ 양주동의 반격

모두가 좌절해 있을 때 평양에 양주동(1903~1977)이라는 젊은이가 있었다.

그는 평양고보에 입학했으나, 곧 자퇴하고 한학과 한시에 몰두했다. 이후 일본에 건너가, 와세다 대학을 졸업한 다음 평양 숭실전문학교 교수로 부임해 영문학을 강의하고 있었다.

그러던 그에게 운명의 시각이 다가왔다.

1935년의 일이었다.

양주동은 우연히 대학 도서관에 있던 '경성
제국대학 기요 제1권'이라는 책이 눈에 띄어
그것을 몇 장 펼쳐 보았다. 거기에는 문제의
책인 소창진평의 박사 논문인 '향가 및 이두의
연구'(1929)가 실려 있었다.

양주동 박사님 존영

양주동은 그 책을 통독하며 비분하고 또 강개하였다.

우리 문화의 최고 원류(最古源流)가 되는 향가를 우리 민족의 손으
로 풀지 못하고 일본인이 풀게 했다는 민족적 부끄러움이 그를 엄습
해 왔다. 또 그는 우리 민족이 총칼에 의해서도 망했지만 우리의 문
화까지 일본인들이 게다 발로 짓밟고 있다는 사실을 깨닫고 통탄하
지 않을 수 없었던 것이다.

그는 결심하였다.

총칼로 싸우지는 못할 망정 빼앗긴 문화유산을 학문적으로나마
탈환해야겠다고 결심했다.

양주동의 결심으로 한국과 일본 간 향가 해독 백 년 전쟁의 불꽃
이 타오르기 시작하였다.

양주동은 소창진평의 책을 읽은 다음 날로 자신의 전공인 영미문
학서를 접어놓고 어려서 공부했던 한학을 바탕으로 향가 연구를 시
작하였다.

불철주야 약 반년간의 연구를 통해 그는 마침내 소창진평의 향가 해독이 상당 부분 오류라는 사실을 밝혀 낼 수 있었다. 다행히도 우리의 소녀가 일본인에게 굴복하지 않았던 것이다.

그러나 호사다마라고 양주동이 목숨을 잃을 뻔한 사건이 발생하였다. 그의 연구 실적 모두가 사라질 뻔한 아찔한 사건이었다. 양주동은 폐렴에 걸려 며칠 동안 40℃가 넘는 고열로 인사불성이 되었고 생과 사를 오갔다. 그의 아내도 울고, 병문안을 온 학생들도 울었다. 양주동은 의식이 혼미한 상태에서 일어나 절규했다.

'하늘이 이 나라의 문학을 망치지 않으려는 한 양주동은 죽지 않을 것이다!'

그에게 향가의 해독은 피맺힌 소원이었다. 향가의 해독은 양주동 개인의 일이 아니었고, 민족적 비원이었던 것이다.

그는 강력한 민족주의적 성향을 가지고 있었다.

20대에 '조선의 맥박(1932)'이라는 자신의 시집에 '나는 이 나라 사람의 자손이외다'라는 시를 썼다. 양주동의 나라는 이미 핏기가 사라져 있었고 숨결만이 미약하게 살아 있었다.

그는 해쓱하고 창백해진 그의 민족을 위해 향가를 해독하고자 한 것이다. 민족을 노래한 그의 시를 읽어보자.

나는 이 나라 사람의 자손이외다

이 나라 사람은

마음이 그의 옷보다 희고,

술과 노래를

그의 아내와 같이 사랑합니다.

나는 이 나라 사람의 자손이외다.

착하고 겸손하고

꿈 많고 웃음 많으나,

힘 없고 피 없는

이 나라 사람-

아아 나는 이 나라 사람의 자손이외다.

이 나라 사람은

마음이 그의 집보다 가난하고

평화와 자유를

그의 형제와 같이 사랑합니다.

나는 이 나라 사람의 자손이외다.

외로웁고 쓸쓸하고

괴로움 많고 눈물 많으나,

숨결있고 생명있는

이 나라 사람-

아아 나는 이 나라 사람의 자손이외다.

다행히도 얼마 지나지 않아 병이 나았다. 천행으로 그의 연구 성과는 사라지지 않게 되었다.

나는 병들었을 때 그의 절박한 심정을 충분히 실감한다.

지난 1,000여 년간 아무도 풀어내지 못한 향가 해독의 방법을 겨우 알게 되었는데 만일에 사고나 병으로 죽게 된다면 어쩌란 말인가. 죽는 게 두려운 게 아니라 민족 문화 연구업적의 망실이 두려웠던 것이다. 자신을 국보 1호라고 하였다는 말도 그만이 향가를 해독해낼 수 있다는 현실 때문에 한 말이었을 것이다.

그는 그간의 연구내용을 종합하여 1937년 '청구학총'이라는 책에 '향가 해독 특히 원왕생가에 취하여'를 발표하였다. 소창진평의 이론을 반박하는 논문이었다.

청구학총이란 주로 일본인 사학자들이 논문을 게재하는 전문지였는데도 한국인인 그의 논문을 권두에 실어 주었다. 그의 짧은 논문 한 편이 곧바로 한국과 일본 학계를 발칵 뒤집어 놓았다.

한국인에게는 민족 자존감을 한껏 일깨우는 쾌거가 되었으나 일본인들에게는 큰 낭패가 되었다.

그도 그럴 것이 소창진평이 '향가 및 이두의 연구'로 일본 학술원상과 천황상까지 받아 놓은 실정이었기 때문이었다.

일본인들이 한껏 추켜세운 소창진평의 논문이 34세의 식민지 조선출신 소장 교수에게 논박되고 말았으니 그들의 낭패는 상상하고도 남음이 있었다.

이렇게 되자 당시 경성제대 총장이 일본의 신문에 '이제 조선인도 공부를 시작했다'라는 제목의 글을 써 일본학자들에게 정신 바짝 차리라고 경고하기도 하였다.

또 한 명의 일본인 학자는 동경제대에서 발간하는 '사학잡지'라는 책에 이 사건에 대해 글을 썼다. 그는 양주동의 논문에 전폭적으로 찬성하면서 소창진평의 답변을 요구하는 소동까지 일으켰다.

양주동에 의해 봉변을 당한 소창진평 교수가 마지못해 답변에 나섰다.

'둔한 말이 비록 늙었지만 뜻은 아직 쇠하지 않았다. 10년 뒤 다시 양주동 박사와 마주하는 날이 오게 될 것이다. 남의 해독 중 잘 된 것은 모른 체하고 그릇된 부분만 골라서 마치 대부분이 틀린 것처럼 말하는 것이 과연 학자의 자세인가.'

양주동은 소창진평의 다시 겨루어 보자는 글에 큰 자극을 받았다. 가진 힘을 모두 기울여 그와 대결해 민족의 향가를 지켜 내리라고 다짐하였다. 소창진평의 반박은 양주동을 향가 속으로 밀어 넣었다.

본격적으로 해독에 나선 그는 향가 25편을 모두 벽에 붙여두고 앉으나 서나 그 풀이에 온 힘을 쏟았다. 어떤 것은 밥을 먹다가 갑자기 깨우친 바가 있어 자리에서 벌떡 일어나 춤을 추는 바람에 미친 사람으로 취급받은 적도 있었고, 어떤 것은 화장실에서 홀연히 터득하여 일도 다 못 본 채 서실로 뛰어들어 적기도 했다. 전차 속이나 길을 가던 중에 깨닫기도 했고, 심지어는 꿈속에서 깨치기도 했다. 눈을 떠도 감아도 보이는 것은 향가뿐이었다.

그가 향가에 빠져있던 중 일본은 전쟁을 확전하고 있었다.

1937년에는 중일전쟁을 일으켰고, 1941년 12월 7일에는 미국의 진주만을 기습 공격하였다. 국내외 전쟁의 혼란에도 양주동은 머리를 싸매고 오직 미친 듯 향가에 몰입하였다.

양주동의 노력은 마침내 성과를 거두었다.

해방 3년 전인 1942년에 향가 25편을 완전 해독하게 된 것이다.

그러나 이번에는 출판해 주겠다는 출판사가 없었다. 만여 장의 원고지를 보따리에 싸들고 출판사를 이리저리 찾아다녀 보았으나 꾀죄죄한 그의 모습과 큰 보따리를 보고는 미쳤다는 표정을 지으며 출판을 거절하였다.

양주동은 크게 낙담하여, 급기야 출판을 포기하고 몇 십 부를 등사하여 동호인들에게 나누어 주어 후세에 전하고 말까 하는 생각까지 했을 정도였다.

마침내 박문서관이라는 출판사에서 출간해 주기로 했다.

박문서관은 일제 강점기 대표적인 출판사이자 서점이었다. 1907년 설립된 이래 민족정신의 고취와 국민계몽에 기여한 출판사였다. 그곳에서 민족 최초로 향가 25편을 해독해 낸 '조선고가연구'라는 책이 나오게 되었다. 1942년의 일이었다.

양주동은 책이 나온 첫날 첫 책을 그의 학문적 맞수인 소창진평에게 보내주었다.

소창진평은 양주동으로부터 조선고가연구를 받은 다음 해인 1943년 경성제대에서 정년퇴임하였고, 1944년에 사망하고 말았다. 그는 "10년 후 양주동의 이론을 재반박하겠다."라고 공언했었으나, 그 약속을 지키지 못한 것이다.

양주동과 소창진평의 혈전은 마침내 양주동의 승리로 막을 내렸다.

그의 책은 큰 호평을 받았다.

육당 최남선은 "해방 전과 뒤에 간행된 책으로 후세에 전할 것은 오직 양주동의 조선고가연구가 있을 뿐이다."라고 주변에 이야기할 정도였다. 양주동 스스로도 자신의 저서가 미증유의 거저(鉅著)임을 믿었고, 우리 민족과 문학이 있는 한 길이 후세에 전할 책이라고 자긍하고 확신했다.

양주동은 후배 연구가들의 향가 연구에 대해 만족해하지 않았다. 그는 말하곤 했다.

"후배 학자들이 나의 향가 연구결과를 한 구절은커녕 반 구절조차 수정해주지 않아 유감이다. 비록 약간의 연구가 있기는 하나 대부분 나의 연구에 색다른 칠을 하였거나 또는 산 밑에 지나가는 빗소리에 불과할 뿐이다. 발돋움하여 담장 너머를 바라보고 있지만 새로운 사실이 발견되지 않아 섭섭하다."

오늘날까지 향가 연구는 소창진평이 제시하고 양주동이 물려받은 이론, '향가의 한자는 기본적으로 고대 한국인의 말을 표기한 것'이라는 방법론 위에 굳건히 서 있다.

한국과 일본 간의 향가 해독 백년 전쟁은 한국의 승리로 끝이 났다. 일본의 언어학자들이 마침내 무릎을 꿇었다. 많은 연구자들이 지금까지도 향가에 대한 연구를 계속하고 있으나 양주동에 대해 본질적 반박을 하지 못하고 있다.

그러나 알고 보았더니 향가 전쟁은 끝난 게 아니었다.
끝난 것처럼 보였을 뿐이었다. 타다 남은 재 속에 불씨가 살아 있었다. 그 불씨는 양주동과 소창진평이 공유하였던 해독 도구의 문제로부터 다시 불길로 살아나 온 산을 불태우기 시작하였다.

◆ 3 ◆
대전환, 표음문자에서 표의문자로

나는 양주동 박사님처럼 특별히 한학을 공부하지는 않았지만 아
주 안 한 것도 아니었다. 초등학교 시절 겨울철이 되면 할아버지께
서 동네마을에 열곤 하셨던 영사재(永思齋)라는 한문서당에 다니곤
했다. 한자를 엉망으로 쓴다고 종아리를 회초리로 맞기도 했다. 초
등학교가 파하고 나면 아이들과 어울려 한문서당 대추나무 아래를
찾아가 시끄럽게 떠들며 놀았다.

서당 개 삼 년이라는 속담이 실감난다. 나는 서당의 강아지처럼
한문서당에서 놀며 천자문이나 사자소학 정도를 익혀 나갔다. 말하
자면 우리 민족의 전통적 교육방법에 따라 초급 한자를 공부한 마지
막 세대라 할 수 있을 것이다.

이러한 한문적 소양을 갖춘 내가 향가를 만나게 된 것이다. 향가
한 편은 몇십 자의 한자들로 표기되어 있다. 특별히 긴 글도 아니다.
신라 향가 14편에 나오는 한자들 하나하나 세서 문자별로 정리해 보

니 이용되고 있는 한자는 고작 311개 글자에 불과했다. 몇몇은 예외이기는 하였지만 특별히 고난이도를 가진 한자들도 아니었다.

한문서당 출신이라 또래 중에서 한자라고 하면 은근히 자신감도 가지고 있었다. 그랬기에 향가에 나오는 정도의 문장이라면 보기만 해도 개략적인 뜻은 알 수 있어야 했다. 그러나 향가라는 종류의 글은 전혀 알 수가 없었다. 무슨 마법을 부리는지 보면 볼수록 오리무중에 빠졌다는 게 솔직한 느낌이었다.

▍표음문자

향가 연구의 첫걸음을 내딛는 글로서는 다소 어려운 이야기를 하겠다. '향가의 한자들이 어떠한 성격의 글자인가' 하는 이야기이다.

이것이 향가 연구의 첫걸음이다. 천 리 길도 한 걸음부터라고 이 문제부터 해결하고 다음 과제로 넘어가야 할 것이다.

세계의 여러 문자들은 크게 보아 두 종류로 나뉜다.

한 부류는 한자와 같이 뜻을 나타내는 글자다. 이것을 뜻글자 또는 표의문자라고 한다. 다른 부류는 한글이나 영어 알파벳처럼 소리를 나타내는 글자이다. 소리글자나 표음문자로 불린다.

소창진평과 양주동 박사, 그리고 그 이후의 연구자들은 향가에 쓰인 한자를 기본적으로는 소리글자로 보아왔다.

나도 처음에는 이 분들과 마찬가지로 향가의 한자를 소리글자로 보아 왔다. 내가 연구해서 소리글자로 밝혀냈다기보다 그들이 그렇다고 하니 그렇다고 여겼을 뿐이다. 그런데 이 이론에는 선뜻 수긍하기 어려운 여러 문제점이 노출되고 있었다.

양주동 박사의 해독 결과를 보면 곳곳에 소리가 아니고 뜻으로 푼 글자들도 산재해 있다. 어떤 글자는 소리로 보았고, 어떤 글자는 뜻으로 보셨다.

한마디로 양주동 박사님 마음대로였다.

설령 소리글자 이론이 맞는다고 하더라도 타임머신을 타고 가기 전에는 신라 사람들의 말이 진짜로 그러했는지 확인할 수도 없었다. 표음문자로 표기되어 있다는 가설은 특별한 증명절차를 거치기 전에는 애당초 검증 자체가 불가능한 이론이었던 것이다.

나는 이래서는 안 된다고 보았다.

신라 향가 원왕생가(願往生歌) 첫 구절 '월하 이저역 서방념(月下伊底亦西方念)'이라는 8글자를 예로 들어 보겠다. 양주동 박사는 이 구절을 '달아 이제 서방까장'으로 해독하고 있다.

달아	이제	서방	까장
월하	이저역	서방	념정
月下	伊底亦	西方	念丁

월하(月下)의 하(下)를 우리말 '아'라는 발음으로 보아 '달아'로 풀고 있다. '거북아', '임금아', '소나무야'처럼 무엇인가를 부를 때 붙이는 소

리이다.

한자가 이런 식으로 소리를 나타낸다는 주장이 표음문자 가설이다. 하(下)를 신라 사람들이 '아'라고 발음했는지를 사실적으로 증명할 수 있는 사람은 세상에 아무도 없을 것이다.

그런데 향가 문자들을 표음문자로 풀이하면 그 순간 곧바로 다른 문제들이 생겨났다. 마치 개미가 개미귀신이 만들어놓은 함정 속으로 빠져든 것과 같았다. 한 걸음 밖으로 나오려 하면 뒤로 두 걸음을 후퇴하였다. 향가 연구자들은 문자 지옥 속으로 더 깊이 빠져 들어가게 되었다. 표음문자로 보고 시작한 연구는 문제점을 해소시키기는커녕 점점 복잡한 문제만 양산하고 있었다.

양주동 박사는 '월하(月下)'를 '달아'로 보았다. 여기까지는 발음이 비슷하기에 얼마든지 풀이에 있어서의 단순한 단서라고 보아 줄 수 있다. 그러나 이를 단서로 한다면, 연구자들이 단서를 발전시켜 나감에 따라 수많은 문제들이 점차 해소되어 가야 하는데 거꾸로 문제가 더욱 늘어만 가고 있었다.

양주동 박사는 표음문자 가설을 적용하는 과정에서 무한한 상상력을 곳곳에서 발휘하고 있다.

국보 1호급 해독이라고는 하겠지만 나는 양주동 박사님의 상상력에 동의하기 어려웠다. 그러나 연구자들을 보면 여러 가지 본질적 문제가 있는데도 대다수가 이에 대해 진지한 의문을 제기하지 않고 있었다. 질문 대신 양주동이 걸었던 길을 그대로 뒤따라가고자 했다.

아무도 대열에서 이탈하지 않다보니 양주동 박사님 뒤로 기나긴 줄이 생겨났다.

▍귀환불능점(the point of no return)

암호는 최고 수준의 수학자들이 모여 풀어내고 있지만 최초의 단서는 의외로 평범한 것에서 시작되기도 한다.

그 단서를 시작으로 해 논리가 전개되지만 논리를 전개하면 계속 다른 문제가 나오는 경우가 있다. 암호 해독에서 위험한 경우이다. 실패하는 경우가 이렇다.

소창진평과 양주동 박사님이 채택한 표음문자 가설에 의한 풀이는 암호 해독이 실패할 때 나타나는 현상을 노출하고 있었다. 이럴 때는 비록 지금까지의 수고가 아깝기는 하지만 미련 없이 다른 길로 가야 한다.

나는 표음문자 가설에 의한 해독은 천 년을 더 연구하더라도 아마도 실패하고 말 것이라고 생각한다. 고집은 부릴 때 부려야 할 것이다.

나는 연구자들이 생각해 낸 첫 단서가 잘못되었다는 생각을 점차 굳혀갔다. 표음문자 가설을 폐기하고 다른 길을 찾아야 할 것 같았다. 그러나 이것은 감행하기 어려운 모험이었다.

지난 100년 동안 4,000건 이상의 논문이 이 가설을 바탕으로 해

발표되었다고 한다. 모든 국민들도 이 가설을 바탕으로 한 풀이에 익숙해져 있다.

심지어 이러한 풀이와 연결 지어 관광시설이 설치되고, 막대한 돈을 들여 국가적 인프라까지 구축되어 있다.

전라북도 익산시와 문화계에서는 엄청난 자금과 시간을 쏟아 부으며 선화공주와 맛둥이에 대한 추적을 계속하고 있다. 강원도 삼척시에서는 '수로부인 헌화공원'을 조성하여 부인을 사랑의 비너스로 띄우고 있다. 언론까지도 아낌없이 지면을 할애하여 향가에 대한 보도를 계속하고 있다.

표음문자 가설을 폐기하려는 자는 지금까지 우리가 사랑해왔고 아껴왔던 것들로부터의 대대적 반격을 각오해야 할 것이다.

그러나 만일 표음문자 가설이 잘못되어 있다면 이것은 무엇을 의미하는가. 가짜 문화를 마치 진정한 우리 것으로 여기는 것과 다를 바 없다. 조상들이 흰옷을 입고 있었는데 기모노를 입고 있었다고 하는 것과 다름이 없을 것이다. 원류를 잘못 알고 민족문화를 이야기할 수 없다.

비록 100년을 걸어왔다고 하더라도 만 년을 더 이어가야 할 민족의 미래를 생각한다면 다시 첫 출발점에 서기를 두려워하지 않아야 할 것이다. 민족을 생각한다면 다시 돌아 갈 수 없는 점, 귀환불능점(the point of no return)이란 없어야 할 것이다.

비록 모험이겠지만 표음문자 가설은 버려야 한다고 생각했다. 그러면 어느 길로 가야 할 것인가. 다시 돌아가야 할 길이 원왕생가 첫 구절에서 보였다. 그 길은 향가의 문자를 뜻글자로 보자는 것이었다.

▌표의문자 가설

첫구절 '월하 이저역 서방 념(月下伊底亦西方念)'이라는 한자들을 소리로 읽지 말고 뜻으로 이해해 보자.

이 구절 한자들의 뜻을 사전에서 찾아 약간의 상상력을 가미하여 문장을 만들어 보니 다음과 같은 내용이 되었다.

> 월하 이저역 서방 념
>
> 月下 伊底亦 西方 念
>
> =月(달) +下(아래) +伊(너) +底(밑) +亦(또한) +西方
>
> (서방) +念(생각하다)
>
> =달 +아래 +너 +밑 +또한 +서방 +생각하다
>
> =달 아래 네가 사는 밑 또한 서방정토라 생각하라

첫 구절부터 깊은 사념의 끝에 가서야 나올 수 있는 높은 정신세계가 긴장감 있게 펼쳐졌다.

놀라운 결과였다.

소리글자를 도구로 한 양주동 박사님의 '달아 이제 서방까장'이라는 풀이와는 비교할 바 없이 높은 사념의 세계였다.

원왕생가의 첫 구절은 표의문자(表意文字)로 쓰여 있다고 보아야 했다. 각 문자의 의미들을 연결시켜 순차적으로 풀어나가면 충분히 해독되는 문장이었다. 발상을 전환하자 향가문장 속에서 아름다운 진줏빛이 언뜻언뜻 보이기 시작하였다.

지금까지의 연구자들은 한자를 표음문자로 보고 있었으나 이제 나는 그들과 다른 길을 걸어가기로 했다. 그 길은 표의문자라는 길이었다.

표음문자를 버리고 표의문자로 가자.
반격이 있더라도 전환을 두려워하지 말자.
표의문자로 가기로 하고 길을 나서자 비록 예상은 했으나 거기에는 손을 내밀어 줄 이 정말 아무도 없었다. 절대고독의 세상이었다. 순례자의 길과 같이 외롭고도 힘든 여정이었다.

◆4◆
로제타 스톤

향가로 가는 첫걸음은 한자의 성격을 어떻게 보아야 하느냐 하는 문제로부터 시작되었다. 나의 앞에는 두 갈래 길이 놓여 있었다.

한쪽 길은 '향가의 한자는 소리글자다'라는 길이었다. 그 길은 지금까지 모든 사람들이 다니던 넓고도 잘 다듬어져 있는 포장도로였다. 그러나 반대쪽 길은 길이라 할 것도 없는 황무지였다. 아무도 얼씬하지 않던 그 길은 표의문자라는 길이었다.

나는 잘 다듬어져 있는 길을 버리고 뜻글자라는 황무지 길로 걸어갔다. 익숙한 것과의 결별이었고 발상의 전환이었다.

▌로제타 스톤의 발견

역사적으로도 문자의 성격을 달리 보는 대전환의 사례가 있었다. 이집트 그림문자를 해독할 때 있었던 일이다.

이집트 그림문자는 기원전 3000년경에 생겼다가 기원후 450년경을 끝으로 자취를 감추었다. 그림문자는 사람들의 뇌리에서 사라져 갔다.

그 이후 수많은 언어학자와 암호학자들이 이집트 문자를 연구하였다. 그들은 초기 200여 년 동안은 그림문자에 대해 한자와 같은 표의문자일 것이라고 생각했다. '사자' 그림을 '왕'이라고 보는 식이었다. 초기 이집트 그림문자 연구자들은 표의문자라는 가설을 선택했다고 할 수 있을 것이다.

지지부진하던 이집트 그림문자 해독은 1799년 로제타 스톤이 발견되면서 주목을 받기 시작했다.

나일강 삼각주에 위치한 로제타 마을에 주둔하고 있던 나폴레옹 군사들이 진지 공사를 하던 중 오래된 돌비석 하나를 발견하였다.

로제타 스톤이라고 이름 붙은 그 돌비석에는 세 가지 종류의 문자가 새겨져 있었다. 맨 위 상단에는 그림문자가 새겨져 있었고, 중단에는 민중문자, 하단에 고대 그리스문자가 각각 새겨져 있었다.

로제타 스톤, 대영박물관

연구자들은 로제타 스톤을 보고 이집트 그림문자의 비밀을 해독할 수 있는 실마리를 잡은 것으로 생각했다. 돌비석 맨 아래 새겨진 고대 그리스어로 된 문자들은 이미 해독이 되어 있던 문자였기에,

만일 윗부분에 새겨진 그림문자와 민중문자가 그리스문자와 동일한 내용으로 되어 있다면 이들을 서로 비교하는 것만으로도 그림문자를 해독할 수 있을 것이라고 생각한 것이다.

그러나 일은 그렇게 간단하지 않았다. 로제타 스톤을 둘러싸고 서로 앙숙인 영국과 프랑스 간 경쟁이 불붙었다.

로제타 스톤의 가치를 알아본 영국이 나폴레옹과의 싸움에서 승리한 다음 그 돌의 양도를 요구하였다. 그러자 프랑스의 학자들은 돌을 양도하기에 앞서 철저히 탁본해 놓아 그림문자의 연구를 계속할 수 있게 되었다. 돌을 빼앗긴 프랑스와 빼앗아간 영국 두 나라의 학자들은 양국의 자존심을 걸고 연구에 박차를 가했다. 그러나 무려 20년 이상의 세월이 흘러야 했다.

영국은 로제타 스톤을 프랑스 보란 듯이 대영박물관에 전시해두고 있다. 돌을 빼앗긴 프랑스는 연구에 더욱 매진하였다.

장 프랑수아 샹폴리옹

결국 이집트 그림문자 해독에 성공한 사람은 프랑스의 장 프랑수아 샹폴리옹(Jean-Francois Champollion, 1790~1832)이었다. 프랑스의 승리였다.

샹폴리옹은 당대 서구 지식인이라면 알아야 했던 라틴어와 그리스어 외에도 히브리어와 페르시아어, 콥트어 등 당시 유럽에 알려진 웬만한 언어들을 모두 섭렵했다.

카르투슈, 둥근 원 속의 문자

샹폴리옹은 로제타 스톤 맨 위에 새겨진 그림문자 중 일부 문자들이 카르투슈(Cartouche)라고 하는 타원 모양에 둘러싸여 있는 것에 주목했다. 그는 타원 안에 있는 문자가 왕의 이름일 것이라고 추정했다. 왕을 높이기 위해 왕의 이름에 타원 모양의 선을 둘러쳤다고 본 것이다.

그리고 카르투슈 안의 문자들을 뜻글자가 아니고 소리글자라고 보는 발상의 전환을 시도했다. 모든 사람들이 표의문자로 보고 있을 때 그것을 거부하고 표음문자라고 생각한 것은 놀라운 아이디어이자 대전환의 서막이 되었다.

샹폴리옹은 필래(Philrae)라는 섬에서 발견된 오벨리스크에서 그리스어와 이집트 그림문자로 새겨진 클레오파트라(Cleopatra)의 이름을 찾아냈다.

그리스어로 표기된 클레오파트라의 알파벳과 이집트 그림문자로 표기되어 있는 클레오파트라의 알파벳을 서로 비교해 보았다. 그리고 마침내 이집트 그림문자들이 표음문자로 기능하고 있다는 사실을 알아내게 되었다.

▎이집트 그림문자, 해독되다

'문자를 향한 열정'이라는 책에는 샹폴리옹이 이집트 그림문자를 해독해 낸 날인 1822년 9월 14일의 상황이 다음과 같이 묘사되어 있다.

샹폴리옹은 자신이 발견한 것을 확인하고 또 확인했다. 의기양양해진 그는 이 급진전에 대해 누군가에게 절실히 이야기 하고 싶어졌다.

그는 형에게 알려주어야 했다.

그는 논문을 한 아름 모아 가지고 다락방에서 계단 아래로 뛰어 내려가 근처에 있던 불쑥 솟은 돔이 인상적인 프랑스 학술원을 향해 거리로 나왔다.

필래 오벨리스크, 클레오파트라 명문이 해독의 결정적 계기가 되었다

형 자크 조제프를 찾았을 때 그는 이미 숨이 거의 멎을 지경이었다. 그는 흥분에 휩싸인 채 "내가 발견했어"라고 외치자마자 바닥으로 쓰러져 버렸다.

전하는 바에 따르면 샹폴리옹은 기절한 후 집으로 들려갔고, 닷새 동안 내내 혼수 상태에 빠져 있다가 1822년 9월 19일 저녁에야 겨우 정신을 찾았다고 한다.

래슬리 앳킨스, 로이 앳킨스 공저, 『문자를 향한 열정』, 민음사

놀랍게도 이집트 그림문자가 32세의 청년에 의해 해독되었다.

표음문자 가설은 칠흑 속에 감추어져 있던 고대 이집트 문명을 백일하에 드러냈다. 이집트 그림문자의 해독은 인류 문화사에 있어 가장 중대한 사건이 되었다. 그리고 거기에 표음문자 가설과 비교법이 역사적 순간을 같이했다.

이전 200여 년의 연구가 표의문자라는 잘못된 가설에 토대를 두고 있었기에 실패를 거듭하였다는 사실도 함께 밝혀지게 되었다. 표의문자 가설에 근거를 둔 무수한 주장은 연금술과 관련된 논문들처럼 일거에 가짜 과학(pseudo science)이 되고 말았다.

샹폴리옹은 이집트 그림문자 해독 10년 후 중풍에 걸려 42세의 나이로 요절하고 말았다.

"신이시어 2년만 더. 왜 안 되는 것입니까.

너무 일러…. 여기 이렇게 많은 것들이 있는데."

그는 이 말을 마지막으로 1832년 3월 4일 새벽 4시쯤 숨을 거뒀다.

나의 향가로의 길도 샹폴리옹처럼 방향의 전환을 경험했다. 그러나 전환의 방향은 샹폴리옹이 갔던 길과 정반대였다. 샹폴리옹은 뜻글자에서 소리글자로 방향을 틀었다. 그러나 나는 소리글자에서 뜻글자로 방향을 틀었다.

그와 나의 공통점은 모두가 다니던 길에서 아무도 다니지 않던 길로의 전환이었다. 그것이 모든 것을 바꾸었다.

무가지보(無價之寶) 임신서기석

로제타 스톤을 두고 프랑스와
영국은 자존심을 걸고 싸웠다. 돌
의 소유권을 둘러싼 싸움은 영국
이 이겼으나, 해독의 싸움에서는
프랑스가 이겼다.

1972년 프랑스가 발행한 해독 150주년
기념우표

영국은 그 돌을 대영박물관에
프랑스 보란 듯 전시해 놓고 관광객에게 보여주고 있다. 아마도 프
랑스에서 온 관광객들은 영국의 이 의도를 간파하고 분노하며 바라
볼 것이다. 프랑스는 샹폴리옹 기념우표를 발행하면서 자신들이 해
독해 냈음을 틈만 나면 환기시키고 있다. 치열하게 주고받는 자존심
싸움이다.

광복을 전후한 시기 우리에게도 돌을 둘러싼 싸움 하나가 있었다. '임신서기석(壬申誓記石)'이라는 이름을 가진 자그마한 돌이다. 일본이 먼저 이 돌을 발견하고 소유하게 되었으나 천행으로 대한민국은 이 돌을 손에 넣을 수 있게 되었다. 일본은 다 잡았던 돌을 놓침으로써 향가 해독의 결정적 단서 하나를 놓치고 말았다.

본 챕터에서는 바로 이 임신서기석에 대한 이야기를 하고자 한다.

나는 향가를 연구하면서 지금까지 제시되어 온 여러 주장에 대해 근거가 없으면 일단 의심한다는 입장을 취해 왔다. 제로베이스에서 시작한 것이다. 근거가 의심스러운 백번의 주장보다 확실한 물증 하나가 낫다.

그랬기에 향가의 어순 문제에 대해서도 일단 의심부터 했다. 의심의 끝에 가서야 향가의 문자들이 현대 한국어 어순에 따라 배열되어 있을 것이라는 생각을 굳힐 수 있었고, 이러한 나의 생각을 물증으로써 입증시켜 준 것이 임신서기석이라는 자그마한 돌 하나였다.

그 돌은 길이 약 30㎝ 정도의 크기로 지금 국립 경주 박물관이 소장하고 있다. 돌은 '임신서기석(壬申誓記石)'이라는 이름을 가지고 있다. '임신년의 맹세를 기록했다'는 뜻이다. 대한민국 보물 1411호다.

일제 강점기였던 1934년 5월 4일.

일본인 한 사람이 경상북도 경주시 금장대 부근(신라 석장사 유지)을 걷고 있었다. 그는 조선총독부 박물관 경주 분관장으로 있던 대판금차랑(大阪金次郎)이라는 일본인이었다. 그때 흙에 묻혀 일부분만 드러내고 있던 돌 하나가 오사카의 눈에 띄었다.

납작한 냇돌(川石)이었다.

돌에는 놀랍게도 문자가 새겨져 있었다. '임신(壬申)'으로 시작하고 있었고 5줄로 모두 74자가 새겨져 있었다.

그러나 그는 이 돌이 무엇을 의미하는지 잘 모르고 박물관에 가져다 놓았다. 돌은 자신의 가치를 증명하지 못한 채 박물관 귀퉁이에 일 년이 넘도록 방치되어 있었다.

이듬해인 1935년 12월 18일.

말송보화(末松保和)라는 경성제국대학 교수였던 일본의 역사학

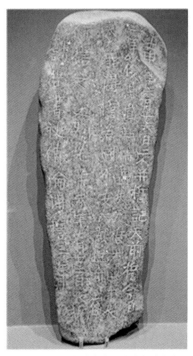

임신서기석, 돌에 새겨진 표기법이 향가의 표기법과 동일했다, 국립 경주 박물관 소장

자가 경주분관을 둘러보았다. 그는 일제 강점기 대표적인 어용사학자로 우리 민족에게 식민사관을 심는 데 주력하고 있었다.

경주박물관에서 수집해둔 몇몇 비석 조각 가운데서 그의 눈길을 끈 것은 자그마한 이 돌이었다.

그는 돌에 새겨진 문자에 주목했다. 대판금차랑 경주분관장이 무

슨 내용인지 몰랐던 돌의 가치를 말송보화 경성제대 교수는 한눈에 알아보았다.

그는 그 자리에서 '임신년에 서약하는 내용을 기록한 돌'이란 의미에서 돌의 이름을 '임신서기석'이라 하자고 제안하였다.

돌에 새겨진 글자와 해독 내용은 다음과 같다.

1행 壬申年六月十六日二人幷誓記天前誓今自
2행 三年以後忠道執持過失无誓若此事失
3행 天大罪得誓若國不安大亂世可容
4행 行誓之 又別先辛未年七月廿二日大誓
5행 詩尙書禮傳倫得誓三年

임신년 6월 16일 두 사람이 함께 맹서하여 쓴다. 하늘 앞에 맹서하여, 지금으로부터 3년 이후에 충도(忠道)를 집지(執持)하고 과실이 없기를 맹서한다. 만약 이 일(맹서)을 잃으면 하늘로부터 큰 죄를 얻을 것을 맹서한다. 만약 나라가 불안하고, 세상이 크게 어지러워지면 가히 행할 것을 받아들임을 맹서한다. 또 따로이 먼저 신미년 7월 22일에 크게 맹서하였다. 시(詩), 상서(尙書), 예기(禮記), 춘추전(春秋傳)을 차례로 습득하기를 맹서하되 3년으로 하였다.

그 다음 해인 1936년.
말송보화는 경성제대 '사학회지 제10호'에 '경주 출토 임신서기석에 대해서'라는 제목의 논문을 발표했다. 이로 인해 이 돌은 '임신서기석'이란 이름을 공식으로 얻게 되었다.

❙ 임신서기석 제작 시기를 둘러싼 한일 간의 싸움

고대 사학계에는 글자가 새겨진 유물이 발견되면 단체로 싸움이 일어난다. 새로운 기록이 부족한 내용을 보태는 것은 물론 그 당시의 사회를 복원해 내는 결정적 자료가 되기 때문에 여러 명이 각자의 의견을 내며 논쟁을 벌인다.

임신서기석도 그랬다.

첫머리에 새겨진 임신(壬申)을 두고도 한국과 일본 간 대립이 일게 되었다.

돌에 새겨진 글씨가 언제 새겨졌는가를 두고 첫 싸움이 시작되었다.

말송보화 경성제국대학 교수는 이 글이 쓰인 임신년을 신라 성덕왕 때인 732년으로 보았다. 삼국통일 후 문화가 가장 융성했던 성덕왕 대 만들어진 것으로 보았던 것이다. 일제 강점기 어용사학자로 활동했던 비중 있는 학자가 발표했기에, 이 의견은 비판 없이 수용되었다.

그러나 광복 후 이병도 서울대 교수가 말송보화 교수의 732년설에 일격을 가했다.

서기석 내용에서 강조된 충성맹세가 신라 화랑도의 근본정신이었기에 화랑제도가 융성했던 진흥왕 때인 552년이나 진평왕 때인 612년으로 보아야 한다고 반격했다.

화랑도에는 화랑들이 지켜야 할 '세속오계'가 있었다. 첫째가 임금에 충성(事君以忠)하는 것이며… 마지막 다섯 째가 살생유택이다.

화랑도는 세속오계의 사군이충(事君以忠)이라는 구절에서 보듯 왕을 향한 충성조직이었다.

▌임신서기석 표기법

향가 연구자인 내가 관심을 가진 부분은 글의 의미가 아니었다. 나의 관심 대상은 74글자가 어떠한 문장 표기법에 따라 새겨져 있었느냐 하는 데 있었다.

놀랍게도 이 자그만 돌에서 향가 연구에 결정적 역할을 할 세 가지의 문장 표기법이 확인되었다. 가히 '향가 표기법석'이라고 불러도 좋을 정도였다. 돌에 새겨진 세 가지 표기법은 다음과 같았다. 이러한 표기법을 서기체(誓記體)라고 한다.

① 서기석의 한자들은 표의문자로 쓰이고 있다.
② 글자들이 한국어 어순에 따라 배열되어 있다.
③ 어조사가 생략되어 있다.
※ 어조사란 실질적인 뜻이 없이 다른 글자를 보조하여 주는 '지(之)', '야(也)' 따위를 말한다.

임신서기석의 첫구절은 다음과 같이 쓰여 있다.

임신년…이인 병서기 천전서…

壬申年…二人 幷誓記 天前誓…

임신년…두 사람이 함께 맹세한 내용을 기록한다. 하늘 앞에 맹서한다.

표의문자로 쓰여 있음은 분명하다.

다음으로 한자들이 한국어 어순법으로 나열되어 있다.

화랑들은 정격 중국어 어순에 따라 글을 쓰지 않고 자신들이 사용하던 말의 어순에 따라 글을 써놓고 있었다.

중국어는 영어와 같이 '나는 먹는다, 밥을(주어 + 동사 + 목적어)'의 어순을 가지고 있다.

이에 반해 한국어는 '나는 밥을 먹는다(주어 + 목적어 + 동사)'의 어순이다.

임신서기석에 나타난 표기법의 의미에 대해 일부에서는 크게 오해하고 있다. 특히 한국어 어순 표기에 대해 이를 새긴 화랑들의 한문 실력이 부족하여 조잡하게 표기한 것이라고까지 비하하고 있다. 이러한 시각은 한글 사용을 반대했던 조선 세종조 신하들과 흡사하다.

그러나 이것은 절대 그렇지 않다. 임신서기석의 가치는 마땅히 재평가되어야 한다.

세종대왕의 한글 창제보다 앞서 신라인들이 우리말의 문장 표기법을 만들어 놓고 있었다는 사실에 주목해야 한다.

'나랏말쌈이 중국에 달라 서로 사맛디 아니할 쌔 어린 백성이 니르고자 할 바 있어도, 능히 자기 뜻을 펴지 못하는 사람이 많아 새로 스물여덟 자를 맹글었다'는 세종대왕의 자주와 애민 정신이 이미 신라시대 이 땅에 구현되어 있었다.

세계적 베스트셀러 작가 재레드 다이아몬드(Jared Diamond)는 한국인이 가진 문자에 대한 재능을 주목한다. 그는 한글에 대해 '독창성이 있고 기호·배합 등 효율성에서 각별히 돋보이는, 세계에서 가장 합리적 문자'라는 말을 공공연히 입에 달고 세계를 돌아다닌다. 그의 세계적 명저 '총, 균, 쇠' 서문에 우리 민족을 언어의 천재라고 치켜세운다. 한글을 가리켜 '한국인의 천재성에 대한 위대한 기념비'라고 한다.

서기체 역시 재레드 교수가 지목한 문자에 대한 우리 민족의 천재성을 가감 없이 보여주는 대사건이다. 위대한 탄생의 서막이 열린 것이다. 민족문자 한글 탄생에 앞서서, 한국 민족의 문장 표기법이 먼저 탄생한 것이다.

임신서기석은 발견된 후 발견자 대판금차랑의 개인소유가 되었다. 당시에는 동산으로서의 유물은 발견한 자의 소유가 되었던 모양이다. 그러다 광복이 되는 바람에 대판금차랑이 미처 일본으로 가져가지 못하고 남겨 두어 경주박물관 소장이 되었다.

천행이었다.

손바닥만 한 작은 돌이었기에 그가 맘만 먹었다면 얼마든지 일본으로 가지고 갈 수 있었을 것이다. 만일 이 돌이 일본으로 건너갔다면 돌에 대한 수많은 연구가 뒤를 이었을지 모르고, 한곳에 파고드는 기질을 가진 일본인 연구자들은 돌에서 향가 해독의 단서를 얻었을지도 모른다. 그러나 광복 이후 이 돌에 대한 일본인들의 연구는 뒤를 잇지 못하고 단절되었다. 아마도 소유권 상실에 따라 이러한 결과가 나왔을 것이다.

나는 향가 연구를 진전시키면서 향가의 표기방식이 임신서기석에 나타나는 서기체와 동일하다는 점을 확인하게 되었다. 연구결과와 유물로 상호입증이 가능하게 되었다. 인류 최고 문화재인 향가를 풀어낼 단서를 제시하였다는 점에서 임신서기석은 이집트 그림문자 해독의 문을 열게 한 로제타 스톤의 가치와 비교해도 결코 뒤떨어지지 않는다.

임신서기석은 민족 문장 표기법의 위대한 탄생을 입증하고 있었다. 향가의 표기법이 자신과 같다는 사실을 알려주고 있다.

임신서기석 없이 향가를 연구한다는 것은 로제타 스톤 없이 이집트 그림문자를 연구하는 것과 같을 것이다. 그래서 임신서기석은 무가지보(無價之寶)다.

대한민국은 임신서기석을 2004년 6월 26일 보물(제1411호)로 지정하였다. 그러나 여기에 그쳐서는 아니될 것이다. '훈민정음 해례본'과 같이 임신서기석을 국보로 승격시킬 필요가 있다고 본다.

영국은 대영박물관에 로제타 스톤을 극진히 모시고 있다. 우리라고 못 모실 이유가 없지 않겠는가.

◆ 6 ◆
암호문, 도솔가

'향가의 한자는 표의문자일 것이다'라는 생각이 여정의 첫걸음이었다. 다음으로 내디딘 걸음은 신라인들은 글을 쓰면서 여러 개의 한자들을 한국어 어순으로 쭈욱 나열해 놓았다는 사실이었다. 이러한 생각들은 경주 박물관에 소장되어 있는 임신서기석의 표기법에 의하여 뒷받침되었다.

그러나 이러한 생각만 가지고는 아직 향가를 풀 수 없었다. 넘어야 할 산들이 수없이 많았다. 더 나아가기 위해 새로운 돌파구 마련이 필요했으나 당시로서는 뾰족한 수가 없었다. 한참 동안을 이 단계에 머무르고 있어야 했다.

▌ 암호문 힌트

    그러다가 이 책의 첫머리에서 말한 향가가 암호문일 수도 있다는 생각을 하게 되었던 것이다. 이제 암호문을 어떻게 만들었는지 방법만 알아내면 향가를 풀 수 있을 것 같았다.

    암호문 해독의 방법을 찾고자 길을 나섰다. 이것저것 궁리하던 중 혜성가에 나오는 '도시소시성(道尸掃尸星)'이라는 구절이 눈에 띄었다. 여기에서 암호문이 어떻게 조립되었는지 힌트를 얻을 수 있었다.

       도시소시성=도소성＋시시

       道尸掃尸星=道掃星＋尸尸

       ○●○●○=○○○＋●●

       향가문구의 구조

       ○ 이해할 수 있는 문자

       ● 정체불명의 문자

    도시소시성(道尸掃尸星) 속 도소성(道掃星)이라는 세 글자에 주목하였다. 도소성(道掃星)은 혜성을 뜻하는 말로서 이미 알려져 있는 단어였다. 도소성(道掃星)이라는 세 글자 사이에 시(尸)자를 끼워 넣어 도시소시성(道尸掃尸星)이라는 문구를 만들었을 것이라고 생각해 보았다. 물론 그때까지 글자들 사이에 끼워진 시(尸)자가 무엇을 뜻하고 기능이 무엇인지 전혀 모르고 있었다.

어찌하든 도시소시성(道尸掃尸星)이라는 문구에서 암호문 만드는 방법의 단서라고 생각되는 것을 얻을 수 있었다.

▮ 하일 히틀러

암호문을 풀다보면 단서가 결정적 역할을 한다.

유명한 사례로 영국군이 독일군 암호를 풀 때의 단서가 있다. 독일군은 암호문을 보낼 때마다 그 끝에 '하일 히틀러(Heil Hitler)'를 붙이고

하일 히틀러(Heil Hitler), 경직된 형식이 패배를 불렀다.

있었다. 이것이 영국 암호 해독반에게 포착되어 해독의 꼬투리로 활용되었다.

또한 일본군도 암호를 보내면서 끝마다 '천황 폐하 만세(天皇陛下万歲 / 덴노 헤이카 반자이)'를 붙였다. 이것 역시 미국의 암호 해독반에게 뚫리는 실마리가 되고 말았다. 경직된 형식이 패배를 불렀다.

암호의 해독은 단서를 시작으로 논리를 전개시켜 나간다. 전개 과정에서 여러 문제점이 나오겠지만 이것들이 해결되면서 해독의 길로 차츰 나갈 수 있게 된다.

그러나 문제가 해결되지 않고, 문제가 문제를 낳게 된다면 그것은 지옥으로 들어가는 길이다. 나는 소창진평 교수와 양주동 박사의 표음문자 가설을 연구하는 과정에서 향가 연구자들이 문자지옥 속에 빠져 허우적대고 있음을 본능적으로 느꼈고 그랬기에 방향을 돌렸던 것이다.

▌암호이론의 발전

혜성가의 '도시소시성(道尸掃尸星)'이라는 구절에서 발견한 단서를 발전시켜 보기로 했다.

'작자가 전해 주고자 하는 말(道掃星 도소성=혜성) 사이에 비록 정체는 모르지만 낯선 글자들(尸尸 시시)을 끼워 넣어 남들이 알아보지 못하게 암호문을 만들었을 수도 있겠다'라는 착상이 단서였다.

'향가문장은 이해가능 문자들 사이에 무엇인가 정체불명의 글자들을 끼워 놓은 구조일 것이다'라는 생각이었다.

이러한 단서를 여러 향가에 적용시켜 보았다.

그 결과 여러 가지 문제점들을 해결할 수 있어, 향가들이 이러한 논리에 따라 만들어진 것으로 생각되었다.

신라 향가 도솔가(兜率歌)를 예로 들어 설명해 보겠다.

서기 760년(신라 경덕왕19) 4월 1일 해가 둘이 나타나서 열흘 동안 없어지지 않았다. 왕명에 따라 월명사(月明師)라는 승려가 제단을 만들어 놓고, 산화공덕을 베풀면서 도솔가를 지어 불렀더니 혜성의 괴변이 사라졌다는 배경을 가지고 있는 노래다.

원문은 다음과 같다.

今日此 矣 散花唱 良
巴 寶白 乎隱 花 良
汝 隱 直等 隱心 音矣 命 叱 使 以惡只
彌勒 座主 陪 立羅良

위 원문을 일단 암호문이라고 가정해보았다.
여기에는 이해가능 문자들이 있고, 그 사이에 이해할 수 없는 정체불명의 글자들이 끼워져 있을 것이라고 생각한 것이다.

┃ 이해가능 문자와 정체불명의 문자

가설에 따르면 이해가능 문자들은 표의문자들이고 이들은 한국어 어순으로 나열되어 있을 것이다. 표의문자들이니 뜻으로 풀면 해독이 가능할 것이다. 뜻으로 풀어 나가다가 무엇인가 이해할 수 없는 글자가 나와 걸리적거리면 그 글자를 ●로 바꾸어 보는 방식이었다.
하나하나 바꾸어 놓고 나니 도솔가는 다음과 같은 모습이 되었다.

今日此●散花唱●

●寶白●●花●

汝●直等●心●●●●●●●●

彌勒●●陪●●●

●는 도저히 이해되지 않는 정체불명의 문자들이다. ●에 해당하는 글자들의 기능과 의미들은 향가 연구가 진행됨에 따라 밝혀지게 되지만 여기서는 일단 뒤로 넘기도록 하겠다.

다음으로 위의 모양에서 ●을 제거해 보았다.

남아 있게 된 문자들은 다음과 같다. 당연히 이해가 가능한 문장이 될 것이다.

今 日此 散花 唱

寶白花

汝 直等 心

彌勒 陪

이 글자들을 살피면 우선 조사가 눈에 띄지 않는다. 신라 화랑들이 임신서기석에 새겨놓았던 서기체 문장의 중요한 특징이다. 임신서기석의 문장들에는 조사가 사용되지 않았다.

위에 남아 있는 한자들을 표의문자 가설과 한국어 어순법으로 풀어 보았다.

한자들은 특별히 어렵지 않았고 친숙한 글자들이다. 다만 '차(此)'라는 글자만은 훗날 밝혀지지만 '이것'이라는 뜻으로 해독 되지 않고 '계속 이어지는 발자국'이라는 의미로 사용되고 있다. 매우 독특한 뜻을 가지고 있지만 일단은 믿고 넘어가자. 여러 사례에서 엄밀하게 검증되기 때문이다.

한자가 가진 뜻 중 전체적으로 보아 가장 적합한 의미를 사전에서 찾아 나열해보면 다음과 같다. 향가 문자의 의미 확정 과정에서 네이버 한자사전을 주로 활용하였다.

　　今 日此 散花 唱

＝今(지금) + 日(해) + 此(계속 이어지는 발자국) + 散花(=산화공덕) + 唱(노래 부르다)

＝지금 + 해 + 계속 이어지는 발자국 + 산화공덕 + 노래 부르다

＝지금 해가 계속 이어짐에 산화공덕을 베풀고 노래를 부르라

　　寶白花

＝寶(보배) + 白(빛나다) + 花(꽃)

＝보배 + 빛나다 + 꽃

＝보배와 같이 빛나오는 꽃이라

　　汝 直等 心 彌勒 陪

＝汝(너) + 直(맞서다) + 等(무리) + 心(마음)

＋彌勒(미륵) + 陪(모시다)

=너 + 맞서다 + 무리 + 마음 + 미륵 + 모시다

=너희들은, (혜성에) 맞서는 무리들은 마음에 미륵불을 모시라

▍도솔가의 해독

한자가 가진 뜻에 약간의 상상력을 가미해 뜻을 이어보면 풀이 결과가 나온다. 시적 소양이 전무하기에 운율을 고려하지 않고 뜻을 전달하는 데 주안점을 두고 조립한 내용을 보자.

> 지금 해가 계속 이어짐에 산화공덕을 베풀고 노래를 부르라
>
> 보배와 같이 빛나오는 꽃이라
>
> 너희들은, (혜성에) 맞서는 무리들은 마음에 미륵불을 모시라

이와 같이 하여 해독된 결과를 '노랫말(歌言)'이라고 하였다. 노랫말의 문자들은 표의문자였고, 한국어 어순법으로 나열되어 있다는 나의 가설에 부합되는 결과가 나왔다.

이러한 방식을 다른 신라 향가에도 적용해보니 거기에서도 그럴듯한 결과를 얻을 수 있었다. 표의문자가 한국어 어순법으로 나열되어 있다는 생각은 더욱 강화되어 갔다.

앞에서 말했지만 양주동 박사님과 소창진평 교수께서 천년 칠흑

동굴 속을 헤매면서 들고 다니던 호롱불은 표음문자 가설이었다.

그러면 양주동 박사님은 도솔가를 어떻게 풀어 놓았을까.

> 오늘 이에 산화 불러
>
> 뿌린 꽃이여 너는
>
> 곧은 마음의 명 받아
>
> 미륵좌주 뫼셔라

두 가지 해독 결과를 비교해 보자.

나의 표의문자 가설과 양주동 박사님의 표음문자 가설에 의하여 풀린 내용 사이에는 메꿀 수 없는 큰 강이 흐른다.

비록 풀이 결과는 완전히 다르지만 지금까지와는 다른 도구로도 향가가 풀릴 수 있다는 가능성을 얻어낼 수 있었다.

혜성가, 수리부엉이들

　나는 세상 어떤 연구자도 생각하지 않았던 나만의 가설을 세우고 그것을 도구로 해 향가에 접근하고 있다. 그리고 그 가설이 맞는지 향가 작품 하나하나에 적용하여 타당성을 따져 보고 있는 것이다.

　가설이란 무엇인가. 네이버 백과사전은 이를 다음과 같이 설명하고 있다.

　　　과학적 근거를 가진 추측이다. 가정이라고도 한다. 보통 과학이론에서 사용되는 가정을 가설이라고 한다.

　가설이란 수없이 많은 검증을 거쳐 더 이상 의심의 여지가 없을 만큼 다져졌을 때 이론이 된다 할 것이다.

　인류의 우주관을 바꾸게 되는 아인슈타인의 상대성 이론조차

1905년 '움직이는 물체의 전기역학에 대하여'라는 논문으로부터 시작되었다. 이후 점차 이론이 되었고 100년이 넘는 지금까지도 학자들에 의해 그가 옳았다는 사실이 지속적으로 확인되고 있다.

내가 찾아낸 방법은 '향가문장은 노랫말 사이에 정체불명의 문자가 끼워져 있다'라는 가설이다.

향가가 암호문일 수도 있다는 가설을 추가로 확인해 보겠다. 지속적으로 시도되어야 할 검증절차 중 하나일 것이다.

예로 들 신라 향가는 혜성가(彗星歌)이다.

원문은 다음과 같다.

【舊+旧】 理東 尸 汀 叱 乾達婆 矣

遊 烏隱 城 叱肹良

望 良古

倭理 叱 軍置 來叱多

烽燒 邪隱 邊 也 藪 耶

三花 矣 岳 音 見賜 烏尸 聞 古

月置 八切 爾

數 於將來尸波 衣

道 尸 掃 尸 星利 望 良古

彗星 也 白反 也

人是 有叱多

後句

達阿羅

浮去

伊 叱 等 邪 此 也 友物比 所音叱

慧 叱只有叱 故

※ 원문 첫글자【雚＋旧】, 수리부엉이. 강희자전 등 어떤 사전에도 나오지 않는
  다. 작자가 만들어 쓴 글자로 보인다. 글자 조합의 원리로 보아 '수리부엉이'
  로 추측된다. 의미는 신라의 야간 초병으로 추정된다.

▌ 암호문 가설

암호문 가설에 따르면 혜성가의 원문은 이해가능 문자 사이에 정
체를 알 수 없는 문자가 끼워져 있는 구조로 되어 있을 것이다. 모든
향가의 문장은 이런 식의 조립체일 것이기 때문이다.

그러기에 원문의 문자들을 일단 두 가지 성격의 문자로 구분해야
한다. 이해되는 문자들과 정체불명의 문자들(●)이 그것이다. 뜻으로
풀어 가는 과정에서 이해가 되지 않는 문자들을 ●로 바꾸어 본다.
그렇게 하고 나면 혜성가는 다음과 같은 모습으로 바뀐다.

●理東●汀●乾達婆●

遊●●城●●●

望●●

倭理 軍置●●●

烽燒●●邊●藪●

三花●岳●見賜●●聞●

月置八切●

數●將來●●●尸●●波衣

道●掃●星●望●●

彗星●白反●

人是●●●

後句

達阿●

浮去

伊●等●此●友物比●●●

慧●●●●故

혜성가의 바뀐 모습이다.

여기에서 정체불명의 문자를 말하는 ●를 제거해보자.

다음과 같은 문자들이 남는다. 이것들은 충분히 해독할 수 있다.

理東汀 乾 達婆

遊城

望

倭理軍置來

烽燒邊藪

三花岳見賜聞

月置八切

數尸波衣

道掃星望

彗星白反

人是

後句

達阿

浮去

伊等此友物比

慧故

　남아 있는 문자에는 어조사가 없다. 서기체 문장의 특징에 어긋남이 없다. 남겨진 문자들을 표의문자와 한국어 어순법에 따라 풀어보았다. 그러자 놀랍게도 다음의 내용이 나왔다. 노랫말은 다음과 같다.

> 다스려온 동쪽 땅의 작은 물줄기가 말라 성이 막힘없이 트인 모습이 되었다
> 아무나 돌아다니오는 성이 되었어라
> 망을 보라 했고

왜가 다스리기 위해 군사를 두러 왔다

봉화불이 타올랐사온 변방은 늪 지역이었어

세 화랑이 풍악산을 보아 주오시려는 이야기를 아뢰었었고

왜군이 한 달을 두고 여덟 번 공격해 와 우리의 군사들을 베었다

여러 번 되풀이하여 왜군의 장수가 쳐들어와 아군의 시체가 파도 위에

옷처럼 떠다녔다

이 때 길을 쓰는 별이 바라보였어라

혜성의 불길함은 길함으로 뒤집어 놓을 수 있다

혜성이란 불길한 것이라는 사람들의 생각을 바로잡아야 한다

후구

막힘없이 트인 물가라

아군의 시신이 떠갔나니

너희들이 계속해서 우군들과 함께 싸웠다

살별이 사라졌나니

왜국의 군사들이 신라를 침공해 왔고 그를 막아 내는 신라 군사들의 전투장면이 생생하게 묘사되어 있다.

역사책에도 실려 있지 않는 내용이다. 노래로 쓰인 새로운 역사가 나왔다.

▌혜성가의 진실

삼국유사에는 혜성가와 관련된 여러 사실들이 기록되어 있다. 노랫말의 내용과 삼국유사에 실린 배경 기록이 서로가 서로를 보완하여 완전체를 이루고 있었다. 여기에 현대에 발표된 몇몇 논문까지 참고하니 다음과 같은 윤곽이 모습을 드러냈다. 아마도 이것이 혜성가의 진실일 것이다.

신라 진평왕(579~632) 때 왜군이 신라의 동쪽 국경에 몰려와 신라의 성을 공격하였다.

이 사건은 608년에 일어났을 것이라는 논문이 나와 있다. 저자는 미국 항공 우주국(NASA)에서 제공하고 있는 'JPL 데이터 베이스'라는 천문학적 연구 방법을 사용하여 혜성가와 관련된 혜성을 추적하였다. 그 결과 608년 9월경 폰스브룩스(Pons-Brooks)라는 혜성이 지구를 스쳐 지나간 사실을 밝혀 내었다.

향가의 내용에 따르면 그해 608년 신라에 큰 가뭄이 들었다. 신라 동쪽 변경 성 앞을 흐르던 강도 수량이 크게 줄어 아무나 힘들이지 않게 성문 바로 앞까지 다가올 수 있게 되었다. 성을 지키던 군사들은 야간에도 경계병을 세워 수리부엉이처럼 망을 보고 있었다. 그러던 어느 날 왜군이 침입해 왔다.

이 해에 있었던 왜군의 침입을 이해하려면 역사 지식이 다소 필요하다.

고구려와 백제가 일본을 끌어들여 삼면에서 신라에 대한 압박을
가하고 있었다. 이것은 신라의 정복군주 진흥왕(540~576)이 고구려와
백제를 공격해 대대적으로 영토를 확장하였는데, 그가 죽자 신라는
반격을 받은 것이다.

신라 왕위 승계표

진흥왕(540~576)→진지왕(576~579)→진평왕(579~632)

진흥왕이 사망한 후 진지왕이 즉위하였다. 나라를 다스린 지 4년
만에 주색에 빠져 음란하고 정사가 어지러워지자 나라 사람들이 그
를 폐위시켰다고 한다.

진흥왕의 손자인 진평왕 대에 이르러 고구려와 백제가 신라를 공
격하여 곳곳에서 전투가 일어난다. 일본서기에 의하면, 601년 왜가
고구려와 백제에 사신을 파견하여 신라를 협격하자고 제안한 기록
까지 남아 있다.

혜성가가 만들어지던 608년 8월경에 있었던 왜의 신라 침공 역시
이러한 흐름 속에서 일어난 사건이었을 것이다.

이 해 왜의 공격에 몇 달 앞서 고구려는 신라의 북쪽 국경을 습격
하여 8천 명을 포로로 잡아간 데 이어 신라의 우명산성을 빼앗았다.
백제 역시 그 무렵 신라의 서쪽 국경을 끊임없이 공격했다. 신라는

고구려, 백제, 왜라는 적에 의해 삼면에서 포위되어 공격을 받고 있었다.

그해 8월경 국경에 있던 성의 해자 역할을 하던 강이 말라 무방비로 노출되어 있었다. 이때 왜군이 공격해 왔다. 지원군 파견을 요청하는 봉홧불이 연이어 피어올라 월성을 향했다. 화는 혼자 오지 않는다고 한다. 신라는 고구려, 백제와도 대치하고 있었기에 그 쪽 방면에 배치한 군사를 빼낼 수가 없었다.

하필이면 바로 그때 거열, 돌처(突處), 보동이라 불리던 3명의 화랑이 휘하 낭도들을 이끌고 풍악산으로 수련 차 출발해 월성을 비운 상황이었다. 급할 때 투입할 병력인 화랑들조차 가까이 있지 않았다.

이때 하늘에 혜성의 괴변이 나타났다. 혜성이란 매우 불길한 별로 전쟁이 일어나고 많은 사람이 죽는 조짐이라고 믿었다. 국가적 위기감이 극에 달했다.

왕이 융천사라는 승려에게 향가를 지어 혜성의 불길함을 복으로 바꾸어 보라고 하였다. 신라 사람들은 향가란 천지귀신을 감동시키는 힘을 갖고 있다고 믿고 평소에 향가를 숭상하고 있었다.

융천사가 왕명에 의해 혜성가를 지어 불렀다.
혜성에게 요사한 기운을 거꾸로 뒤집어 신라에게 복을 내려달라고 청했다.
향가를 부르자 기묘한 일이 일어났다.

풍악산으로 가던 돌처라는 화랑이 갑자기 병을 앓기 시작했다. 일행은 돌처의 병을 치료하기 위해 가던 길을 멈추었다. 시간을 지체하고 있었는데 신기하게도 그때 그들에게 왜군 침입의 급보가 날아왔다. 화랑과 낭도들은 풍악산에 가려던 계획을 취소하고 왜군이 쳐들어 온 성으로 급히 달려갔다. 돌처가 갑자기 병이 든 것이 천만다행한 일이었다.

전쟁터의 상황은 급박했다.

왜군은 한 달여에 걸쳐 장수를 앞세워 연이어 성을 공격해 와 아군을 베었다. 신라 군사들의 시신이 옷가지가 물에 떠있는 것처럼 강물에 둥둥 떠다녔다.

위기의 순간에 화랑들이 도착해 성을 지키던 군사들과 합세해 왜군에 맞서 싸웠다. 지원군이 도착하여 신라군의 사기가 오르자 왜군이 도망쳤다. 그러자 혜성이 사라졌다.

▌암호는 누가 받는가

궁금하던 사실 하나가 밝혀진다.

만일 향가가 암호문이라면 보내는 자와 받는 자가 있어야 할 것이다. 누가 보냈고 누가 받았는가. 이에 대한 답이 혜성가에 나타나 있다.

향가를 만든 이는 융천사였고, 암호문을 받는 대상은 혜성이었다. 보내는 자가 있고 받는 자도 있다. 혜성가는 암호문의 조건을 갖추고 있었다.

▌고유명사법

또 한 가지 작자의 이름도 이상했다. 융천사(融天師)라는 이름이 불교식도, 도교식도 아니었다. 특이한 이름이었기에 융천사라는 이름이 가진 한자의 뜻을 풀어 보았더니 '하늘과 소통한다'였다.

> 融天
> =融 소통하다 융 + 天 하늘 천
> =소통하다 + 하늘
> =하늘과 소통하다.

융천사의 이름은 하늘과 소통한다는 뜻을 가지고 있었다. 혜성과 소통하는 승려라는 의미가 아닌가. 공교롭다면 너무 공교롭게 향가의 내용과 일치한다. 놀라지 않을 수 없었다. 향가에 나오는 이름 모두를 일일이 다 확인해 보았더니 이러한 현상은 전방위적으로 일어나고 있었다.

향가 작자 이름에 향가와 관련된 뜻을 담아두고 있었던 것이다.

한두 개가 이런다면 우연이라 할 수 있을 것이나 모두가 다 이러니 우연이라 할 수 없었다. 이를 '고유명사법'이라 하였다.

본 작품에 나오는 돌처(突處)라는 화랑의 이름도 그렇다. 화랑의 이름에 담긴 뜻을 보자.

突處
=突 갑자기 돌 + 處 병 앓다 처
=갑자기+병 앓다
=갑자기 병을 앓다.

혜성가의 배경기록에 나오는 화랑 돌처는 금강산으로 가던 중 갑자기 병을 앓았던 것이다. 이러한 사실을 알 수 있는 것이 고유명사법이다.

▌향가는 마성(魔聲)이었다

고대 신라 월성의 어둠 속에서 월명사가 부르는 마력의 노래 소리가 하늘로 올라가 혜성에까지 이르렀다. 혜성이 융천사의 마성을 가진 노래에 반응하자 상황이 뒤바뀌었다.

화랑 돌처가 갑자기 병이 났고, 병 치료 때문에 지체하고 있던 화랑들이 다행스럽게 왜군 침입의 급보를 받아 전쟁터로 달려갈 수 있었고, 왜군이 물러났다.

화가 뒤집어져 복이 되었다.

향가는 이처럼 마력의 힘을 가진 노래였다.

해독된 내용으로부터 풍성한 사실들이 도출되었다.

신라가 봉수체제를 운영하고 있었고, 국경의 성은 초병이 밤늦도록 수리부엉이처럼 경계를 서고 있었다. 왜군의 침략에 목숨을 걸고 싸웠던 신라의 군사들과 화랑의 모습에서 삼국통일의 대업 완수가 그냥 주어진 것이 아님을 알 수 있다.

그런데 한 가지 더 아무도 생각하지 못한 중요한 사실이 있었다. 혜성가와 임신서기석이 관련되어 있을 것이라는 사실이다.

임신서기석 내용 중 두 화랑이 국가의 위기에 충도를 집지하겠다는 다짐이 나온다. 그들의 마음이 혜성가에는 급보를 받고 달려나가 참전하는 모습으로 그려져 있다.

임신서기석은 임신년(壬申年) 6월 16일에 만들어졌다. 그리고 이보다 한 해 전 신미년(辛未年)에도 화랑들이 상서 등을 습득하자고 맹서했다는 내용이 서기석에 기록되어 있다.

기사년	신미년	임신년
608	611	612
혜성가 창작	1차 맹서	2차 맹서, 서기석 제작
거열, 돌처, 보동	거열, 보동	거열, 보동

임신서기석에 새겨진 임신년(壬申年)이라는 간지가 612년이 맞는다면 한 해 전 신미년은 611년이 된다. 611년은 혜성가가 지어진 608년

으로부터 삼 년 후이다.

임신년에 맹서한 두 화랑은 혜성가의 세 주인공 거열, 돌처, 보동 3인 중 두 사람이었을 것이다. 그렇다면 세 명의 화랑 중 한 명이 없어졌다.

그는 어디로 갔을까?

나는 돌처가 왜군이 쳐들어 왔을 때 돌연 병을 앓았다는 기록에 주목한다. 돌처는 그 당시 병으로 인해 사망하였을 것이다. 살아남은 두 명의 화랑이 임신서기석을 만든 화랑으로 보인다. 그들의 이름은 거열과 보동이었다. 거열과 보동이 612년 신라 석장사에 머물며 공부를 하였고 그때 임신서기석을 만든 것이다.

표의문자 가설에 의한 풀이는 이와 같이 멋진 이야기를 쏟아낸다. 그러면 양주동 박사의 혜성가에는 어떠한 내용이 담겨 있을까. 여러 번 말했지만 양주동 박사의 풀이는 표음문자에 의한 풀이다.

박사님은 다음과 같이 혜성가를 해독했다.

> 예전 동해 물가
> 건달바의 논 성을 바라보고,
> 왜군도 왔다! 봉화를 든 변방이 있어라
> 삼화의 산 구경 오심을 듣고
> 달도 부지런히 등불을 켜는데
> 길 쓸 별 바라보고

혜성이여! 사뢴 사람이 있구나

아으 달은 저 아래로 떠 갔더라

이보아 무슨 혜성이 있을꼬

이리저리 뜯어보아도 양주동의 해독에서는 특별한 내용을 찾기 어렵다. 신라의 병사들과 화랑들이 지켜보았을 가뭄에 마른 강물처럼 그의 해독에는 풍부한 수량이 흐르지 않는다.

◆8◆
쿵덕쿵덕 떡방아 찧는 소리, 풍요

향가의 한자는 뜻을 나타내는 표의문자로 기능하고 있다. 또 노 랫말의 한자는 우리말 어순에 따라 나열되어 있었다. 그리고 노랫 말의 한자 사이에 뜻 모를 정체불명의 문자들이 여기저기 끼워져 있었다.

신라 향가 14편 모두가 이럴 것이다.

다시 또 한 편의 향가를 추가로 해독해 나의 이러한 주장이 틀 림없다는 사실을 확인시켜 드리고자 한다. 반복을 거듭하는 이유 는 혹시나 독자들께서 가지고 있을 의심을 완전히 제거하기 위해 서이다.

예로 들 작품은 풍요(風謠)라는 신라 향가이다. 원문은 다음과 같다.

來如 來如 來如 來如

哀反多 羅

哀反多 矣 徒 良

功德修 叱 如 良

來如

풍요(風謠)는 모두 26글자로서 비교적 적은 수의 글자로 만들어진 작품이다. 또한 매우 쉬운 글자들로 짜여 있다. 초급 한자로 되어 있어 만만해 보이는 작품이기도 하다.

이 글자 중 이해가능한 문자들은 남기고, 정체불명의 글자들은 ●으로 대체하기로 한다. 그러면 다음과 같은 모양이 된다.

來如 來如 來如 來如

哀反多 ●

哀反多 ● 徒 ●

功德修 ● 如 ●

來如

다시 정체를 알 수 없는 문자인 ●를 지운다. 남아 있는 문자들은 해독이 가능하다. 이것은 노랫말이다.

來如 來如 來如 來如

哀反多

哀反多徒

功德修如

來如

노랫말을 표의문자 가설과 한국어 어순법에 따라 해독한다. 그러면 다음과 같은 내용이 된다.

> 부처님의 가르침에 반대되는 일이여
>
> 부처님의 가르침에 반대되는 일이여
>
> 부처님의 가르침에 반대되는 일이여
>
> 부처님의 가르침에 반대되는 일이여
>
> 슬픔이 반복되는 일이 많아라
>
> 슬픔이 반복되는 일이 많은 무리어라
>
> 이것은 공덕을 닦는 일이 아니다
>
> 부처님의 가르침에 반대되는 일이여

풍요의 작자는 선덕여왕(632~647) 당시의 승려 양지(良志)였다. 양지 스님은 여러 절에 불상을 만들었고, 그때 마다 많은 비용을 시주들로부터 거두어 들였다. 스님은 불사를 일으키는 데 필요한 비용과 노역을 거두어들이는 데 발군의 재주를 가지고 있었다.

스님께서 짚고 다니시는 지팡이 끝에 포대를 걸어두면 지팡이가 시주들의 집으로 날아가 스스로 떨면서 소리를 내었다. 그러면 그 집에서는 재에 쓸 비용을 포대에 담아 주었고, 포대기 가득 치면 지팡이가 날아 절로 돌아갔다고 한다.

특히 영묘사 장륙삼존상을 만들 때는 곡식을 2만 3,700석이나 거두어 들였다. 성안 남녀들에게 곡식 말고도 '공덕'이라는 이름으로 진흙을 나르는 일까지 요구하였다.

영묘사 터에 남은 석조물, 경북 경주시 사정동

양지 스님께서 불사를 일으키는 일은 그의 좋은 뜻과는 달리 많은 사람들에게 고통을 주게 되었다. 공덕이라는 명분으로 괴롭힘이 거듭되자 다투어 진흙을 나르던 성안의 남녀들이 이 노래를 불렀다. 양지(良志)라는 이름은 고유명사법으로 보아 비록 힘들겠지만 불사를 추진하는 것은 '좋은 뜻(良志)'이니 양해해 달라는 취지일 것이다.

풍요의 내용은 강력한 풍자이다.

그들은 '지나치게 곡식을 거두어 들이고 노역을 요구하는 일은 부처님의 가르침에 반대되는 일이 아니십니까'라고 풍자하고 있다. 실제로는 강요하면서도 겉으로는 공덕을 닦으라 한다고 비난하는 것이다. 그래서 자신들을 슬픔이 반복되는 무리라고 한탄하고 있었다.

신도들이 비록 노역에 동원되었지만 공덕이라는 명목이었기에 성안의 남녀들은 진흙 일을 하면서 '공덕 공덕' 풍자의 노래를 불렀다.

이 노래는 널리 유행되었다. 급기야 온 나라 사람들이 집에서 방아를 찧거나 일을 하면서도 '공덕! 공덕!'이라고 말하였다.

영묘사 불사가 있은 지 이제 천 년이 지났다.

그 당시 신라 사람들이 일하던 소리 '공덕 공덕'은 언제부터인가 떡 방아 찧는 소리 '쿵덕 쿵덕'으로 바뀌었다.

지금의 '쿵덕! 쿵덕!'이란 말의 연유가 영묘사 노역일 하던 소리 '공 덕! 공덕!'에서 나온 것이다.

원문 첫 두 글자 래여(來如)는 부처님을 가리키는 여래(如來)라는 어 휘의 앞뒤 문자를 뒤집어 놓은 어구다.

여래(如來)의 말 순서를 앞뒤로 뒤집어 놓아 석가여래의 가르침에 반한다는 뜻을 나타냈다. 이와 같이 이름자를 뒤집어 정반대의 뜻 을 나타내는 방법은 신라 향가 다른 작품(원왕생가, 모죽지랑가)에서도 발견된다.

시중의 남녀들이 양지 스님께서 석가여래의 가르침에 어긋나는 일 을 행하고 있다고 풍자하고 있었다. 그러나 양지 스님께서는 노역이 아니고 공덕을 쌓으라는 뜻이었다고 강력 항변하실 것이다. 자신의 좋은 뜻(良志)을 몰라본다고 섭섭해 하셨을 것이다. 선덕여왕 당시 많 은 불사가 스님의 좋은 뜻에 힘입어 이루어졌다.

◆9◆
난공불락의 암호체계

향가가 노랫말과 정체불명의 문자들로 이루어져 있다는 것은 점차 분명해지고 있었다. 그러나 최종 확신할 수는 없었다.

정체불명의 문자가 무엇인지를 전혀 알 수 없었기 때문이다. 혹시라도 나중에 그것의 실체가 밝혀지고 난 다음 일이 크게 꼬여 지금까지의 생각을 모두 바꾸어야 할 가능성도 여전히 남아 있었다.

정체불명 문자들의 실체를 밝혀야 했다.

그러나 그들을 살펴보고 있자면 무엇을 말하는지 막막한 느낌이 들 뿐이었다. 언뜻 보면 해독이 될 것도 같은데도 자세히 들여다 보면 전혀 그렇지 않았다. 모든 문장에 반드시라고 해야 할 만큼 정체모를 글자들이 존재하고 있었다.

결국 향가 해독의 성패는 이러한 문자들을 이해할 수 있는지 여부에 달려 있다는 결론에 이르게 되었다.

처음에는 그들만을 따로 모아 분류해 보았다. 자주 나타나느냐 적게 나타나느냐 차이가 있을 뿐 문자들 사이의 확실한 연계성은 눈에 띄지 않았다.

사전의 뜻을 찾아 앞과 뒤의 문자들 사이의 관계를 찾아도 보았으나 이들은 서로 연결되지 않는다.

다만 일부 문자는 우리말의 소리와 비슷하게 발음되기도 했다. 소리로 표기해 놓았다면 표음문자라는 소리다. 양주동 박사님과 소창진평은 여기에 착안하여 한자를 표음문자로 보았다.

그러나 이 길은 가서는 안 되는 길이었다. 표음문자로 보는 것은 무예를 익히다가 운기조식을 잘못하여 주화입마에 빠지는 것과 같이 엄청난 부작용을 빚게 된다.

뜻으로도 해독이 되지 않았고, 소리로 가서는 절대 아니되었다. 나갈 수도 뒤돌아설 수도 없는 진퇴양난의 길에 서 있었다. 나는 오랫동안 로댕의 생각하는 사람이 되어야 했다.

▎암호해독의 확률

한번은 암호 해독의 확률을 계산해 보았다.

2차 세계 대전 당시 히틀러의 독일군은 악명 높은 암호 체계를 사용했다. 에니그마(수수께끼) 암호로 불리는 독일군의 암호는 경우의 수가 159,000,000,000,000,000,000가지로 약 1.6해(垓는 경의 1만 배) 가지로 알려져 있다. 영국의 암호해독반이 마침내 풀기는 했으나 그 우여곡절이란 이루 말할 수 없었다.

영화 '이미테이션 게임', 2015년 개봉,
아카데미 각색상 수상

에니그마 암호를 푸는 과정은 2014년 '이미테이션 게임(The Imitation Game)'이라는 제목을 가진 영화로도 만들어졌다. 나는 이 영화를 몇 번이나 보았다. 혹시라도 해독의 단서가 있지 않을까 해서였다.

그렇다면 향가 해독의 확률은 얼마나 될까.

신라 향가 중 가장 짧은 것은 서동요이다. 서동요는 모두 25개의 문자로 되어 있다. 25개의 한자가 표의문자인 것으로 보고 그 뜻이 가질 수 있는 경우의 수를 단순히 수학적으로 계산해 보았더니 6.592098779해(垓)×10의 5승 가지나 되었다. 향가 해독이란 이 중에서 한 가지를 찾아내는 작업이었다. 인간이 할 수 있는 일이 아닐 것이다.

인류사상 최악의 암호라고 하는 독일의 에니그마가 가진 경우의 수보다도 가장 짧은 향가 서동요가 가질 수 있는 경우의 수가 훨씬 더 많았다.

만약 향가가 암호문이라면 실로 난공불락일 것이다.

향가문장은 괴물과도 같은 암호체계였다.

알고 보았더니 나는 겁도 없이 무서운 암호체계 앞에서 짱돌을 들고 맞서 있었던 것이다. 하룻강아지 범 무서운 줄 모르는 꼴이었다. 몰랐을 때는 괜찮았는데 실상을 알고 보니 소름이 돋지 않을 수 없었다.

▎최고의 암호 전문가

이 기괴한 괴물을 앞에 두고 무엇인가 도움을 얻기 위해 국내 최고의 암호 전문가를 애써 찾아 조언을 구해 보았다.

그가 응원해주었다.

"국가 차원의 복잡한 암호체계 해독도 작은 단서에서부터 시작된다. 세계 사례를 보면 최고급 수학 전문가들을 모아 해독에 착수해 보지만 단서는 의외로 그들이 아니라 평범한 연구진에 의해 발견되는 경우도 많다.

첫 단서를 잘못 잡으면 그 암호 해독은 지옥 속으로 들어가 평생을 다 바쳐도 실패하고 만다. 양자컴퓨터라면 혹 모를까 슈퍼컴퓨터를 동원해도 불가능하다. 그러기에 향가 해독의 관건은 첫 단서를 잘 찾는 일이라 할 것이다."

▎빈도 분석법

나는 신라 향가가 채택했을 암호체계를 뚫기 위한 첫 단서를 얻기 위해 여러 가지 암호 해독법을 뒤적거려 보았다. 문자들을 모아 계량화도 해보았고, 빈도 분석도 시도해 보았다.

빈도 분석법이란 문자의 출현 빈도를 통해 암호를 해독하는 방식이다.

쉽게 말해 영어의 경우 알파벳 e는 12.7%, t는 9.1%, a는 8.2%의 빈도로 사용되고 있다. 그러기에 문자가 나타나는 빈도를 알면 암호문이 길 경우 암호를 풀 확률이 매우 높아진다. 시저암호도 이 빈도 분석법에 의해 그 비밀의 문이 열리고 말았다.

여러 가지 시도를 해보았으나 모든 시도가 부질없는 일이었다. 끝내 조그마한 실마리도 얻을 수 없었다. 나는 엄습해오는 좌절의 예감에 괴로워했다.

◆ 10 ◆
황무지

나보다 앞서 걸어간 여행자들이 거둔 성과는 별다른 도움이 되지 못하고 오히려 걸림돌이 된 지 오래였다.

강도 높은 몰입법으로 이런저런 해독법을 구상하면서 울창한 숲속과 무릎까지 빠지는 늪, 황량한 모래사막에서 탈출로를 찾아 헤맸으나 길은 갈수록 미궁 속으로 들어가 좌절감만을 키우고 있었다.

원문 속의 한자들은 서로 연결되지 않은 채 어두운 밤 반딧불이 떼가 날아다니며 춤을 추는 것과도 같았다. 고통은 끝없이 계속되었으나 성과는 얻을 수 없었다.

▌아무도 가 보지 않았던 길

유홍준 교수님께서 문화유적 답사기 실크로드 편에서 인용하신 법현(法顯)스님의 '불국기'라는 책 한 구절이 당시의 막막했던 나의 심정을 그대로 묘사하고 있었다.

다음은 서기 399년 법현 스님께서 실크로드 사막 길을 횡단하시며 쓴 글이다.

사하(沙河)에는 악령과 열풍이 심하여 이를 만나면 모두 죽고 단 한 사람도 살아남지 못한다. 하늘에는 날아다니는 새도 없고 땅에는 뛰어 다니는 짐승도 없다.

아무리 둘러보아도 망망하여 가야 할 길을 찾으려 해도 알 수가 없다. 다만 언제 이 길을 가다가 죽었는지 모르는 죽은 자의 해골과 뼈만이 길을 가리켜 주는 이정표가 될 뿐이다.

법현 스님이 가 보았던 길과 비슷한 느낌을 주는 향가의 길을 걸어 보았기에 나는 법현 스님의 이 글에 격하게 공감한다. 그러기에 훗날 "향가루트는 아무도 걸어보지 못한 죽음의 황무지 길이었다"라는 말을 자주 하곤 한다.

아무도 가 보지 못한 길을 나는 가고 있었다. 누구도 걸어 보지 않았던 길을 가고 있기에 이정표는 있을 리가 없었다.

비록 역설적이기는 하지만 이정표가 아주 없지만은 않았다.

"죽은 자의 해골과 뼈만이 이정표였다."라고 법현 스님은 말씀하셨다. 스님은 그 길을 따라가면 되었겠지만, 나는 그와 반대의 길로 가야 했었다. 앞에 가던 순례자들이 쓰러져 있는 흔적은 누군가 갔던 길이기에 그리로 가서는 안 되는 길이라고 알려 주었다.

해골과 뼈가 있는 곳은 돌아서야 할 곳이었다. 그리로 가면 가다 쓰러져 일어나지 못할 길이었기 때문이다.

향가루트 종주를 마치고 되돌아보니 향가 연구에서 죽음에 이르는 길은 다른 연구자들이 걸었던 '한자를 소리 표기로 보는 길'이었다. 그 길은 주화입마의 길이었고, 죽음에 이르는 길이었고, 해골로 남겨지는 길이었다.

아무도 걸어보지 않은 길이었기에 표의문자 가설에 바탕을 둔 길은 살 수 있을 것 같은 길이었다. 나에게 있어 살 확률이 있는 길이란 다른 이들이 갔던 길이 아니었다. 앞서 다른 순례자가 간 흔적이 있으면 길을 바꾸어 아무도 가보지 않았던 길로 가기를 반복했다.

그 당시 나만이 걸었던 길은 몇 가지 있었다.

내가 신라인이 되어 그들이 향가를 어떻게 창작했을 것인가를 역으로 생각해 보는 것은 좋은 방법이었다. '해독법'을 찾으려 하지 않고 '창작법'을 찾으려 한 것이었다. 설계도를 보고 건물을 짓는 것이 아니라 지어진 건물을 보고 설계도를 그리는 것처럼 만들어진 향가에서 거꾸로 창작법을 찾아보았다.

또 하나의 방법은 향가의 한자를 뜻으로 보고, 거기에서 절대 물러나지 않았던 것이었다. 한자를 절대 소리로 보지 않으려 했다.

비록 작은 성취를 얻었더라도 그것을 고집하지 않고 문제가 생기면 언제라도 버릴 수 있는 유연함도 소중한 자세였다. 나는 횡무지 사막 위를 참새 솜털처럼 부는 바람에 흩날려 떠돌아다녔다. 얻은 것을 버리지 않고 있으면 무거워져 바람에 날리지 않았기에 작은 성취를 가볍게 여겼다. 가설이 조금이라도 맞지 않으면 언제라도 버렸다.

그리고 또 한 가지 강도 높은 몰입법은 영감을 불러오는 초청장이 되어 주었다.

향가루트는 법현 스님께서 걸어갔던 돈황 사막 사하(沙河)의 길이었다. 쓰러져있는 순례자들의 해골을 보면 돌아서서 가야 했던 길이었다. 외로움에 지쳐 이제 그만두자고 천 번을 번민하던 길이었고, 혼자서 외롭게 걸어가던 길이었다. 나는 이러한 황무지 길에서 몇 년이나 헤매고 있었다.

◆ 11 ◆
천년의 기연

신라 향가는 모두 14편이 전해온다.

신라 향가 14편의 완전 해독은 히말라야 14좌 완등에 비견될 수 있을 것이다.

히말라야 14좌는 히말라야의 8,000m급 봉우리 14개를 말한다. 14좌 완등에 처음으로 성공한 사람은 1986년 오스트리아의 라인홀트 메스너이며, 우리나라에서는 엄홍길, 고(故) 박영석, 한왕용이 14좌 완등에 성공했다. 모두가 목숨을 걸고 도전하였을 것이다. 향가의 길도 그랬다.

향가 14편의 완독으로 가는 여정 중 원왕생가 해독 때의 일이다. 접신이 아니라면 도저히 설명할 수 없는 일이 나에게 일어났다.

나는 연구 초기 나름의 여러 가지 가설을 세워보았다.

찾아왔던 모든 가설이 나를 떠났고, 끝까지 남은 가설은 표의문자

가설이었다.

향가란 무엇인가의 내용을 한자로 적어 놓았고, 그 한자들은 표의문자로 기능할 것이라는 가설이었다. 물론 나뿐 아니라 지난 천여 년 이래 향가를 연구한 사람들은 모두가 이와 비슷한 생각을 했을 것이다.

그러나 이러한 생각에 바탕을 둔 시도는 곧바로 난관에 부딪히게 된다. 서너 글자만 나가도 반드시 정체불명의 글자들이 나타나 길을 가로 막았다. 마땅한 해법을 찾지 못하게 되자 과거의 연구자들은 대부분 '한자가 표의문자로 기능한다'라는 생각을 버렸을 것으로 추측된다.

그러나 나는 앞서간 이들의 수레바퀴 자국을 따르지 않기로 했다. 그들을 따르지 않고 나만의 길을 걷기로 한 것이다.

▎양주동 박사님 묘소 앞에서

그렇게 몇 년을 헤매던 어느 날 마침내 기연의 날이 오고야 말았다. 지성이면 감천이었다.

진퇴양난에 빠져 있던 어느 날 우리나라 향가 해독의 초석을 놓으신 양주동 박사님의 묘소를 찾아보기로 했다. 나는 역사상 이름을 남긴 분의 묘소를 찾아보는 기벽을 가지고 있다. 그때도 불현듯 양주동 박사님과 만나 대화를 나누어 보고 싶었던 것이다.

그때는 신라 향가 원왕생가에 한참 골몰하고 있을 때였다.

원왕생가가 어떠한 작품인지 다시 한번 돌이켜 보자.

양주동 박사님 묘소, 이곳에서 섬광을 맞았다. 경기도 용인시 소재. 아래 멀리 산 아래 계곡이 보인다.

月下 伊 底 亦 西方念 丁 去 賜 里

遣 無量壽佛前 乃

惱 叱古音 (鄕言云報言也) 多可攴 白 遣 賜 立

誓 音 深 史 隱 尊 衣 希 仰 攴

兩手 集 刀 花 乎 白 良

願往生 願往生 慕人 有 如

白 遣 賜 立

阿 邪

此 身 遺 也 置 遣

四十八大願 成 遣 賜 去

달 아래 네가 사는 세상 또한 서방정토라 생각하고 장정들에게 가주어야 하리

보내리, 무량수불 앞에

번뇌하는 이들을 극락에 보내주어야 하리

서원해야 하리

심오하신 이치는 공경하고 바라고 우러러야 하리

두 손 모아 자르니 꽃이 빛나라

원왕생 원왕생 그리워하는 사람들이 아직도 남아 있으면 아니되리

장정들을 극락에 보내주어야 하리

아미타불이여

계속하여 몸을 이 세상에 남겨 두고 장정들을 아미타불에게 보내야 하리

사십팔대원을 이루러 장정들에게 가주어야 하리

지금은 위와 같이 해독이 되어 있지만 그때만 해도 해독에 전혀 성공하지 못하고 있었다. 한자들은 실타래처럼 마구 엉켜 혼돈의 춤을 추고 있었다.

쌀쌀했던 그날 그분의 금잔디 묘석 앞에 초라한 마음으로 웅크리고 앉아 햇살을 쪼이며 산 아래 계곡을 내려다 보았다. 겨울 하늘에는 매가 나를 내려다보며 느릿느릿 날고 있었다.

영감 하나가 부싯돌의 섬광처럼 뇌리를 스쳐 지나갔다.
벼락같이 내려쳤다.
정말 순식간의 일이었다.

원왕생가 원문에 있는 글자, '보언(報言)'이라는 두 글자가 혹시 하나의 단어가 아닐까?'라는 영감이었다.

사진 속 원왕생가 원문 노란박스 안
에는 다음과 같은 구절이 있다.

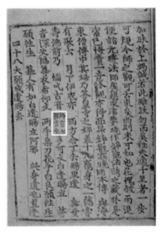

> 향언운 보언야
>
> 鄕言云 報言也
>
> 향가 말로는 보언이다

찰나의 시간이었다. 지나간 고통의
세월이 무색해질 정도로 영감은 순식
간에 찾아왔다. 기연이라고밖에 말할
수 없었다.

섬광, 노란색 박스 안 원왕생가 원문 향
언운보언야(鄕言云 報言也)

허겁저겁 곧바로 집으로 돌아와 확인 작업에 착수했다.

끈질기게 여러 사실을 추적하여 종합해 보았더니 그 영감이 들어
맞았다. '보언(報言)'이라는 구절은 하나의 단어였던 것이다.

보언(報言) = 報(알리다 보) + 言(말 언)

'보언(報言)'이라는 두 글자는 '보(報)'와 '언(言)'이라고 각자 따로 노는
낱개의 문자들이 아니라 고대 향가 창작자들이 자기들끼리 폐쇄적
그룹을 지어 전달하며 사용했던 향가의 용어로 볼 수가 있었다. '알
리는 말'이란 뜻을 가진 전문용어였다.

많은 추적이 있고 난 뒤에야 알게 된 사실이지만 '보언'은 연기해야 할 내용을 배우에게 '알려주는 말'이었다.

향가에는 노랫말이 있고, 거기에 보언에 해당하는 글자들이 섞여 있는 구조체임을 알 수 있게 된 것이다.

향가 문자들
=노랫말(歌言)에 해당하는 문자들＋정체 모를 문자들
=노랫말(歌言)에 해당하는 문자들＋보언(報言)에 해당하는 문자들

나는 지금까지 향가 풀이를 방해해 온 글자들의 성격을 이해하기 위해 내 나름 모든 방법을 동원해 보았었다.

기나긴 시간과 노력, 강도 높은 몰입이 있었다. 쌓았던 돌탑이 무너지기도 했고 시행착오가 나의 의지를 꺾기도 했다. 사탄이 "너의 일이 아니지 않느냐"라며 중도포기를 달콤하게 유혹도 했었다.

그럼에도 불구하고 정체불명의 글자들은 한사코 정체를 드러내지 않으려 했다. 그들은 요지부동 꿈쩍도 하지 않았다.

그랬으나 마침내 그날 양주동 박사님 묘소 앞에 내리친 순간적 섬광을 맞고 나는 향가의 실체를 깨닫게 되었던 것이다.

이 날 이후 검은 해무와 같이 짙었던 안개가 차츰 걷혀 가고 향가에 대한 모든 것이 바뀌어 갔다.

그동안 나를 괴롭혀 왔던 정체 모를 문자들을 '보언'이라는 문자집단으로 볼 수 있게 되었다. 해독은 급진전 되어 갔고 마침내 향가 해

독의 길로 들어설 수 있게 되었다.

'보언'이란 신라의 원효 대사께서 만드신 원왕생가 속에 쓰여 있던 어구였다. 여기로 들어가라고 안내하는 화살표였다.

'향언운보언야(鄕言云報言也)'라는 문구는 아마도 고려 일연 스님께서 삼국유사를 편찬하시며 적어 넣어 놓은 구절이었을 것이다. 그것이 나에게 향가로 들어가는 길을 안내해 주었다.

그런데 그 화살표 문자의 의미를 깨달은 장소가 하필이면 양주동 박사님의 묘소 앞이었다. 박사님의 해독에 '이의 있습니다'라며 정반대의 논리를 제시하고 있던 나에게 그 분의 묘소 앞에서 영감이 떠올라 준 것이다.

이 기막힌 우연을 어떻게 설명해야 하나.

나는 향가 해독의 성공을 나만의 것이라고 생각하지 않는다. 신라의 원효 대사님과 고려의 일연 대사님께서는 비집고 들어갈 구멍을 만들어 놓으셨고, 현대의 양주동 박사님께서는 초기 해독과 함께 그 구멍을 발견할 장소를 제공해주셨다.

나는 양주동 박사님의 묘지 앞에서 추운 날 햇살을 쪼이며 멍청하게 앉아 있다가 우연하게도 향가의 문으로 이어질 작은 개미구멍 하나를 발견하였다.

이후 끊어질 듯 끊어질 듯 이어지는 작은 구멍을 삽과 곡괭이로 파헤치며 이리저리 쫓아갔던 것이다. 그러다가 두터운 흙 속에 천년간이나 파묻혀 있던 향가의 세상으로 들어가는 육중한 돌문을 발견하였다.

나는 돌문을 열고 서늘한 동굴 속으로 들어가 보았다. 그 안에는
석궤가 있었고 석궤 안에는 향가가 있었다. 실로 네 사람의 합치는
천년의 기연이었다.

저승의 뱃사공

원왕생가는 향가 해독의 역사에서 매우 중요하고 독특한 위치를 갖게 될 것 같다.

우선 향가 안에 보언이라는 문자그룹이 있다는 사실을 깨닫게 했다. 뿐만 아니라 보언이 구체적으로 무엇인지도 깨닫게 해주었다.

보언의 구체적 실체를 알게 해준 원왕생가의 구절은 다음과 같다.

> 견 무량수불전 내
>
> **遣 無量壽佛前 乃**
>
> =**遣**(보내다 견)+**無量壽佛**(무량수불)+**前**(앞 전)+**乃**(?)
>
> =보내다+무량수불+전+乃(?)
>
> =보내리 무량수불 전+乃(?)

향가를 풀다보면 노랫말에 해당되는 부분은 한사의 뜻이 한국어 어순으로 나열되어 있기에 비교적 스피드 있게 진도가 나간다. 그러나 정체불명의 문자가 있는 부분에서는 갑자기 돌부리에 걸려 넘어지는 느낌을 받는다.

원왕생가의 이 구절을 풀고 있을 때도 그랬었다.

자동차가 시골길 과속 방지턱에 걸려 덜컹거리듯 해독이 갑자기 막힌 것이다. 정체 모를 문자가 있다는 뜻이었다.

아니나 다를까.

'내(乃)'라는 글자가 표의문자가 아니었던 것이다.

이 구절은 '보내리, 무량수불 전에'로 해독되어야 할 것 같았다. '내(乃)'라는 글자가 소리글자 '네'로 읽히는 것이 아닌가 싶었다. 이러면 표음문자가 된다.

이렇게 되면 안 된다.

만일에 이것이 소리글자라면 지금까지 겨우 만들어 놓은 나의 표의문자 가설은 뉴욕의 110층짜리 빌딩이 비행기 테러에 의해 무너지듯 붕괴되고 말 것이기 때문이었다.

나의 가설에 따르면 이 문자는 반드시 표의문자로 기능해야 했다.

가설이 무너지게 될 위기를 직감하고 다시 한번 '내(乃)'라는 글자가 가진 뜻과 발음을 네이버 한자 사전을 통해 확인해보았다.

지금까지의 연구자들은 '내(乃)'를 표음문자로 보아왔다. 뉴턴말고는 아무도 사과가 땅에 떨어지는 이유를 생각해보지 않았듯이 그동안의 연구자들은 너나 할 것 없이 '내(乃)'라는 문자를 너무도 당연히 '내'라는 소리로만 생각해 왔다. 다른 가능성은 생각조차 하지 않았다.

이 글자를 소리로 보면 절대 안 되는데도 불구하고 '내(乃)'가 쓰이고 있으니 이것은 소리를 나타내는 것이 아니라 다른 무엇인가를 뜻하는 문자로 보아야 했다.

네이버 사전에서 찾아보니 '내(乃)'는 다음과 같이 15가지의 뜻을 가지고 있었다.

1. 이에 내, 2. 그래서 내 ······ 15. 노 젓는 소리 애

'내(乃)'라는 글자가 소리가 아니고 뜻으로 사용되려면 사전 속 뜻 15가지 중 어느 하나에 해당해야 할 것이다.
하나하나 뜻을 대입해가며 어느 것이 전체 문장의 의미와 엉키지 않고 사용될 수 있는지 따져 보았다. 어조사로 쓰이고 있는 것은 우선적으로 배제하였다. 임신서기석의 서기체에는 어조사를 사용하지 않았기 때문이다.
반드시 전체 내용에 어울리는 그럴듯한 뜻으로 사용되어야 할 것이다.

검토를 거듭한 끝에 가장 유력한 뜻으로 떠오르는 대상은 15번째의 '노 젓는 소리 애'라는 쓰임이었다.

무량수불전(無量壽佛前) + '애(乃)'

무량수불전(無量壽佛前) + '노 젓는 소리'

만일 노 젓는 소리라는 뜻으로 쓰인다면 무량수불 앞에서 뱃사공들이 노 젓는 소리를 낸다는 뜻이 될 수도 있었다.

▎반야용선

원왕생가의 작자 원효 대사께서는 왜 무량수불전이라는 구절 바로 다음에 '노 젓는 소리'라는 뜻의 글자를 써두었을까.

노 젓는 소리를 붙여 놓은 이유가 밝혀져야 한다.

반야용선도, 경상남도 양산시 통도사 극락보전 북쪽 벽

그것에 대한 답은 엉뚱한 곳에서 찾아졌다. 불교의 내세관에 그 답이 있었다.

불교에서는 사람이 죽으면 그의 영혼이 배를 타고 고해(苦海)를 건너 극락의 무량수불에게 간다고 한다. 고해의 바다를 왕래하는 배의 이름을 반야용선(般若龍船)이라고 하였다.

무량수불전 다음에 쓰인 '내(乃)'라는 글자는 반야용선을 저어 고해의 바다를 건너가는 뱃사공들의 노 젓는 소리나 행위로 본다면 답이 될 것 같았다.

그렇다면 사공들이 노를 젓고 있기에 이 글자의 발음은 '애(乃, 노 젓는 소리 애)'로 읽어야 했다.

확인을 거듭하는 과정에서 망자의 영혼이 바다를 건너는 것은 불교만이 아니었음을 알게 되었다.

그리스 신화 속 저승의 뱃사공 카론, 네이버 지식백과 / 충청남도 공주시 무령왕릉의 돈 꾸러미, 영혼의 노잣돈이다
Wikidipia

멀리 그리스 신화에서도 저승의 뱃사공이 나오고 있었다. 카론(Charon)이라 불리는 뱃사공이 망자의 영혼을 배에 태워 저승의 스틱스(Styx)강을 건넌다고 하였다. 더욱이 그는 망자들로부터 뱃삯을 받고 있다고 하였다.

뱃삯이라면 우리나라 전통 장례풍습에서도 망자에 대해 여비를 주는 전통이 있지 않는가. 또 고대 왕릉을 발굴할 때 돈 꾸러미가 나오기도 한다.

상여, 상여는 저승배의 상징이었다

현대에서 전통 상여가 나갈 때 상여꾼이 '이제 가면 언제 오나' 이런 내용의 노랫말을 매기면 상여 매는 사람들이 '어하어하' 하고 후렴을 받는 것과 같은 방식이었을 것이다. 상여가 저승바다를 건너가는 배였고, 상두꾼들은 노를 젓는 뱃사공이라고 볼 수도 있었다.

더욱이 현대의 상여 줄에는 여비로 쓰라고 지전을 꽂아주는 풍습까지 있다. 망자의 영혼이 저승의 뱃사공에게 쥐어 줄 여비의 내세관이 우리에게까지 전해져 있는 것이다.

이집트 기자의 피라미드에서 발굴된 태양의 배, 파라오의 영혼이 타고 가는 배

뿐만 아니었다. 저승배의 유물은 이집트 피라미드에서도 발굴되고 있었다. '태양의 배'라는 저승배가 그것이다. 파라오가 죽으면 영혼이 배를 타고 하늘을 건너간다고 하였다.

인도, 그리스, 이집트까지 돌아다닌 끝에 곳곳에 저승배가 존재했다는 사실이 밝혀지며 '애(乃)'라는 글자가 가진 수수께끼가 풀려나갔다.

이 정도의 사례라면 '애(乃)'는 고대사회의 공통문화로 보아도 무방했다.

무량수불전 다음에 놓인 '애(乃)'라는 문자는 저승바다를 건너가던 뱃사공의 노 젓는 소리와 노 젓는 모습으로 보아야 했다.

〈원왕생가〉의 이 구절 문자들을 분류하여 도표화하면 다음과 같다.

분류표

한국어	견	무량수불전	애
원문	遣	無量壽佛前	乃
노랫말	遣	無量壽佛前	
보언			乃

견무량수불전(遣 無量壽佛前)은 고대인들이 '보내리, 무량수불 앞'이라고 부르던 노랫말이었다.

원효 대사께서는 이 노랫말 뒤에 '애(乃)'라는 글자를 붙여 놓았다. 해독 결과 이 문자는 배우들에게 이 대목에서 '뱃사공이 노를 젓는 연기를 하라'고 '알리는 문자'로 보아야 했다.

이 구절에는 노래가 있고, 연기가 있었다. 마치 뮤지컬이나 연극, 마당놀이와 같은 종합예술에서 노래와 연기로 꾸며진 한 상변이 신행되고 있는 것과 같았다.

이것은 반전이었다. 뜻밖에도 향가는 시가 아니었다. 노래가 있고 연기가 있었다. 그렇다면 이것은 뮤지컬이나 연극, 마당놀이의 대본이 되어야 하는 것이 아닌가.

'애(乃)'라는 글자는 현대 연극 대본에서 연기의 내용을 알려주는 전문용어 '지문(地文)'에 해당되었던 것이다.

놀란 나는 신라, 고려 향가에 여러 차례 나오는 '애(乃)'자에 대한 전수조사에 들어가 보았다. 이 생각이 맞는지를 확인해야 했다.

그 결과 예외가 없었다.

모두가 '노래를 부르고 노를 저어라'라는 알림어(지시어)로 사용되고 있었다.

報言

=報 알리다 보 + 言 말씀 언

=알리는 말

=현대 연극대본 용어인 지문(地文)

이것이 보언이었다.

보언의 성격은 배우에게 연기할 내용을 '알리는 글자'였다. 보언(報言)은 지문(地文)이었던 것이다.

부산 통도사에 가보면 장엄한 반야용선 그림이 있다. 통도사뿐만이 아니다. 전국적으로 여러 사찰과 무속 신앙에까지 반야용선이 그려져 있었다. 망자의 영혼이 저승바다를 건너간다는 내세관이 향가 속에 들어와 있었다.

한국 민속신앙사전에 반야용선은 다음과 같이 서술되어 있다.

불교에서 차용한 무속 용어로 굿을 받은 망자가 좋은 곳으로 가기 위해 타고 간다는 배. 종이 등으로 만들어 굿에 이용한다. 불교의 반야용선은 사바세계에서 피안(彼岸)의 극락정토로 건너갈 때 타고 간다는 상상의 배이다.

신라 배 모양 토기, 경주 국립박물관 소장, 금령총 발굴. 망자의 영혼을 저승으로 태우고 가던 배와 뱃사공이었을 것이다.

고대 우리의 조상들은 이승에서의 삶을 마치면 바다를 건너 저승으로 가고 있었다. 그가 타고 가는 배에는 뱃사공들이 있어 노래를 부르며 노를 저었다.

이집트에서도, 그리스에서도, 불교에서도 그랬다. 불교 이전의 한반도에서도, 불교 이후의 한반도에서도 그랬다.

애(乃)는 가장 오래된 우리 문화의 원형 하나를 가리키고 있었다.

13 ◆
암호 풀리다

원왕생가 '견 무량수불전 + 애(遣無量壽佛前 + 乃)'라는 구절을 단서로 해서 보언이 무엇인지 알 수 있게 되었다.

그러나 향가 창작법의 추적은 보언에서 끝나지 않았다.

보언의 성격을 면밀하게 검토하다보니 향가에 또 한 가지 종류의 문자 집단이 있음을 알 수 있게 되었다.

그것은 청언(請言)이라는 것이었다. 청언은 천지귀신에게 사람들의 소원을 알려주는 문자였다. 인간과 신 사이의 암호라고 할 수 있었다.

청언의 사례를 들어보겠다.

隱 가엾어 하다 은. 천지귀신이여 가엾어 해 주소서

良 길하다 라. 천지귀신이여 길하게 해 주소시

고대인들은 말에 주술적인 힘이 있다고 믿었던 것이 틀림없다.

인간이 '은(隱)'이라고 말을 하면 천지귀신이 그 소리에 감동받아 진짜로 가엾어 해 준다고 믿었던 것이다.

누군가가 신라 향가 서동요의 첫 구절을 부르면서 '선화공주님 + 은(善化公主主 + 隱)'이라고 말하면 그 속에 있는 '은(隱)'이라는 소리가 천지귀신을 감동시켜 선화공주님을 가엾어 해줄 것이라고 생각하고 있었던 것이다.

청언이란 천지귀신을 부리는 마(魔)의 소리였고, 향가에는 이러한 마성(魔聲)이 달라붙어 있기에 소원을 이루어 주는 힘을 갖게 되었다.

향가는 고대 동북아 어느 곳 깊은 밤 어두운 밤하늘에 울려 퍼지던 마성이었다.

▌향가의 비밀

청언까지 알게 됨으로써 향가문장 속의 모든 문자가 각각 담당하고 있는 기능이 명확해졌다.

향가의 기본구조가 드러난 것이다.

마침내 고통의 시간이 끝났다.

드디어 향가의 비밀이 풀렸다.

비밀은 다음과 같았다.

향가문장=노랫말＋청언＋보언

향가 문장은 세 가지 기능을 하는 문자들로 조립되어 있었다. 일부 문자는 노랫말이었고, 어떤 것들은 청언이었고, 나머지는 보언이었다.

노랫말은 향가의 줄거리를 알려주는 문자였고, 청언은 창작집단의 소원을 알려주는 문자였고, 보언은 연기의 내용을 알려주는 문자였다.

이것이 신라 향가 창작법의 골간이었다.

이것이 향가문장 천년의 비밀이었다.

이것이 우리 민족문화의 정수인 향가를 짓는 법이었다. 이러한 방법은 일개인이 할 수 있는 법이 아니었다. 이러한 방법은 국가적 역량이 모아져야 가능한 방법이었다. 뒤에서 설명되겠지만 그 국가는 아마도 고조선이었을 것이다. 실로 '향가 창제'라고 할 만했다.

언젠가 대학 국문과 교수님들과 시인들을 대상으로 향가 창작법에 대해 강의를 한 일이 있었다.

강의를 주의 깊게 들은 어느 교수님께서 향가 창작법의 핵심을 향가문장이 노랫말에 청언과 보언을 끼워 놓은 형태로 이루어진 점이 인상적이었다고 소감을 피력했다.

향가문장은 노랫말＋청언＋보언으로 되어 있다는 향가문장의 핵심 이치를 정확히 간파하신 것이나.

맞았다.

나도 그렇게 생각한다.

지난 천년 동안 어떠한 연구자도 향가문장이 이러한 구조로 되어 있다는 사실을 알아차리지 못했다.

연구자들은 한자가 발음을 표기한다거나, 뜻을 표기한다거나, 아니면 둘 다 표기할 것이라고 생각해 왔다.

그들은 향가가 세 가지 성격의 기능을 가진 문자들로 이루어진 구조체임을 알지 못했다. 노랫말에 청언과 보언이 끼워져 있었는데도 모두를 단순히 노랫말로만 생각하여 풀려 하였으니 만전만패, 그들은 실패할 수밖에 없었다.

유물과 비교하자면 향가는 글자로 된 금줄로 볼 수도 있었다. 금줄은 짚으로 꼰 새끼줄에 붉은 고추와 숯 등이 끼워진 모습이다.

금줄=새끼줄+붉은 고추+숯

고추와 숯은 무엇을 의미할까. 향가라는 창틀을 통해 금줄을 바라보니 이것들이 무엇을 의미하는지도 짐작할 수 있게 되었다. 금줄의 붉은 고추는 불꽃의 색이었다. 숯은 불에 태워진 것이다.

금줄은 불로 태워 숯을 만들어 버리겠다고 위협하는 도구로서 한민족 고대 문화에서 사용하던 주술적 도구였던 것이다. 아기를 낳은 집 대문에 쳐놓은 금줄은 집에 들어오려던 잡신에게 함부로 들어오면 불로 태워 숯처럼 만들어 버리겠다고 위협하고 있었다. 잡신은 금줄의 위협에 겁을 먹고 그 집에 들어가지 않았다.

금줄 문화는 일본에까지 광범위하게 확산되어 있다. 신사를 중심으로 해 주술적 도구로 사용되고 있었다. 한반도에서 건너간 고대 문화의 흔적인 것이다.

일본 대마도 와타즈미(和多都美) 신사의 금줄
(시메나와)

향가는 글로 된 금줄이었다.

노랫말에 끼워진 청언과 보언이 신을 위협하거나 감동시켰다. 청언은 소리를 통해 귀신에게 뜻을 전했고, 보언은 배우의 연기로 의지를 전했다.

그래서 향가는 강력한 힘을 가진 글이 되었다.

해독 결과 모든 향가는 백 퍼센트 주술가였으며 모두가 글로 써놓은 금줄이었다.

나는 연구 초기 향가를 암호문으로 보았다. 해독이 가능한 문자 사이에 정체불명의 문자가 끼워져 있는 형태로 되어 있을 것이라 가정했던 것이다.

향가문장의 구조를 밝혀낸 다음 뒤를 돌아보니 암호문으로 보고 접근했던 나의 방법이 주효하였음을 알 수 있었다. 암호문으로 보았던 것이 향가 해독으로 가는 첩경이 되었다.

2차 세계 대전 당시 독일군이 만들었던 에니그마라는 난공불락의 암호체계보다도 더 강력했던 괴물이 풀렸다.

이것을 가능하게 한 것은 양주동 박사님 묘소 앞에서 맞았던 섬광, '보언(報言)은 하나의 단어였다'라는 영감으로부터 시작되었다.

이제 나는 칠흑동굴 속으로 들어갈 수 있는 열쇠를 손에 쥐었다.

◆ 14 ◆
평화를 염원했던 두 남녀의 사랑 이야기, 서동요

나는 향가라는 산에 올랐다. 꼭대기에 올라 아래를 내려다보니 산에 오르는 길이 어떻게 되어 있는지를 알 수 있게 되었다.

신라 향가가 어떻게 만들어져 있는지도 알 수 있었다. 이제 그 방법에 이름을 붙여 '신라 향가 창작법'이라 했다. 신라 향가 창작법을 가지면 이제 향가 속으로 들어갈 수 있을 것이다.

신라 향가 창작법을 등불 삼아 칠흑동굴 속으로 들어가 보기로 했다.

천년이 넘도록 아무도 들어가 보지 않아 거미줄만이 이리저리 나풀거리는 컴컴한 동굴 속에 먼지 낀 채 놓여 있는 석궤 하나가 있었다. 그 안에는 과연 무엇이 들어 있을까.

석궤의 뚜껑을 여니 그 안에는 여러 권의 낡은 책이 들어 있었다. 나는 '서동요'라고 제목이 쓰인 책을 제일 먼저 골라잡았다.

서동요는 사랑의 노래로 알려져 있다.

우리 시대의 사람들은 사랑에 목말라하고 있다. 서동요의 두 주인공인 신라의 선화공주와 백제 무강왕의 사랑을 둘러싸고 문화계, 역사학자, 지방자치단체, 언론, 지역민들 모두가 뜨거운 관심을 쏟고 있다.

그러나 서동요에는 여러 곳에 빈 공간이 있어 두 사람의 애틋한 사랑은 잡힐 듯 잡힐 듯 사람들의 상상력만 자극하고 있을 뿐이었다.

역사적 사실과 배경기록도 살펴보며 신라 향가 창작법을 도구로 하여 서동요를 해독해 보겠다.

▌역사의 강

서동요와 관련된 역사의 강을 따라 올라가 보자.

서동요의 강이 시작되는 역사의 지점은 멀리 고구려 장수왕의 평양천도로 거슬러 올라간다. 장수왕은 수도를 압록강변 집안에서 대동강변 평양으로 옮겼다.

고구려의 남쪽 천도는 한반도의 역사에 큰 충격을 가했다. 고구려의 군사력이 워낙 강하였기에 한반도 남단에 있던 백제와 신라에게는 죽고 사는 위험이 되었다. 두 나라는 대책 마련에 나서 백제의 동성왕과 신라 귀족의 딸을 혼인시키고 힘을 합쳐 고구려에 맞섰다. 그러나 역부족이어서 백제는 한강변 풍납토성에서 지금의 충청도 공주 공산성으로 밀려나야 했었다.

고구려의 무력에 줄곧 당하기만 하던 백제와 신라에게 잃어버릴 수 없는 좋은 기회가 왔다. 고구려에서 왕권 다툼이 일어나 동북아의 최강자 고구려가 기울기 시작했던 것이다.

백제의 성왕은 이러한 기회를 놓치지 않고 신라의 진흥왕과 연합하여 고구려로부터 한강 유역을 되찾는 데 성공하였다.

두 나라는 고구려로부터 빼앗은 한강 유역의 땅을 사이좋게 나누었다. 백제가 한강 하류를 차지했고, 신라는 상류를 가졌다. 그러나 그들의 좋은 사이는 2년도 지나지 않아 깨어졌다. 신라의 진흥왕이 백제를 공격하여 한강 유역을 차지해 버린 것이다. 배신에 분노한 백제의 성왕이 신라를 공격하다가 기습 되치기를 당해 신라군에게 죽임을 당하는 참변까지 벌어졌다.

이로써 백제와 신라 두 나라 사이는 불구대천의 원수가 되고 말았다.

신라에서 진흥왕이 사망한 후 손자 진평왕 때가 되었다.

신라 왕위 승계표

진흥왕(540~576)→진지왕(576~579)→진평왕(579~632)

→선덕여왕(632~647)

신라와 백제 사이 본격적인 전운이 짙어지기 시작하였다.

사람들은 비록 전쟁을 피할 수 없다고 예감하였으나 백제와의 평화를 원했다. 평화는 만인의 꿈이었다.

많은 사람들은 과거 백제의 동성왕과 신라의 소지왕 사이에 체결했던 혼인동맹을 떠올렸다. 그들은 2차 혼인동맹을 꿈꾸게 되었다.

그때 백제에 '여장(餘璋)'이라 불리던 젊은이가 있었다. 비록 마를 캐며 생활하고 있었으나 사람들은 그가 앞으로 백제의 왕이 될 것으로 예상하였다.

신라에는 진평왕의 셋째 딸로 선화가 있었다.

사람들은 선화공주가 여장(餘璋)에게 시집가 부부가 화합하게 되면 백제의 여장(餘璋)이 훗날 왕위에 올랐을 때 신라와 백제 양국은 화친하게 될 수 있을 것으로 생각했다.

역사기록을 보면 진평왕에게는 딸이 둘 있었다. 맏딸은 덕만공주로 훗날 신라 최초의 여왕이 되는 선덕여왕이다. 둘째 딸은 김춘추의 어머니다. 김춘추는 후일 태종 무열왕이 된다.

여기서 주목해야 할 점은 진평왕의 가족 관계에 선화공주가 나타나지 않는다는 점이다. 현대의 일부 사람들은 가족관계에 선화공주가 나타나지 않고 당시 신라 진평왕과 백제 무왕 사이의 험악한 관계를 고려하면 선화공주 이야기를 사실로 보기 어렵다고도 한다. 그러나 이러한 주장은 공허한 주장일 뿐이다. 그녀를 둘러싼 역사의 빈 공간이 너무도 크기 때문이다.

서동요는 백제 무강왕이 왕이 되기 전 마를 캐던 시절에 만들어졌으니 579년(진평왕 즉위)에서 600년(무왕 즉위) 사이에 만들어졌을 것이다.

▌배경기록 검토

향가의 배경기록이란 삼국유사에 수록되어 있는 작품에 대해 설명하는 글이다. 오직 삼국유사에만 이러한 기록이 남겨져 있기에 신라 향가는 다른 작품들과 달리 해독에 큰 도움을 받을 수 있다.

다음은 서동요 배경기록을 요약한 내용이다.

서동요는 훗날 백제의 무왕이 되는 여장(餘璋)이 만들었다.
신라 진평왕의 셋째 딸로 선화공주가 있었다. 너무도 예뻐 미염무쌍(美艶無雙)으로 백제까지 소문이 났었다.
그때 백제의 수도 남쪽에 한 과부가 살았다. 그녀는 아들 하나를 두었는데 그의 이름이 여장(餘璋)이었다. 여(餘)는 성이고 장(璋)은 이름이다. 장(璋)은 마를 팔아 생계를 유지하였기에 사람들은 그를 서동(薯童)이라고도 불렀다.

평화를 염원하는 많은 사람들의 강렬한 소원이 맛둥이에게 전해졌을까. 서동은 선화공주가 미염무쌍이라는 말에 홀려 신라의 서울 월성으로 들어갔다. 아이들에게 마를 나누어 주자 아이들이 그를 따라다니게 되었다. 맛둥이가 노래를 지어 아이들에게 부르게 하였다. 서동요가 월성 온 거리에 가득 차게 되었다.
서동의 노래를 듣고 신하들이 진평왕에게 강력히 간하여 공주를 유배 보내도록 하였다.

이상한 노래의 힘에 의해 영문도 모르고 월성에서 쫓겨난 공주는 어머니가 챙겨 준 한 말의 황금을 가지고 유배지로 가던 도중 서동을 만나게 되었다. 서동이 공주를 모시겠다고 하자 공주는 허락하고 그와 몰래 정을 통했다. 그제서야 공주는 그가 서동임을 알았다. 노래의 내용이 현실이 되었다.

　서동을 따라 백제로 온 선화공주는 서동이 안내한 곳으로 가서 산더미 만큼의 황금을 발견하여 그것을 신라 아버지에게 보냈다. 그러자 신라의 진평왕은 사위 여장을 존경하게 되었고, 편지를 보내 그의 안부를 묻기도 했다.
　이후 여장은 크게 인심을 얻어 백제의 왕이 되었다. 그가 무왕이다.

　어느 날 무왕과 선화공주가 용화산 아래 연못가에 이르렀다. 부인이 그곳에 큰 절을 지어달라고 하자 무왕이 허락하였다. 진평왕이 많은 장인들을 보내 절을 짓는 것을 도왔다. 미륵사라고 이름하였다.
　지금까지가 배경기록의 줄거리이다.

▌서동요 해독

앞에서 역사적 상황과　배경기록을 살펴보았다.
이제는 작품을 해독해 보자. 해독의 도구는 신라 향가 창작법이다. 지금까지 그 어느 누구도 진짜 작품 속으로 들어가 보지 못했다. 이 책을 읽는 독자 여러분은 향가와의 깊은 인연을 가진 분들이 되는 것이다.

善化公主主 隱
他密 只 嫁 良 置 古
薯 童房 乙
夜 矣 夘 乙 抱遣去 如

선화 공주님은 남 모르게 시집가 두고
스물 네 놈의 어린 하인들 방으로 찾아 간다
깊은 밤에 어린 하인 놈들과 누워 뒹굴며 끌어안아 극락에 보내 주러 가면 안 되지요

한 눈에 보아도 뜨거운 작품이다.

선화공주와 어린 하인 놈들이 누워 뒹굴고 끌어 안고 있다. 다른 요망한 음란마귀 같은 생각을 버리고 한 글자 한 글자 오로지 글자들의 뜻이 가리키는 곳만을 바라보며 향가 속으로 들어가야 한다.

해독 결과 놀랍게도 "선화공주가 과부였다."라는 사실이 나왔다.

두 번째 줄 '타밀 척 가량치고(他密 只 嫁良置古)'에 나오는 '척(只)'이라는 글자가 그 사실을 가리킨다.

이 글자는 '외짝'이라는 뜻을 가지고 있다. 외짝은 켤레에서 떨어져

혼자가 된 짝을 말한다. 수많은 향가에서 '남편이 죽은 과부'를 가리키고 있는 문자로 쓰이고 있다.

'척(只)'이라는 글자는 '과부로 꾸미고 나가 연기하라'라는 보언이었다.

선화공주는 시집을 갔다가 남편이 죽자 과부가 되어 혼자 살고 있었던 것이다.

또하나 기상천외한 문자가 나온다. 첫 구절에서 청언 '은(隱)'이라는 문자다. '은(隱)'은 '가엾어 하다 은'이다.

선화공주주	은	타밀	척	가라치고
善化公主主	隱	他密	只	嫁良置古
선화공주님	은	남모르게		시집가두고

'은(隱)'이라는 글자는 '공주를 가엾어 해주소서'라는 글자다. 공주가 과부가 되어 혼자 살고 있으니 '공주를 가엾게 여겨 맛둥이에게 혼인하게 해 주옵소서'라고 천지귀신에게 청하고 있는 글자인 것이다.

청언이란 귀신을 부리는 소리다.

천지귀신은 '은(隱)'이라는 소리에 감동하여 선화공주를 가엾게 여겨 줄 것이다.

▌고유명사법

서동요를 풀기 위해 활용할 또 하나의 창작법은 '고유명사법'이다.

고유명사법이란 '향가 속에 나오는 고유명사의 한자를 뜻으로 풀다 보면 그 뜻이 향가 창작의도와 매우 긴밀하게 연결되어 있다'는 법칙이다.

서동요의 고유명사로는 '장(璋)'이라는 이름이 있다. 서동의 어렸을 때 이름이다.

'장(璋)'이란 제후를 봉할 때 행사에 쓰던 홀로서 왕을 뜻한다. 즉 '장(璋)'이라는 글자는 서동이 훗날 왕이 될 사람이란 것을 가리키기 위해 의도적으로 배경기록에 사용되었고, 그는 실제로도 백제의 무강왕이 되었다.

다음으로 살펴보아야 할 고유명사는 공주의 이름인 '선화'이다.

선화공주는 선화(善化)라고 했다. 이것은 '가르침(化=가르치다 화)에 능한(善=통달하다 선)' 공주로 풀어야 한다. 공주가 무엇인가를 '잘 가르치고 있다'는 뜻이다.

선화(善化)의 이름에 담아 둔 의미를 풀 수 있느냐 없느냐가 서동요 해독의 성패를 가름하였다.

작품 내용을 보면 과부였던 공주가 사람들 몰래 시집가 두었다고 했다. 이는 섹스 파트너가 있었다는 말이다. 그녀는 늦은 밤 아이돌

방으로 찾아가 아이들과 누워 뒹굴면서 끌어안고 있었다. 공주가 몰래 가르치는 내용은 섹스였다.

다른 뜻으로 해독해 보려고도 했으나 한자들은 이러한 뜻을 갖도록 물샐틈없이 짜여 있었다. 한자를 있는 그대로만 보면 공주가 가르치는 종목은 틀림없이 섹스였다. 신라판 비밀 성교육 과외가 행해지고 있었다.

문자들은 정교하게 선별되고 배치되어 있었다.

선화공주는 섹스를 가르침에 통달(善)한 공주였고, 비밀 과외를 받는 대상은 어린 하인들(童=어린 하인 동)이라는 뜻이 되도록 문자들을 배치해 놓았다.

놀랄 일은 그녀가 가르치는 대상이 한둘이 아니었다는 사실이다. 학생들이 자그만치 스물네 명이나 되었다.

어디에 스물네 명이라는 글자가 있는가.

서동의 서(薯)자가 그러한 역할을 하고 있다.

薯
=十+十+四+者
=二十四者
=스물네 놈

서(薯)자를 파자해서 보면 十 + 十 + 四 + 者가 된다. 二十四者(스물네 놈)이란 뜻이 된다. 서동은 스물네 놈의 어린 하인으로 풀이되는 것이다. 한자에서 자주 사용되는 이러한 법칙을 파자법이라고 한다.

이것 외에도 난리가 날 보언이 또 하나 출현하고 있다. 그것은 '을(乙)'이란 글자다. 여기에서는 후배위 자세를 뜻한다. 선화공주는 망칙하게도 섹스 체위 중에서도 후배위 자세에 능한 공주였던 것으로 나타난다.

이를 확인할 문제의 구절이 '원을 포(夘 乙 抱)'라는 구절이다.

원(夘): 누워 뒹굴다 원 / 을(乙): 굽히다 을 / 포(抱): 안다 포

가운데 있는 을(乙)이라는 글자가 핵심 글자다.
이 글자는 배우들에게 남녀가 무대에 나가 누워 뒹굴고(夘 누워뒹굴다 원) 안는(抱안다 포) 연기를 하는 도중 절하는 모습으로 몸을 굽히라(乙 굽다 을)고 지시하는 보언이었다.
이 연기는 구체적으로 무엇을 뜻할까.
바로 섹스 체위 중 후배위 자세였다.

신라의 남녀는 후배위를 즐겼다.
사실이다. 증거도 있다. 신라 토우에 그 증거가 있다.

신라 토기에 절하듯 굽히는 (乙) 자세를 취한 여인이 있다. 명확한 후배위 자세(乙)이다.

'원을 포(卯 乙 抱)' 가운데 있는 '을(乙)'이라는 보언은 '누워 뒹굴며 끌어안을 때 선화공주 역을 맡은 배우는 후배위 자세를 취

토우장식 긴목 항아리, 국립 경주박물관 소장, 1973년 미추왕릉 지구 발굴 조사 시 출토, 5~6세기

하라'고 알려주는 문자였다.

충분한 성경험을 가졌기에 섹스에 능숙(善)하였던 과부(只) 선화공주님께서는 손수 '어려운 자세(乙)'를 취해 주시며 아무것도 모르는 월성의 숙맥 어린 하인 놈들(童)에게 손수 실험실습 교보재가 되어 섹스를 가르치셨다(化).

아이 놈들은 무엄하게도 공주님을 뒤에서 끌어안았다(抱).

불국사의 종소리 울리던 신라의 달밤은 이렇게 후끈하게 뜨거웠다.

▎폭로

문제는 이것이 남모르게(他密) 이루어지던 비밀 성행위(嫁)였다는 점이다.

세상에 비밀은 없다고 한다.

백제에서 온 맛둥이에게 마를 얻어먹은 아이 놈들이 이 노래를 부

르면서 월성 시내 여기저기를 돌아 다녔다.

몇 놈은 앞장서서 큰 소리로 노래를 불렀고 두어 놈은 뒤따르며 과부로 분장한 채 얄궂은 섹스체위를 연기하면서 온 월성 시가지를 돌아다녔을 것이다.

이 장면을 본 남녀칠세부동석의 근엄한 신하들께서 난리가 나 뒷목을 붙잡고 뒤로 쓰러졌다. 공주는 쫓겨나게 된다. 비밀 과외 교습소는 그만 폐쇄되고 말았다.

그녀는 유배 가는 도중 길에서 서동을 만났다. 배경기록에 따르면 그녀가 서동을 만나 제일 먼저 한 일은 잠통(潛通)이었다. 몰래 정을 통했다는 뜻이다. 공주는 잠통(潛通)을 하며 온갖 실력을 다 발휘해 서동을 가르쳤을 것이다. 이러한 일들이 마력을 가진 향가의 힘에 의해 이루어진 것이다.

배경기록에 백제 무왕의 이름을 무강왕(武康王)이라고 했다. 이에 대해 일연 스님께서는 '옛 책(古本)에는 무강왕으로 되어 있으나 백제에는 무강왕이 없다'라고 하면서 동시대 비슷한 이름을 가진 무왕으로 수정하셨다.

그러나 향가에 대한 전면적인 재해독이 이루어져 그 실체에 대한 충분한 지식이 확보되기 전까지는 원본을 함부로 수정할 일이 아니라고 본다. 그래서 나는 일연 스님의 수정 입장에 반대하고 싶다.

더욱이 고유명사법으로 풀이해 보면 무왕(武王)이 아니고 무강왕(武康王)으로 표기해야 서동요의 취지에 부합된다.

무강왕이라는 이름풀이에는 파자법이 동원된다.

무(武)를 파자법으로 보면 '창을 멈추다'라는 뜻이다.

武=止(그치다 지) + 戈 (창 과)

康=편안하다 강

무강은 '전쟁을 멈추고 평화롭게 지내게 해 달라'는 의미를 가지게 되는 것이다. '창을 거두고 신라와 평화롭게 지내달라'라는 것이 본 작품의 창작의도로 풀이될 수 있다.

서동요는 이처럼 글자 하나하나가 360억 원짜리 그랜드 마스터 차임 파텍필립(patek philippe) 스위스제 명품 시계 부속들처럼 정교하게 짜 맞추어져 돌아가고 있었다.

▌ 향가의 힘

향가의 힘에 의해 복잡하고 어려운 일이 순조롭게 진행되었다. 공주가 쫓겨나는 우여곡절도, 선화와 여장이 화촉을 밝히는 것도 향가의 힘에 의해 만들어진 일이었다.

서동이 왕이 된 후 백제에서는 부인의 희망에 의해 미륵사가 지어지게 되었다. 진평왕은 건축 기술자를 백제로 보내 미륵사 건축을 도왔다

섹스교사 출신 공주를 사이에 두고 신라와 백제는 이제 서로 신뢰하고 번영을 함께하는 이웃나라가 되었다.

이것도 향가의 위대한 힘이었다.

❙ 전쟁

향가와 선화공주의 노력에도 불구하고 역사가 출렁이게 되었다. 선화공주와 무강왕의 사랑 강에 풍랑이 일었다.

고구려, 백제, 왜국이 이 무렵 밀약을 맺었다.

일본서기에 의하면, 601년 왜(倭)가 고구려와 백제에 사신을 보내 신라를 협격할 것을 제안했다는 기록도 등장한다.

백제 무왕은 즉위 3년째가 되는 602년 장인의 나라 신라를 공격하기 시작했다. 신라의 아막성(阿莫城)라는 곳에서 양국 간 전투개시의 봉화불이 피어올랐다.

평화를 바랐던 백성들의 꿈이 조각조각 깨어져 나갔다.

백제와 신라 사이 다시 성을 뺏고 빼앗기는 전쟁이 계속되었다.

▌천년 이후

역사는 흘러갔다.

선화공주의 친정나라 신라가 삼국통일을 했고, 시집간 나라 백제
는 망했다.

그리고 1,400여 년이 지났다.

선화공주가 잊히지 않았음을 증명하는 사건이 발생했다.

지난 2009년 전북 익산의 미륵사지 석탑을 해체, 복원하는 사업이
있었다. 미륵사는 공주와 남편 여장이 건립한 절이었다. 작업 도중
매우 중요한 유물이 발견됐다. 석탑에서 사리봉안기가 나온 것이다.
거기에 뜻밖의 내용이 있었다.

> 우리 백제 왕후께서는 사택적덕(沙宅積德)의 따님으로 지극히 오랜
> 세월에 선인(善因)을 심어 금생에 뛰어난 과보를 받아 만백성을 어루만
> 져 기르시고 불교 삼보의 동량이 되셨기에 능히 정재(淨財)를 희사하
> 여 가람을 세우시고 기해년 정월 29일에 사리를 받들어 맞이했다.

이 내용은 대한민국에 큰 충격을 던졌다. 모두가 당황해 했다. 마
땅히 선화공주여야 할 왕비의 이름이 백제 귀족 사택적덕의 딸이라
고 기록되어 있었던 것이다. 선화공주님께서는 어디로 가셨는가.

선화공주가 실재했는가. 이 사실을 짐작할 수 있는 부분이 역사서

에는 공백으로 남아 있다.

그녀 존재의 신뢰도는 신라 향가 14편의 해독 결과를 놓고 전체적으로 판단되어야 할 것이다. 신라 향가 14편 모두를 해독해 본 나는 신라 향가의 사실성에 매우 강한 신뢰도를 갖고 있다. 삼국유사 향가는 모두가 사실이었던 것이다.

다른 향가 모두가 사실에 바탕을 두고 있었기에 당연히 선화공주와 무왕의 혼인 역시 백 퍼센트 실화였을 것이다. 서동요 하나만 사실이 아닐 리 없기 때문이다. 나는 많은 상상을 할 수 있으나 여기서는 생략한다. 더욱 깊은 내용은 관련 분야의 연구를 기대한다.

서동요는 전쟁의 시대에 평화를 염원했던 이 땅의 백성들과 선화와 맛둥이, 두 젊은 청춘 남녀의 사랑 이야기였다.

◆ 15 ◆
암흑 한랭기와 대기근, 모죽지랑가

석궤에서 다른 책을 집어들어 불빛으로 비추어 보니 모죽지랑가라는 제목이 있었다. 모죽지랑가는 화랑 죽지랑을 추모하는 노래라는 뜻이다.

죽지랑을 만나 보기로 했다.

모죽지랑가의 해독 내용은 다음과 같다.

사람들이 굶어 죽어 가는 봄

그대의 모든 다스림이 끝났습니다

곡하는 상제들

아미타불이여 죽지랑의 영혼을 맞아주옵소서

백성들을 사랑하고 지탱해주셨사오은 망인이시어

세월이 여러 번 되풀이 흘러 무너진 분을 지탱하여 장례를 지냅니다

윗분들이 향불을 피웁니다

일곱 분이 그대의 수의를 만들고,

손발들이 그대의 생전 업적을 알리는 글을 만들고 있습니다

그대의 낭도들이 여기에 있습니다

죽지랑이여

그리워합니다, 다스리시던 마음을

아직도 그대의 장사를 지내지 못하고 있습니다

길에는 여기저기 굶어 죽은 사람들의 시신이 버려져 있고,

장례 치르는 쑥봉대가 줄을 잇고 있습니다

거리에서 지켜야 하는 밤

그대의 낭도들이 여기에 있습니다

▌눈물가와 미화법

모죽지랑가는 죽지랑이 사망한 후 그의 영혼이 좋은 곳에 가기를 비는 향가였다. 사람이 죽은 후 망인을 기리는 작품을 '눈물가'라고 하겠다. 만가라고 할 수 있겠으나 만가라는 이름이 가진 음산한 느낌 때문에 '눈물가'라고 새로 이름 짓기로 했다. 향가를 세부적으로 분류할 때 가장 많은 작품이 눈물가에 해당한다.

향가의 창작 기법 중 하나로 사람이 죽으면 그의 생전 업적을 조사한 다음 실제보다 더 아름답게 꾸며주어야 한다는 법칙이 있었다. 아름답게 꾸미기에 이것을 '미화법'이라고 하겠다. 매우 중요한 또 하나의 신라 향가 창작법이다.

모죽지랑가 해독 결과를 보면 죽지랑에 대해 '백성들을 사랑하고 지탱해주셨사오은 망인이시어'라고 기리고 있다. 바로 이 대목이 죽은 이의 생전 업적을 꾸미고 있는 내용이다. 미화법이 이것이다.

왜 미화법이 필요한가.

고대인들은 망자가 저승길을 갈 때 날씨가 나쁘면 저승 바다에서 배가 흔들려 고생하거나 길을 잃게 된다고 생각했다. 이럴 때 미화법으로 꾸민 눈물가를 불러 주면 망자가 자신을 치하하는 눈물가를 듣다가 시간을 지체하여 날씨가 나쁠 때 떠나지 않고, 구름이 걷히는 등 날씨가 좋을 때 떠나가게 된다고 고대인들은 믿었다.

저승길 떠나는 죽지랑을 위해 산자들은 눈물가에 미화법을 사용해 그의 생전업적을 꾸몄다.

▎저승바다의 북소리

모죽지랑가에는 보언 '애(乃)'가 사용되고 있다. 모죽지랑가 네 번째 구절이다.

> 아 동음애질
> 阿 冬音乃叱
> 아미타불이여

이 구절의 첫글자 아(阿)는 아미타불(阿彌陀佛)의 약자이다. 저승배가 고해의 바다로 떠나고 있다.

그 다음에는 동음애질(冬音乃叱)이라는 네 글자가 나온다. 네 글자 모두 보언이다. 죽지랑의 영혼이 타고 가는 저승배 안에서 일어나고 있는 일이 그려져 있다.

이들 글자의 뜻을 살펴보자.

동음(冬音, 북소리 동, 소리 음)은 북소리로 풀린다. 저승배에 북소리가 울리고 있다. 고수(鼓手)가 북을 치고 있다.

애(乃, 노 젓는 소리 애)는 사공들에게 북소리에 맞추어 노를 저어라는 뜻이다.

질(叱, 꾸짖다 질)은 뱃사공들의 옆에서 지휘하는 사람이 노를 힘껏 저어라고 사공들을 꾸짖고 있다.

동음애질(冬音乃叱)이라는 네 글자는 저승 배에서 사공들이 노 젓는 모습을 그리는 문자들이었다.

지휘자와 뱃사공과 고수가 있다. 고수가 북을 치고 북소리에 맞추어 뱃사공들이 노를 젓고 있다. 지휘자는 노를 힘껏 저어라고 고수와 뱃사공들을 꾸짖고 있다.

나는 아직 신라시대 수군이나 무역선이 어떻게 노를 젓는지 들어본 적이 없다. 그런데 이 구절에 신라의 노 젓는 모습이 묘사되고 있다.

영화 벤허. 오른쪽 하단 가죽옷을 입은 고수의 북소리에 맞추어 사공들이 노를 젓는다.

북소리에 맞추어 노를 젓는 모습은 영화 〈벤허〉에 나오는 로마시대 전함의 모습을 연상시킨다.

〈벤허〉는 윌리엄 와일러 감독과 배우 찰턴 헤스턴에 의해 1956년 만들어진 영화이다. 노예로 끌려간 벤허가 전함의 뱃사공으로 일하고 있다. 그는 쇠사슬에 발목을 묶인 채 고수의 북소리에 맞추어 노를 저어야 했다.

이와 같은 장면이 모죽지랑가 속에 나오고 있다.

고대 신라의 선박도 벤허의 전함과 같은 방식으로 노를 젓고 있었던 것이다.

놀랍게도 신라 향가 창작법으로 우리는 고대 문화를 복원할 수 있을 것이다.

▌ 암흑 한랭기(Dark Age Cold Period)

향가의 세계에서는 아주 진귀한 경험을 할 때가 있다.

모죽지랑가도 그러한 경우였다.

한번은 고등학교 동기인 강원대학교 우경식 지질 지구물리학부 교수가 나에게 특별한 지식 세계를 알려 주었다. 지질학과 기후학에 대해 아무런 지식을 갖추지 못했던 나에게 암흑 한랭기가 무엇인지 말해 주었다.

모죽지랑가 해독은 그가 안내한 지식을 발판으로 이루어졌다.

모죽지랑가는 신라 효소왕(692~702) 때의 작품으로 692~702년 사이에 만들어졌다. 효소왕이 태어나던 날은 날씨가 매우 어두웠으며 천둥 번개가 많이 쳤다고 한다. 그는 날씨에 대한 기록과 함께 태어났다.

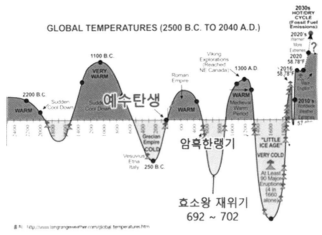

세계 기후표(B.C 2500-AD 2040)

위의 표를 보면 서기 600~800년 사이 지구에는 추위가 엄습해 왔다. 이 시기를 지질학적 용어로는 '암흑 한랭기'라고 한다.

이때의 암흑 한랭기는 역사적 사건을 설명하는 도구로 사용되기도 한다.

유럽에서는 바이킹이 추위를 피해 남하해 유럽을 약탈하였으며, 아메리카 대륙에서는 마야 문명이 기근으로 멸망했다. 아시아에서도 당나라가 분열되어 5대 10국 시대가 초래되었다

신라도 예외가 아니었다. 대기근이 발생해 잦은 민란이 발생하였다. 결국은 신라도 분열되었고 후삼국 시대가 열리게 된다.

암흑 한랭기는 효소왕(692~702) 대에 이르러 최하점을 찍고 있다.

만일 우리가 효소왕 대로 가본다면 기후는 평균적으로 매우 서늘했을 것이다. 모죽지랑가는 바로 이러한 기후 여건하에서 만들어졌다.

모죽지랑가 배경기록을 살펴보면 한랭기와 대기근이 암시되어 있다. 배경기록의 요지는 다음과 같다

화랑 죽지랑(竹旨郞)의 이름은 죽만(竹曼)이라고도 한다.

죽지랑 무리에 득오곡(得烏谷)이라는 낭도가 소속해 있었다. 화랑도의 명부에 이름을 올렸기에 날마다 출근해야 했는데 한번은 10여 일 동안 보이지가 않았다. 죽지랑이 득오곡의 어머니를 불러 연유를 물었다.

"모량부의 익선(益宣)이 제 아들을 성의 창고지기로 임명하였습니다. 급히 가느라고 미처 인사드리지 못했습니다."

죽지랑은 득오곡이 제대로 먹지도 못하고 일하고 있을 것으로 생각하여 떡과 술을 마련해 낭도 137명과 함께 득오곡을 찾아갔다. 득오곡은 공무를 본다고 호출되었으나 실제로는 익선의 밭에 끌려가 일하고 있었다.

죽지랑이 떡과 술을 득오곡에게 먹여 굶주림을 면하게 한 다음, 익선에게 휴가를 달라고 하여 함께 돌아가고자 하였다. 그러나 익선이 휴가를 허락하지 않았다.

사람들은 죽지랑의 부하사랑을 아름답게 여기고, 익선을 나쁜 사람이라고 여겼다.

곁에 있던 관원들이 곡식 30섬과 말안장을 익선에게 주고서야 휴가를 얻어낼 수 있었다.

조정에서 이 말을 듣고 익선을 잡아다가 추악함을 씻어 주려 하였는데, 익선이 도망가 숨어 버리자 그의 맏아들을 잡아왔다. 그 때는 한겨울로 매우 추운 날이었다. 궁궐의 연못에서 추악함을 씻어주고자 아들을 목욕시켰는데 그만 얼어 죽고 말았다.

한겨울 매우 추운 날, "궁궐의 연못에서 목욕을 시켰는데 곧 얼어 죽고 말았다"라는 내용이 한랭기를 암시하는 구절이다. 잠시 목욕시키는 동안에 얼어 죽을 정도였으니 극한적 추위가 있었을 것이다.

▌고유명사법

　모죽지랑가에 나오는 고유명사들의 이름을 한자로 풀어보면 대기근이 암시되고 있다. 모죽지랑가에 나오는 몇몇 고유명사를 한자의 뜻으로 풀어 보겠다.

　죽지(竹旨)의 이름은 '음식 죽＋맛있는 음식 지'로 조합되어 있다. 흉년이 되어 먹을 것이 없자 '죽도 맛이 있다'라는 뜻으로 해독된다.

　죽지랑의 다른 이름인 죽만(竹蔓)은 '음식 죽＋길게 끌다 만'이다. 기근으로 말미암아 '죽만 먹는 세월이 지속되었다'라는 뜻이다. 주구장창 '죽만' 먹고 있다는 뜻이다.

　작자 득오곡(得烏谷)의 이름은 '얻다 득＋탄식하다 오＋곡식 곡'이다. 곡식을 얻고 있다는 뜻이다. 노모와 함께 굶주리고 있던 득오곡이 관리에게 불려가 일하고 있었다. 곡식을 얻기 위해서였을 것이다. 득오곡이 탄식하고 있다. 그러한 득오곡에게 죽지랑이 떡을 해 먹였고 휴가를 얻어 쉴 수 있도록 배려해 주었던 것이다. 죽지랑이 생전에 백성들을 사랑하고 지탱해주었다는 노랫말은 이러한 배경기록에 따른 미화법이었다.

　이처럼 등장인물의 이름들이 모두 흉년과 먹거리를 가리키고 있다. 백성들이 집단으로 아사 지경에 처했을 것이다.

굶주림의 원인은 한파와 봄 가뭄이었다.

효소왕 5년(696)에 가뭄이 들었다는 기록이 삼국사기에 남아 있다. 매서운 추위로 봄철 농작물이 죽어간 데 이어 가뭄까지 이어지자 대기근이 들고 말았다.

바로 이 해가 지질학에서 입증해 낸 암흑 한랭기의 추위와 기근이 덮쳤던 해였을 것이다.

이러한 자연재해를 고려해야 모죽지랑가는 입체적으로 풀리게 된다.

죽지랑이 죽었던 그해 봄 사람들이 굶어 죽었고 길에는 여기저기 죽은 사람들의 장례를 치르느라 장례 행렬이 나가지 못해 길거리에서 잠을 자야 할 지경이라는 내용이었다.

효소왕 5년 한반도에서 일어난 참변에 대해 세 가지의 기록이 전해진다.

지질학은 이를 '암흑 한랭기'라고 학술적으로 명명했다.

삼국사기는 가뭄이 들었다고 무심하게 표기해 놓았다.

그러나 인간의 마음으로 써놓은 기록이 있었다. 그것은 향가였다.

향가루트를 따라가다 죽지랑을 만났다.

추위와 대기근으로 쓰러져 가는 사람들이 있었다.

백성들을 사랑하고 지탱해주었던 죽지랑이 있었다.

사슴공주가 찾아 왔다, 신라 행렬도

2019년 10월 17일.

향가를 이해하는 데 있어 결정적으로 중요한 그림 하나가 공개되었다.

경주 문화재 연구소가 경주시 황오동 쪽샘지구 44호분 발굴 조사를 벌이는 과정에서 무덤의 둘레에 쌓는 호석 북쪽 바깥땅 속에서 부서져 조각나 있는 토기가 발견되었다.

조각을 맞추어 보니 거기에는 신라시대 사람들의 행렬도로 보이는 그림이 그려져 있었다.

토기의 그림에는 불교 문화적 색채가 전혀 없었다. 불교가 국가의 지도이념이 되기 전 고대 동북아 지역에서 행해지던 장례행렬을 그린 것이었다. 우리 민족의 고대 문화를 기반으로 한 그림임이 분명하였다.

이 그림이 그려지고 얼마 지나지 않아 신라에서는 불교가 공인(527년)된다. 토착 문화 사회에서의 불교 공인, 이 사건은 단재 신채호 선생의 유명한 역사관인 '아(我)와 비아(非我)의 투쟁'을 불러올 것이다.

'아(我)와 비아(非我)의 투쟁' 이전의 사회가 어떠했는지 그림을 살펴보자. 그림의 내용은 우리 문화의 가장 오래된 원류라 할 것이다.

이 그림을 해독하는 시각의 기준은 다수 향가의 해독과정에서 나타나는 향가의 배경문화이다. 수많은 향가에 아래 그림과 같은 내용이 묘사되고 있었다.

경주 쪽샘지구 발굴 깨진 토기의 행렬도, 국립 경주 박물관 소장

토기의 그림은 칸을 구획하여 4단으로 그려져 있다.

맨 위 1단의 기하학적 무늬는 밤하늘의 별이다. 별이 빛나는 야심한 시각에 망인의 영혼이 저승으로 가고 있다. 구름이 끼지 않은 맑은 날이다. 비록 밤이라고는 하지만 하늘이 맑기에 바다를 건너 저승으로 가는 데 큰 어려움이 없을 것이다.

2단의 그림은 1단과 비슷하나 모양이 다르다. 기하학적 무늬는 만장을 매단 장대로 보인다. 만장에는 망인을 애도하는 글들이 써 있었을 것이다.

3단에는 본격적인 장례행렬이 그려져 있다.

선두에 말을 탄 사람은 저승으로 안내하는 무사다. 현대적 개념으로는 저승사자로 보인다. 저승사자의 숫자는 적게는 2명이고, 많게는 30명이었다.

그 뒤에 세 사람이 노를 젓고 있다. 남자 2명＋여자 1명이다. 고대에는 여자도 뱃사공 일을 하고 있었음을 알 수 있다.

향가에 나오는 '애(乃 노 젓는 소리 애)'라는 문자가 바로 이 그림에 해당된다.

고대의 저승은 바다 건너에 있었고, 망인은 저승사자의 안내를 받아 그곳으로 갔다. 그는 나루에서 배를 탔고 사공들이 노를 저어 바다를 건너가야 했다.

일본 신사에서의 명현의식

그 뒤에는 두 사람이 활을 쏘는 모습이 그려져 있다. 신라와 고려향가에는 '의(矣)'라는 문자로 표기되어 있다. 일본에서는

'호(亐)'라는 문자로 표기되고 있었다. '활을 쏘라'는 보언이다. 현대에도 일본 신사의 명현의식으로 남아있다. 다수 작품을 분석해 본 결과, 활 쏘는 동작이 갖는 의미는 '적시(指 가리키다 지)'하는 것이었다.

여기서는 바로 뒤에 그려진 사슴을 가리키고 있다.

사슴은 망인이자 이 그림의 주인공이다. 신분은 최소한 황족을 은유한다.

다음으로 여러 마리의 개가 망인을 둘러싸고 저승길을 동행하고 있다. 뱀도 그려져 있다. 망인을 보호하는 독사이다.

앞에 이어 맨 뒤에도 말 탄 저승 무사가 그려져 있다. 망인을 저승으로 안내하는 저승사자이다.

맨 아래 4단 부분에 그려져 있는 기하학적 무늬는 파도(波)의 모습이다. 바다에 잔잔한 파도가 치고 있다. 저승배는 어려움 없이 잔잔한 바다를 건너 좋은 곳에 도착할 것이다. 향가에 나오는 파(波)이다. 저승 가는 길 최대의 어려움이었다.

그런데 여기까지 나간 다음 걸음을 멈추어야 했다.
행렬도 그림과 쪽샘지구 현장이 서로 충돌하는 요소가 있기 때문이었다.
쪽샘 지구는 4~6세기 무렵 신라귀족 무덤 800여 기가 모여 있는 곳이다. 44호분은 왕릉이 아니고 자그마한 귀족의 무덤으로 보였다.

그러나 행렬도의 주인공은 사슴이었다. 사슴은 왕위를 비유하는 동물이다.

행렬도의 그림으로 미루어 판단하면 매장된 이는 최소한 왕자나 공주로서, 신라 왕실과 혈연 관계를 가진 사람이어야 했다. 그러나 쪽샘지구는 한 단계 아래인 귀족급 인물들의 무덤이라고 했다.

그림의 내용과 경주 쪽샘지구 현장이 서로 부딪힌 것이다.

레고를 해본 사람이라면 알겠지만 단 하나의 조각에서라도 불일치가 나온다면 전체 결과는 아귀가 맞을 수 없다. 미해결의 장으로 남겨 두어야 했다.

그로부터 1년이 지났다.

그 사이 세계는 코로나19로 숨을 죽이고 있었으나, 쪽샘지구 발굴은 멈추어지지 않았다.

그렇게 시간이 지나 2020년 12월 7일 44호분에 대한 온라인 설명회가 있었다. 기다리고 있던 행사였다. 경주 문화재 연구소 연구원들의 한 마디 말과 한 가지 몸짓까지도 주목을 받았다.

무덤에서는 금동관, 바둑알 등 귀중한 유물들이 쏟아져 나왔다. 연구소 측은 유물들로 미루어 보아 44호분은 신라 최상층의 무덤이고, 매장된 이는 10대 여인으로 보았다.

왕실과 밀접한 관계를 가진 최고위층의 여인, 그녀가 공주였다면 그림과 현장이 부딪친다는 나의 의문에 출구가 될 수 있었다. 발굴

결과는 왕의 혈족이어야 한다는 행렬도의 사슴그림이 의미하는 매장자 신분의 문제를 해결해 주는 것이었다.

행렬도는 장례행렬도임이 분명하였다.

그렇다면 장례행사에 신라를 대표하는 불교적 색채가 왜 조금도 들어 있지 않을까.

분명 망인의 영혼이 저승사자의 안내를 받아 배를 타고 바다를 건너 저승에 가는 모습이 그려져 있다. 그러나 반야용선(般若龍船)이라는 배를 타고 고해의 바다를 건너 아미타불 극락으로 간다는 불교적 내세관은 토기의 행렬도에 끼어들지 못하고 있다.

신라의 불교 공인은 527년 이차돈의 순교를 계기로 이루어졌다. 불교가 공인된 이후라면 왕실 사람들은 당연히 솔선수범하였을 것이고, 그렇다면 장례의식을 그린 이 그림에 불교적 색채가 어떠한 형태로든 조금이라도 포함되어 있어야 할 것이다.

이 점에 대해서는 문화재 연구소 측이 밝힌 '44호분은 5세기 후반(450~500년)에 축조되었다'는 연구결과가 답을 주었다. 불교가 공인되기 이전의 그림이었다.

행렬도는 신라에 불교가 들어오기 전 토착 신앙에 따른 우리의 장례행사를 그린 것이었다. 450년에서부터 불교가 공인된 527년 사이에 죽은 공주의 장례식 그림이었을 것이다.

경주 문화재 연구소의 축조시기 분석은 서기 450년에서 500년 사이로 시간적 범위를 더 좁혀 주었다.

재위년도로 미루어 공주의 아버지를 추적해 보면 자비 마립간 (458~479)이거나 소지 마립간(479~500)으로 압축된다. 그들이 5세기 후반에 재위했던 왕이다.

신라 왕위 승계표

자비 마립간(458~479)→소지 마립간(479~500)

국립경주 문화재 연구소 심현철 연구원이 발표한 내용이 귀에 울린다.

> "피장자 신장은 150㎝ 전후로 추정되는 데다 금동관, 귀걸이, 팔찌 등 장신구의 크기가 전반적으로 작아 10대 공주의 무덤일 가능성이 큽니다. 150㎝라는 키가 갖는 상징성보다 부장품의 크기가 전반적으로 작은 것을 보고 이렇게 추정했습니다."

이야기는 아직 끝나지 않는다.

전통의 장례문화가 이런 모습이라면 이것은 당연히 향가 속에 스며들어 있어야 할 것이다.

향가문자를 하나하나 비교하며 확인해본 결과 향가에 무수히 출현하는 '지(之)'라는 문자가 이 그림에 부합하였다.

지(之)=가다 지

'지(之)'는 '가다'라는 의미를 가지고 있는 글자다.

향가 속에 나오는 이 글자를 전수조사하여 거기에 위 그림 속의 장례행렬을 대입하며 상상해보니 조금의 상충됨이 없이 맞아 떨어졌다.

향가에 '지(之)'가 나오면 배우들은 쪽샘지구 행렬도의 그림과 같이 상여를 메고 고대의 장례행렬 모습을 연기해야 했다.

사슴공주가 우리를 찾아 왔다.
그리고 귀에 대고 다음처럼 속삭였다.

"향가는 불교이전 문화를 배경으로 하고 있는 작품이에요.
향가 문자 '지(之)'는 행렬로 해독하세요."

구지가(龜旨歌)는 향가였다

　나에게는 문학방(文學房)이라는 5대째 내려오는 글방 이름 하나가 있다.

　한 서예가로부터 글씨를 받아 나무판에 새긴 다음 태안 바닷가 작은 농막에 걸어놓고 있다. 주로 그곳에서 향가 해독작업을 벌이고 있다.

　그날도 태안 문학방으로 가기 위해 판교 IC에서 경부 고속도로로 진입했다. 교통량이 그리 많지 않아 고속도로 상황은 쾌적했다. 죽죽 빠지는 평일의 고속도로 속도감을 즐기며 서해대교를 지나고 있는데 생각 하나가 운전을 방해했다.

　삼국유사에 나오는 구지가라는 작품이 향가일 것같다는 생각이었다. 지금껏 우리들은 구지가를 한시(漢詩)로 알고 있었다. 다소 투박하고 서투른 느낌이 들기는 하나 2,000여 년 전 조상들의 작품이어서 모두가 애지중지하는 작품이다.

머릿속에서 복잡한 생각이 오갔다. 고속도로를 달리는 나의차가 차선을 지키지 못하고 좌우로 흔들리기 시작했다.

신라 향가는 삼국유사에 14편이 실려 전해 오고 있다. 구지가는 수로왕이 김해 구지봉으로 탄강할 때 만들어진 작품이다. 만일 구지가가 향가라면 새롭게 발견되는 향가이고, 가야 건국 무렵의 작품이라서 향가의 창작 시점이 엄청나게 과거로 올라가며, 신라가 아닌 가야에서 만들어진 작품이 된다. 하나하나가 적지 않은 의미가 있다. 일타삼피 대형 사건이다.

이미 여러 차례 말하였지만 어떤 작품이 향가가 되려면 신라 향가 창작법이라는 조건을 충족시키고 있어야 한다. 구지가도 이에 다르지 않을 것이다.

우선 구지가의 한자들이 백퍼센트 표의문자로 되어 있어야 할 것이다.

역사적으로 향가를 표의문자로 본다는 것은 간단한 일이 아니었다. 뜻글자라는 것에 생각이 미치는 데 '금택장삼랑'이라는 일본인이 처용가를 최초로 해독한 이래 백 년이 넘는 고민이 있었다. 지난 백 년 동안 한국의 연구자들도 향가의 한자를 소리글자로 보아 왔다.

다음으로 구지가를 써놓은 한자들이 한국어 어순으로 나열되어 있어야 한다. 이것 역시 절대로 쉬운 일이 아니다.

수천 년간 우리는 중국 한자 문자권에 속해 있었다. 중국 문화의 영향력이 워낙 강력했기에, 한자로 표기되는 글은 실수라면 몰라도 거의 모두 정격 중국어 어순법을 따르고 있었다. 우리나라에서 한자로 쓰인 서책 모두가 중국어 어순에 따르고 있다는 사실만 보아도 영향력의 크기를 가늠할 수 있다.

그런데 향가만이 여기에서 예외였다. 향가를 만든 사람들은 중국식 표기 체계를 거부하고 있었다. 한국어 어순법이라는 표기방식은 한자 문화권 내에서 매우 도발적 사례라 할 것이다.

또한 구지가의 문장은 마치 금줄과 같이 노랫말 + 청언 + 보언으로 꼬여져 있어야 한다. 향가문장은 이러한 방식으로 꼬여 있는 구조이기에 일반 문장 풀 듯이 접근하면 절대 풀 수가 없다. 한국과 일본의 기라성 같은 연구자들이 덤벼들었으나 결국 실패하고 문자지옥에 뼈를 묻고 말았던 이유가 바로 여기에 있었다.

구지가가 향가가 되려면 이러한 법칙들, 즉 신라 향가 창작법에 따라 만들어져 있어야 할 것이었다.

그날 태안 문학방에 도착해서, 소머리에 파리가 날 듯이 윙윙거리는 구지가의 문자들을 검토해 보기 시작하였다.

하나하나 뜯어보니 위에서 설명한 향가 창작법에 철저히 부합되어 있었다. 구지가는 향가였던 것이다.

구지가의 원문은 다음과 같다.

龜何龜何 首 其 現 也
若 不現 也 燔灼 而 喫 也

위의 원문을 하나하나 분류해 보니 모든 글자가 노랫말과 보언으로 분류될 수 있었다. 다만 청언이 없었다.

분류표

한국어	균	하	균	하	수	기	현	야
원문	龜	何	龜	何	首	其	現	也
노랫말	龜	何	龜	何	首		現	
보언						其		也

한국어	약	불	현	야	번	작	이	끽	야
원문	若	不	現	也	燔	灼	而	喫	也
노랫말		不	現			灼		喫	
보언	若			也	燔		而		也

구지가 노랫말 해독 결과 거북점과 관련된 내용이 나오고 있었다. 거북 껍데기를 불에 태워 생긴 균열이 왕이 나타난다는 것을 의미하게 해달라 하고 있었다. 고대인들은 거북점의 결과는 그대로 이행된다고 믿고 있었음이 분명했다. 구간과 그의 백성들은 그들에게 왕을

내려달라고 빌고 있었던 것이다.

> 갈라짐(龜)이 무엇(何)인가, 갈라짐(龜)이 무엇(何)인가
>
> 왕(首)이 나타난다(現)는 점괘일 것이다
>
> 만약 왕이 나타나지 않는다면(不現)
>
> 구워서(灼) 먹으리(喫)

구지가에는 청언이 별도의 문자로 표기 되지 않고 있었다.
대신 노랫말 자체에 청언이 포함되어 있었다. 거북 껍질에 왕이 나
타난다는 의미의 균열이 나타나게 해달라고 빌고 있었다.

보언은 어떠한가. 보언이란 그 내용에 따라 배우들이 연기를 해야
하는 문자이다. 구지가의 보언은 다음과 같았다.

> 其: 바람신 기. 바람신이 무대로 나가 연기하라
>
> 也: 주전자 이. 주전자의 물로 손을 씻고 정갈하게 제사를 지내라
>
> 若: 바닷귀신 약. 바닷귀신이 무대로 나가 연기하라
>
> 燔: 제사 지내는 고기(祭肉) 번. 고기 제수를 올리라
>
> 而: 구레나룻 이. 구레나룻이 난 배우가 무대로 나가 연기하라

구지가는 한자들이 표의문자로 기능하고 있었고, 노랫말의 문장은
한자들이 한국어 어순에 따라 나열되어 있었으며, 노랫말에 보언이
중간 중간 끼워져 있는 구조였다. 분명 신라 향가 창작법에 따라 만

들어져 있었다. 구지가는 향가였다.

 그러면 지금까지의 연구자들은 구지가를 어떻게 풀이했는가. 그들
의 풀이 결과는 단순했다.

> 거북아 거북아 머리를 내놓아라
> 내놓지 않으면 구워서 먹으리

 거북점에 대한 내용도 없고, 거북 껍데기가 불에 타 갈라진다는 뜻
을 거북이로 해독하고 있었으며, 왕을 거북이 머리로 해독하고 있었
다. 구워서 먹겠다는 말만이 동일하다. 나의 해독과 완전히 다르다.

▌왕을 내려달라

 배경이 되는 기록과 비교해보면 나의 결과가 옳음을 더욱 확신할
수 있다. 삼국유사에 실린 수로왕 탄강설화 요지를 보자.

 때는 서기 42년이었다.
 한반도 남단 김해 땅 구지봉 위에서 누군가를 부르는 소리가 들려
와 2, 3백 명의 사람들이 구지봉에 모여들었다.
 분명 소리가 있었는데 아무런 모습이 보이지 않았다. 두리번거리
는 그들에게 "여기에 사람이 있느냐?" 하는 소리가 나시 들려왔다.

사람들이 "우리들이 있습니다."라고 대답하였다.

말이 이어졌다.

"여기가 어디냐?"

"구지봉입니다."

"하늘이 이곳에 나라를 세우고 임금이 되라 하시어 여기에 왔다. 너희는 이 봉우리의 흙을 파 모으면서

'갈라짐이 무엇(何)인가, 갈라짐이 무엇인가. 왕이 나타난다는 점괘(균열)일 것이다. 만약 왕이 나타나지 않는다면 구워서 먹으리'라고 노래를 부르며 춤을 추라. 대왕을 맞이하면서 발을 구르며 춤을 추라."

사람들이 들려오는 그 말에 순종했다.

그들은 즐겁게 뛰었다(歡喜踊躍).

얼마 후 하늘에서 자주색 줄이 늘어지더니 땅에까지 닿았다. 줄 끝에는 붉은 보자기에 싸인 금합이 있었다. 그 안에 알 여섯 개가 있었고 황금빛으로 빛났다. 그 알에서 왕이 나왔다.

나의 해독에 나오는 구지가의 청이 이루어지고 있다.

구지가는 왕이 나오게 해달라고 천지귀신에게 청하는 향가였던 것이다.

배경 기록에 따르면 사람들이 노래를 부르고 발을 구르며 춤을 추었다고 했다. 이들의 춤 내용은 보언에 나타날 것이다. 보언을 검토해 보면 그날 그들이 구지봉 위에서 무엇을 했는지 더욱 상세히 알

수 있다.

바람신(其)과 바닷귀신(若)으로 분장한 배우들과 구레나룻(而)이 난 배우들이 구지봉 위에서 격렬한 동작으로 뜀뛰며 춤을 추며 제사를 지내고 있었다.

그리고 그들은 봉우리의 흙을 파 한곳에 모았다. 임금이 나올 점괘가 나오지 않는다면 천지귀신을 태워 죽이겠다고 했으니 흙을 파 모아 놓은 것은 죽은 시신을 묻을 무덤이었을 것이다.

그날 구지봉에서 벌인 그들의 집단적 행위는 제의였다. 그들은 천지귀신에게 왕을 내려달라고 노래로 청했고, 만일 자신들의 청을 들어주지 않는다면 천지귀신을 불에 태워 죽이고 시신을 파묻어 버리겠다는 위협적 동작의 춤을 추고 있었다.

구지가는 가야 성립을 전후한 시기 한반도 남부지방에 거북점이 시행되고 있었음을 생생하게 전하고 있다. 그들은 거북 껍질을 태우면서 자신들의 소원을 이루어 달라고 하늘에 빌고 있었다.

신라 향가 창작법은 구지가를 향가라고 가리키고 있었다.

수로왕은 금관가야의 초대 왕이다. 구지가는 왕을 내려달라고 청하는 작품이기에 창작 시점은 당연히 가야 건국에 앞서 만들어졌다.

수로왕으로 대표되는 이주민 집단이 향가를 가지고 들어왔으며 김해지방에 살고 있던 구간을 복속시켜 6가야를 열었다.

아주 오래전 김해 구지봉에서 향가가 불려졌다.

향가의 위대한 힘에 의해 왕이 출현하였다.

그들은 왕의 이름을 수로라고 하였다.

▌구지가의 두 글자

구지가가 향가인 것은 확인되었다. 그러나 구지가를 반복적으로 해독하는 과정에서 목 안의 생선가시처럼 오랫동안 나를 괴롭혀 오던 구절이 있었다.

'번작이끽야(燔灼而喫也)' 구절이 그것이었다. 더 좁혀 들어가면 이 구절 중 '번작(燔灼)'이라는 두 글자가 나를 괴롭혔다.

여러 연구자들은 이 구절을 '구워서 먹으리'로 해독했다. 그리고 아무도 이에 대해 의심하지 않았다. 한문식으로 풀면 이 이상의 의미가 나올 수 없기 때문이다.

> 燔 불사르다, 태우다, 굽다 번
>
> 灼 불사르다, 태우다 작

두 글자가 '불에 태우다'는 뜻을 가지고 있으니 언뜻 보면 이러한 풀이가 맞는 것 같았다. 그러나 나에게 이러한 해독은 어쩐지 억지 같았고 무언가 이상했다. 동일한 향가에서는 번(燔)과 작(灼)처럼 동일한 의미의 문자가 중복되지 않고 있다는 점이 지속적으로 나를 괴롭혔다.

나는 꾸준히 두 문자를 살펴보며 해결책을 찾고자 했다.

파고들기를 반복하던 중 마침내 '번(燔)'은 '제사 지내는 고기(祭肉)'라는 의미의 보언으로 쓰였고, '작(灼)'은 '굽다'라는 의미의 노랫말로 쓰임을 알게 되었다.

번(燔)이라는 글자는 신라의 해가(海歌)에도 나오는 글자다.

'입망포략번지끽(入網捕掠燔之喫)'이라는 구절이다. 바다로 들어가(入) 그물(網)로 잡아(捕掠) 먹겠다(喫)는 뜻으로 볼 수 있다.

'번(燔)'을 '제사 지내는 고기'라는 의미의 보언으로 볼 경우 해가의 이 구절 역시 무리 없는 해독이 가능한 것으로 보였다. 번(燔)을 보언으로 보면 되기 때문이다.

드디어 오랫동안 나를 괴롭히던 두개의 문자로부터 벗어날 수 있었다. 2퍼센트 부족하지 않고 뿌듯하게 꽉 차는 충만감이 왔다.

| 반전

그러나 이것 역시 부족한 해독이었다. 나의 대학 동기가 이러한 해독 결과를 듣고 카톡을 보내 왔다. 기독교에 번제(燔祭)라는 제사가 있다고 했다. 뜻밖의 사실이었다.

번제가 무엇인지를 찾아보니 이스라엘 민족이 구약시대에 제물을
불에 태워 그 연기를 신에게 바치는 제사를 말하는 것이었다.

희생이 되는 짐승을 잡아 가죽을 제외한 나머지를 불에 태워 그
연기를 신에게 바치는 제사였다. 가죽은 제사장의 몫이었다고 했다.

번제는 이스라엘의 5대 제사 중 하나가 될 만큼 중요한 제사였다.
제물로는 양이나 염소 따위가 사용되었고, 심지어 민족에 따라서는
사람을 바치기도 한다는 것이었다.

앞에서 해독해 낸 '제사 고기를 굽는다'라는 의미가 선연히 살아
났다.

당시 한반도에도 고대 이스라엘과 주변 민족이 치르던 번제와 유
사한 형태의 고기를 불에 태워 연기를 하늘에 바치는 제사의식이 있
었던 것으로 보아야 했다.

번제는 향가시대의 문화와 기독교 구약시대 문화 사이에 존재하던
접점이었다. 문화의 흐름은 한반도와 이스라엘 그 먼 거리를 뛰어넘
고 있었다.

이러한 사실은 무엇을 의미할까?

혹시 문화교류가 있었을까?

향가루트에는 이처럼 곳곳에 반전들이 있었다.

◆ 18 ◆
기우제, 수로부인 이야기

충격적 사실이 연이어 밝혀졌다.

구지가가 향가로 밝혀진 데 이어 헌화가의 배경기록에 포함되어 있던 해가(海歌)도 향가로 밝혀진 것이다.

해가(海歌)는 중국시의 한 형태인 칠언율시의 모습을 가지고 있다. 한시와 외관이 비슷하기에 연구자들은 이를 한시로 풀었고 우리 모두는 그 결과를 아무런 의심 없이 받아들이고 있다.

이처럼 향가는 종종 자신의 모습을 감추고 있다. 한시의 외관을 가지고 있는가 하면 마치 표음문자로 표기된 모습을 띄기도 한다.

향가는 마치 보호색으로 자신을 감추는 청개구리나 카멜레온과도 같았다. 그리고 어미 꿩이 날개가 부러진 척 날아 도망가며 자기에게 다가오는 포수들을 새끼로부터 멀리 떼어 놓으려 하듯이, 향가는 연구자가 자신에게 접근해 오면 위장술로 연구자를 유인하기도 했다.

향가가 가진 위장술 중 표음문자 유혹은 가장 치명적 속임수였다. 향가를 연구하면서 표음문자로 생각하는 것은 속임수에 빠졌다는 가장 확실한 증거였다.

수많은 연구자들은 향가 작자가 만들어 놓은 이러한 위장술에 속아 헤매고 다녔었다. 이것이 지금까지 향가 연구가 실패했던 근본 원인이었다. 위장술을 뚫어야 향가가 보였다.

이제 수로부인 이야기를 해보고자 한다.

새로 해독한 여러 향가 속에는 우리문화 최고(最古) 원류가 가득 들어 있었다. 기우제와 관련된 민족문화의 원형이 수로부인 이야기에 고스란히 담겨 있었다.

삼국유사 수로부인조를 보면 헌화가와 해가에 대한 이야기이다. 이 두 작품은 신라 성덕왕(702~737) 때 창작된 작품이다.

성덕왕 당시 큰 흉년이 들었다. 삼국유사는 흉년이 남긴 상처의 모습을 다음과 같이 기록해 놓고 있다.

> 706년에 흉년이 들어 백성들이 몹시 굶주렸다.
> 백성들에게 벼를 나누어 주었다.
> 한 사람당 하루에 3되씩 주었다.

삼국사기에는 국가차원의 기우제를 치렀다고 기록되어 있었다. 두

곳 다 기록되어 있으니 보통 가뭄이 아니었을 것이다.

헌화가와 해가는 706년 신라를 엄습했던 가뭄 끝에 만들어진 작품일 가능성이 있다. 즉 706년의 작품으로 보아야 타당하다.

▌헌화가

서기 706년, 철쭉꽃이 필 무렵이었다.

가뭄이 들어 논바닥이 갈라지고 벼가 말라갔다. 논에 물을 댈 수로가 말라붙어 한 방울의 물이 급해졌다. 피해가 심각해지자 신라 왕실에서는 대책을 세웠다.

> 江陵
> =江 강 강+陵 물에 담그다 릉
> =강+물에 담그다
> =강에 물이 흐르게 하다

조정에서는 농업 용수 공급을 위해 '강릉태수'라는 강물 관리 직책을 설치하고 책임자로 '순정공'이라는 사람을 임명하였다.

강릉을 오늘날의 강원도 강릉으로 해독하기도 하나 풀이 결과 지명이 아니었다. 물 관리 직책의 이름이었다. 이름이 우연히 같았을 뿐이다.

책임자 순정공의 처 이름이 수로부인(水路夫人)이었다. 그녀는 자용 절대의 미인이었다.

순정공과 처 수로가 강릉태수 부임 차 출발했다.

종자들이 뒤를 따랐다. 일행이 바닷가에 이르러 점심을 먹을 때였다.

주변에는 바위 봉우리가 병풍처럼 둘러쳐져 바다를 굽어보고 있었다. 천 길이나 되는 벼랑 위에는 철쭉꽃이 만발했다. 부인이 꽃을 보고 감탄하며 "꽃을 꺾어 바칠 사람이 누구 없는가" 하고 물었다.

그러나 모두가 사람이 오를 수 있는 곳이 아니라고 했다.

그때 암소를 끌고 가던 한 노옹(老翁)이 순정공 일행의 옆을 지나갔다.

노옹은 원래 동해 바다의 용이었으나 노인으로 둔갑해 있었다. 그는 평소 예쁜 여자들을 끌고 가 음욕을 채우던 자였다. 그 때도 무엇인가 한 건 하려고 인근 마을의 여자 한 명(母牛)을 붙잡아 끌어가던 중이었다.

이를 본 순정공이 종자를 불러 호되게 노옹을 꾸짖고 손바닥으로 때리게 하였다. 원문을 보면 '수(手)'로 표기되어 있다. 수(手)는 '손바닥으로 치다 수'이다. 아마도 귀싸대기를 올려붙이도록 했을 것이다.

그런 다음 순정공은 끌고 가는 여인을 놓아주라고 하교했다.

길을 가다가 뜻하지 않게 얻어맞게 된 노옹은 크게 화가 났다. 자신이 동해 바다의 용인데도 불구 자신을 몰라보고 꾸짖고 때려 망신을 준 순정공에게 화가 났던 것이다. 그는 이대로 물러서서는 안 되겠다고 생각하고 보복으로 그의 처를 유혹해 끌고 가겠다고 마음 먹었다.

그때 종자들에게 꽃을 꺾어 달라는 수로부인의 말이 저쪽에서 가느다랗게 들려 왔다.

바로 이것이었다.

그는 사람이라면 절대 올라갈 수 없는 높은 바위 위로 올라가 철쭉꽃 한 아름을 꺾어 부인에게 바치며 그녀의 환심을 샀다.

그는 순정공이 자신의 날렵함을 보고 나면 자신이 함부로 다스릴 놈이 아니었다는 사실을 깨닫게 될 것이라 생각했다.

그러면서 노옹이 향가를 지었다.

그에 의해 우리가 가장 사랑하는 헌화가가 탄생한다.

양주동 박사님께서 풀이해 놓으신 헌화가를 보자.

딛배 바회 가새
자바온 손 암쇼 노해시고
나할 안디 붓흐리샤단
곶할 것가 받자오리이다

그러나 신라 향가 창작법에 의해 풀이된 내용은 이것과 매우 달랐다. 지금까지 알고 있던 양주동의 헌화가와는 전혀 다른 모습이었다.

나는 시인이 아니다. 그래서 영문학을 전공하신 양주동 박사님처럼 운율을 고려한 해독에는 미치지 못한다. 내용을 충실히 전달하는 풀이도 버거울 정도이다.

새로운 풀이는 다음과 같다.

> 자줏빛 관복 입으신 태수께서 바닷가 바위를 지나다가 잠시 들리시기를 바라셨다
> 손바닥으로 나를 치게 하시고 잡아가는 어미 소를 놓아주라고 하교하셨다
> 당신이 나를 부끄럽게 하셨으니
> 한 아름 꽃 꺾어 바쳐 처를 유혹해 끌고 가면
> 내가 함부로 다스릴 수 없는 놈이었다는 걸 당신은 알 것이여

헌화가 원문은 자포(紫布)라는 두 글자로부터 시작된다.

양주동 박사님의 향가와 내가 푼 향가는 이 두 글자부터 충돌한다.

양주동 박사님은 이 두 글자를 소리로 푸나 나는 철저하게 뜻으로 본다.

'자포(紫布)'를 '자줏빛 베로 만든 옷'으로 풀었다.

자줏빛을 풀려면 당시 신라가 엄격한 신분제 사회였다는 사실을 이해해야 한다. 자주색은 신라 골품제 사회에서 최고위층이었던 진

골들만이 사용할 수 있는 색이었다. 즉 '자줏빛 베로 만든 관복을 입은 강릉태수'를 '자포(紫布)'라는 두 글자로 나타낸 것이다.

한자를 뜻으로 보니 강릉태수 순정공의 골품이 진골이었다는 사실까지 드러났다.

신라 향가 창작법에 의해 풀이한 결과 헌화가는 동해바다의 용이 자신을 망신 준 순정공의 아내를 유혹해 끌고 가버리겠다고 하는 복수극 내용의 작품이었다.

양주동 박사의 향가가 말해왔던 노인이 미녀에게 사랑을 고백했다는 내용과는 아무런 관계가 없다.

여기까지가 헌화가의 이야기다.

그러나 이야기는 여기에서 끝나지 않는다. 진짜 중요한 이야기가 계속 이어진다.

수로부인이 걸었다는 동해안 7번 국도를 드라이브하듯 삼국유사의 기록을 따라가 보자.

순정공 일행은 이틀 동안 더 길을 갔다. 왜 이틀을 더 가야 했는지는 모르겠다. 분명히 의도가 있었을 것이다. 다만 나는 '그 지점이 성덕왕 7년 가장 가뭄이 심했던 지역이 아니었을까'라고 추측한다. 아마 경주로부터 걸어서 이삼일 거리였지 않나 생각이 든다.

▎해가(海歌)

일행이 이틀거리의 바닷가 정자에서 또다시 점심을 먹게 되었다. 무엇인가가 이틀 동안 그들 일행을 뒤따르고 있었으나 그들 일행은 전혀 눈치채지 못하고 있었다.

숨어서 따라오던 그것은 순정공에게 따귀를 얻어맞은 못된 용으로 여자 후리기에 이골이 난 자였다. 뒤따르며 기회를 엿보고 있던 노옹이 자신의 본 모습인 동해용으로 변신해 수로부인을 붙잡더니 홀연히 바다로 끌고 들어가 버렸다.

자신을 때리고 망신 준 순정공에 대한 동해용의 반격이었다.

마을에 난리가 났다.
수로가 잡혀갔던 것이다.

수로라는 이름은 무엇을 의미할까.
수로라는 두 글자는 이중적 의미를 가지고 있었다. 하나는 자용절대의 아름다운 여인의 이름이었고, 또 하나는 농사용 물이 흐르는 물길이었다.
용에게 수로부인이 잡혀갔다는 것은 수로의 물이 말라붙었다는 말이다. 가뭄이 들었던 것이다.

수로가 사라지자 논밭이 타들어 갔다. 논바닥은 거북이 등처럼 갈라 터졌다.

혹심한 가뭄이 들었고, 민심은 흉흉해졌다.

수로부인 유괴사건이 워낙 순식간에 일어나다 보니 순정공은 부인이 동해의 용에게 끌려갔다는 사실을 나중에야 알게 되었다. 그는 어쩔 줄을 몰라 하며 뒤로 넘어져 바닥에 쓰러졌다.

그때 한 노인이 나타나 순정공에게 답을 주었다.

"옛사람들의 말에 '여러 사람의 말은 쇠를 녹인다(衆口鑠金 중구삭금)'라고 하였습니다. 바다 속 짐승이 어찌 사람들의 말을 무서워하지 않겠습니까. 이 지역 백성들을 모아 노래를 지어 부르면서 막대기로 언덕을 친다면(以杖打岸 이장타안) 부인을 다시 만날 수 있을 것입니다."

순정공은 노인의 지혜에 따르기로 했다.
이때 순정공이 지어 사람들에게 부르게 했다는 노래가 지금까지 별로 대접받지 못해 왔던 '해가(海歌)'라는 작품이다.

마치 한시(漢詩)처럼 보이는 이 작품이 향가 창작법으로 풀어보니 또 하나의 향가였다. 카멜레온처럼 한시로 위장해 숨어 있었으나 실상은 향가였던 작품, 해가는 신라 향가 창작법에 의해 다음과 같이 풀이된다.

龜乎龜乎 出水路

若人婦女 罪何極

汝若悖逆 不出獻

入網捕掠 燔之喫

※ 문자 분류는 생략. 상세 내용은 저자의 향가3서 제2권『천년 향가의 비밀』참고.

논이 갈라지는구나, 논이 갈라지는구나

드러내라, 수로를

다른 사람의 부녀(=물길=수로)를 앗아갔으니 죄 얼마나 지극한가

네가 우리의 청을 거스르고 거역하여 수로를 드러내 바치지 않는다면

바다에 들어가 그물로 너를 사로잡아 먹겠다

순정공은 사람들을 불러내어 떼 지어 노래를 부르게 하고 몽둥이로 언덕을 쳤다. 노랫말로 위협하고, 몽둥이로 내리치며 용을 협박했다는 뜻이다.

이 장면은 향가가 공연되는 모습이 드러나 있기에 매우 중요하다. 향가는 노래와 춤이 협연되는 일종의 뮤지컬이었던 것이다.

해가의 공연은 절대로 온순하지 않았다. 좋은 말로 해서 들을 용이 아니었다. 용은 꾸짖거나 따귀를 때리는 정도로는 마음으로 굴복하지 않는 짐승이었다. 그러한 못된 심성을 가진 바다의 용을 굴복시켜야 하는 만큼 거칠게 위협하는 행동으로 향가가 구성되어 있었다.

보언으로 본 연기의 구성은 다음과 같았다.

> 乎 감탄사 호. 탄식하라
>
> 若 바닷귀신 약. 바닷귀신이 무대로 나가 연기하라
>
> 掠 매질하다 략. 배우가 무대로 나가 언덕을 매로 치라
>
> 燔 번제 번. 불에 태우라
>
> 之 가다 지. 장례 행렬이 나가라

수십 명이 바닷귀신인 동해용을 쳐 죽이겠다며 몽둥이로 언덕을 치며 위협했다. 또 산 채로 불에 태워 버리겠다고 막말을 퍼부었다.

여러 사람이 노래를 부른 것은 '여러 사람의 입은 쇠를 녹인다'라는 중구삭금의 법칙을 시연한 것이다.

사람들은 떼창과 군무로 용을 설득하고 위협했다.

신라인들은 향가는 신을 굴복시키는 힘을 가지고 있다고 믿었다. 여럿이 모여 떼창으로 부르고 집단으로 춤을 추면 향가가 가진 힘은 더욱 거세진다고도 믿었다. 향가는 혼자 하는 것보다도 여럿이서 할 때 그 위력이 커졌다. 철쭉꽃 피어 있던 동해 바닷가에서 신라인들은 간절한 마음으로 비를 내리게 해달라고 기우제를 지내고 있었다.

떼창과 떼춤이 실행되자 수로부인을 끌고 가 동해 바닷속에 들어가 가만히 숨어 있던 용은 공포를 느꼈다.

사람들이 바다로 들어와 자신을 그물로 사로잡은 다음 불에 태워

연기를 하늘에 바치겠다고까지 예고하자 소름이 돋아났다.

동해의 용은 불에 태워지기 전에 수로 부인을 가져다 바치는 것이 낫겠다고 생각했다. 마침내 용이 마음으로 굴복해 부인을 바다에서 받들고 나왔다.

향가 해가(海歌)의 위대한 승리였다.

만인이 바라던 비가 흠뻑 내려 해갈이 되어 수로가 나타났다.

다시 삼국유사 수로부인 이야기를 뒤따라가 보자.

삼국유사는 순정공이 돌아온 수로에게 끌려가서 어떠한 일이 일어났는지를 물었다. 수로가 남편에게 답했다.

"칠보로 꾸민 궁전의 음식이 달고, 기름졌고, 향기롭고, 깨끗하여 인간 세상의 음식이 아니더이다."

부인의 옷에서도 이상한 향내가 풍겼으니 이 세상에서 맡아보지 못한 것이었다.

현대에 와 수로부인의 가치는 더욱 높아져 뭇 여인들의 로망이 되고 있다. 삼척 임원항에 있는 '헌화 수로부인 공원'에는 수로부인과 용이 설치되어 있다. 동해안을 가는 여인들이 성지 순례하듯 그녀를 찾아가 부러워한다.

수로는 자용절대의 미인이었지만 정숙한 부인은 아니었던 것으로 보인다.

수로가 끌려간 것은 그때뿐만이 아니었던 것이다. 그녀는 깊은 산과 큰 못에 사는 천지신물의 유혹을 받아 툭하면 납치되어 사라졌다가 오곤 했다.

신라인들은 정조 의식이 희박한 자용절대의 부인 수로가 수시로 사라진다고 원망했다. 수로부인이 정조를 지키기를 원했다. 그들의 염원을 남편의 이름 순정공(純貞公)에 담아 두었다. 고유명사법이다.

純貞
=純(오로지 순) + 貞(정조 정)
=오로지 + 정조
=오로지 정조를 지켜 달라

그러나 수로부인은 신라인들의 이러한 바람을 배신하고 수시로 훼절하곤 했다. 그때마다 신라인들은 동해 바닷가에서 벌인 일과 비슷한 기우제를 여기저기서 지냈을 것이다. 그것이 신라의 기우제였다.

지금까지의 이야기가 헌화가와 해가의 이야기다.

수로부인조에는 헌화가와 해가, 둘이 합쳐져 하나의 스토리텔링이 되어 있었다.

해가에는 고대 기우제의 모습이 그려져 있다.

현대 기우제의 원형이 헌화가와 해가의 이야기였다.

향가에는 민족문화의 원형이 숨겨져 있다.

◆ 19 ◆
민족의 빛은 향가로부터, 황조가

'구지가와 해가가 향가였다'라는 사실은 나에게 놀라운 충격으로 다가왔었다. 하도 교묘하게 숨겨져 있어 이 둘을 향가라고 생각한 사람은 지금까지 아무도 없었다.

향가가 구사하는 위장술에 놀랐고, 삼국유사에 슬그머니 끼워 숨겨놓은 일연 스님의 치밀함에 놀라지 않을 수 없었다. 그래서 혹시 다른 곳에도 향가가 숨겨져 있지 않나 여기저기 찾아보았다.

고등학교 국어시간에 '황조가'라는 시를 배웠다. 고구려 유리왕이 지었다는 그림같이 아름다운 서정시다. 이 작품은 완전한 한시의 모습이다.

그 시는 이렇다.

翩翩黃鳥 雌雄相依 편편황조 자웅상의

念我之獨 誰其與歸 염아지독 수기여귀

신라 향가 창작법으로 풀어보니 노랫말의 내용은 다음과 같았다.

분류표

한국어	편	편	황	조	자	웅	상	의
원문	翩	翩	黃	鳥	雌	雄	相	依
노랫말	翩	翩	黃	鳥	雌	雄		
보언							相	依

한국어	념	아	지	독	수	기	여	귀
원문	念	我	之	獨	誰	其	與	歸
노랫말	念	我		獨	誰		與	歸
보언			之			其		

> 펄펄 나는 꾀꼬리여
>
> 암수가 서로 의지한다
>
> 생각해 보나니 나의 고독이여
>
> 누구와 더불어 돌아갈까

보언은 다음과 같다.

> 相 푸닥거리하다 양. 배우가 무대로 나가 푸닥거리를 하라
>
> 依 병풍 의. 푸닥거리를 하는 곳에 병풍을 치라

之 가다 지. 장례 행렬이 나가라

其(=箕) 바람 신 기. 바람신이 무대로 나가 연기하라

보언의 내용을 풀어보니 뜻밖에도 장례식의 내용이 나온다. 그렇다면 삼국사기에 나오는 배경기록의 내용과 차이가 있다. 황조가는 김부식의 삼국사기에 배경기록과 함께 실려 있다.

고구려 유리왕이 화희(禾姬)와 한인(漢人)의 딸 치희(雉姬)를 왕비로 얻었다. 두 여자가 사랑을 다투며 매일 싸우자, 왕은 동서에 궁을 짓고 따로 살게 하였다. 왕이 사냥을 나가 오랫동안 궁을 비워놓은 일이 있었다. 그 사이 두 여자가 또 다투었다.

화희가 치희에게 "너는 중국인으로 어찌 이리 무례한가?"라고 꾸짖으니, 치희가 원한을 품고 돌아가 버렸다.

왕이 쫓아갔으나, 치희는 돌아오지 않았다.

왕이 치희를 돌아오는 길 나무 아래 꾀꼬리 암수가 나는 것을 보고 황조가를 지었다.

위 삼국사기 배경기록 중 "치희가 원한을 품고 돌아가 버렸다."라는 구절을 치희가 원한을 품고 죽었다는 것으로 풀어야 할 것같다. 보언이 가리키는 것은 명백하다. 치희는 죽었다. 황조가를 눈물가로 보아야 한다.

황조가는 향가였다.

이 작품은 중국의 4언시 형태로 되어 있다. 이러한 향가의 위장술에

속으면 안 될 것이다. 향가 여부를 판단할 때는 작자의 위장술에 속지 않고 오로지 신라 향가 창작법을 기준으로 판단하여야 할 것이다.

▌한국어 어순법

향가 여부를 판단하는 기준 하나는 한국어 어순법이다.

황조가의 문자 하나하나를 점검해 보니 마지막 구절 '수기여귀(誰其與歸)'가 한국어 어순법이었다.

'누구와 더불어 돌아갈까(誰與歸)'라는 우리말 순서 그대로 한자가 나열되어 있는 것이다.

작자 유리왕은 의도적으로 한국어 어순으로 나열하였음이 분명하였다.

'수기여귀(誰其與歸)'라는 이 구절을 더 파들어 가보았다. 수기여귀(誰其與歸)에서 기(其)가 아무런 역할을 하지 않고 있다는 사실이 눈에 띄었다.

기(其=箕)는 원래 키(箕)를 뜻하기 위해 만든 글자다. 기(其=箕)라는 한자는 다른 향가에서 '바람신'이라는 의미로 사용되고 있다. 황조가의 기(其)를 다른 향가 작품에서와 마찬가지로 '바람신'으로 봄이 타당할 것이다. 바람신은 향가에서 곡식을 까부는 '키'로 상징이 되고 있었다.

바람신은 단군신화에도 나온다.

환웅이 풍백(風伯), 우사(雨師), 운사(雲師)와 함께 삼천의 무리를 거느리고 이 땅에 내려왔다는 내용이다. '풍백(風伯)'이란 바람을 관장하는 신, 즉 바람신이다.

바람신 키(其=箕)

바람신이 단군신화에도 나오고, 향가에도 나오고 있다. 바람신 기(其)는 향가와 단군신화를 관류해 흐르고 있는 문화코드이다. 향가의 뿌리가 고조선까지 올라갈 수 있음을 암시하는 문자이다.

원문 아지독(我之獨)이라는 구절에 지(之)가 들어 있다.

'가다 지'이다. 향가에서 최다빈도로 나타나는 글자 중 하나다. 향가에서 지(之)라는 문자가 소유격으로 사용되는 사례가 없다.

이 글자는 2019년 10월 경주 쪽샘지구에서 발굴 공개된 신라 장례 행렬도의 모습, 그 자체를 뜻한다. 무리지어 가는 행렬을 향가에서는 지(之)자로 표기하고 있다.

여기에서는 의도적으로 가운데 끼워 넣어 치희의 장례 행렬을 의미하도록 표기해놓고 있었다.

신라 향가 창작법에 어긋남이 없다.

황조가도 향가였던 것이다.

가야 구지가에서 둑이 한번 터지고 나니 해가에서도 터졌다. 심지어 삼국사기의 황조가까지 향가였다. 황조가는 얼핏 보아 한역시의 모습을 하고 있어 모두가 그냥 지나쳤을 뿐이지 분명 향가였다.

그리고 보니 삼국지 위지 동이전에 나오는 내용들도 심상치 않았다.

삼국지 위지 동이전이라는 중국의 역사책에 한반도 동북아 각국에서 행해지던 제천의식이 기록되어 있다. 고구려 동맹(東盟)과 부여의 영고(迎鼓), 예의 무천(舞天) 등이 그것으로 동북아 여러 나라 사람들이 해마다 함께 모여 공동으로 제사를 지내고 춤과 노래를 즐겼다.

예(濊)에서는 "늘 10월절이면 하늘에 제사하고 밤낮으로 술을 마시고 노래 부르고 춤추니 이것을 이름하여 무천(舞天)이라고 한다. 또 범을 제사지냄으로써 신으로 삼는다."라고 기록되어 있다.

한반도 각국에서 제사를 지내고 노래를 부르고 춤을 춘 것은 향가에 나타나는 떼창과 군무를 하며 빌던 문화와 다름이 없다. 비록 구체적인 작품이 전해오고 있지 않지만 이들이 춤추며 불렀던 노래도 향가였을 것이다.

향가는 아마도 고조선에서 태어난 문학 장르였을 것이다. 이후 부여, 고구려, 동예, 옥저 등으로 전해진 것으로 보인다. 이들 나라에서 만들어진 향가는 발견되지 않고 있다. 그러다가 마침내 B.C 17년 향가의 실체가 고구려에 나타났다. 현재 전해지고 있는 우리나라 최고(最古)의 향가가 바로 고구려의 '황조가'다.

신라 최초의 향가는 서기 28년 11월 만들어진 도솔가(兜率歌)이다. 제목만이 전해지고 있다.

가야 최초의 향가 구지가는 서기 42년에 만들어졌다.

고조선에서 시작하여 부여와 고구려와 예로, 고구려에서 신라로, 가야로…. 남으로 남으로 남하하는 향가의 모습이 눈에 잡힌다.

향가는 민족사에 있어 빛의 시작점이었다.

황조가에 나오는 암수 꾀꼬리는 향가와 우리 민족이 어디든지 따라다니며 서로가 의지할 것이라는 암시와 같았다.

임금은 신하를 믿고, 신하는 충성을 바치라

향가는 단군신화와 연결되었다.

또 고구려 황조가가 향가라는 사실까지 밝혀졌다.

우리 민족 문화가 태동되는 시점까지 향가의 뿌리가 뻗어 있었다.

향가를 말하지 않고서는 우리의 역사를 이야기할 수 없고, 민족의
문화를 이야기할 수 없게 되었다.

다시 신라 향가로 돌아가 보겠다.

이번에는 신충가(信忠歌)를 소개하겠다.

사람들을 사랑하고 지탱하셨던 잣나무 같으신 분

겨울이 오지 않았는데도 무너졌음이여

그대를 장례지냅니다, 가르침에 말미암아

우러르고 조아리는 얼굴에 옷을 바꾸어 주심이야

달의 다스림은 그림자처럼 오래도록 드리워질 것이고

그대의 다스림에 따라 그대의 육신을 화장하여 바다로 가 뿌립니다

장례를 치르자니 눈물이 흐릅니다

아미타불 극락이라도 가시면 아니 되옵니다

그대를 우러러 봅니다

아미타불이여, 효성왕을 맞아주옵소서

세상을 다스림에 재덕이 뛰어온 사람이라는 평판이야

후구

망실되었다

신충가는 신라 효성왕(737~742) 대의 작품이다.

효성왕의 즉위 전 이름은 김승경이었다. 신라가 통일을 이룬 지 60여 년이 지나 전성기에 이르고 있었다.

김승경이 왕위에 오르기 전 어진 선비 신충(信忠)과 함께 궁정의 잣나무 아래에서 바둑을 두면서 "내가 그대를 잊는다면 저 잣나무의 모습이 증거가 될 것이다."라고 했다는 말이 전해진다.

▌신라의 국목(國木)

신충가에 나오는 잣나무는 당시 월성의 궁정 안에 서 있던 나무였다.

신라인들은 이 잣나무를 휘하에 많은 사람을 거느린 왕이나 화랑에 비유하였다. 잣나무가 왕으로 비유되고 있는 예는 신충가이고, 화랑에 비유되는 예는 찬기파랑가였다.

대한민국의 나무는 소나무이다. "남산 위에 저 소나무 철갑을 두른 듯"이라는 애국가의 구절은 남산의 소나무가 헌법적 가치를 가지고 있음을 말한다.

월성의 잣나무는 신라의 나무였다. 만일 신라에 애국가가 있었다면 '월성 안의 저 잣나무 백성을 보호하고'쯤으로 가사가 만들어져 있었을 것이다.

나는 기회가 있다면 전국에서 제일 위엄 있는 잣나무를 찾아 월성 어딘가에 이식한 다음 '기파잣'으로 이름붙이면 어떻겠느냐고 경주시에 제안하고 싶다. 기파잣을 신라의 국목으로 지정해 아름답게 가꾸면 시민들이 기파잣을 바라보며 화랑 기파랑을 찬미할 것이다. 또 월성을 찾는 수많은 사람들이 잣나무 아래서 사진을 찍으며 늠름했던 기파랑을 생각할 것이다.

김승경은 신충과 바둑을 두고 몇 달이 지나지 않아 아버지 성덕왕(재위 702~737)이 사망하자 효성왕으로 즉위하게 되었다.

효성왕은 왕위에 오르며 이찬 정종(貞宗)을 상대등(上大等)으로, 아찬 의충(義忠)을 중시(中侍)로 임명했다. 효성왕이 잣나무 아래서 중용하겠다고 약속했던 신충이 빠져있는 것이 눈에 띈다. 다른 공신들에게는 상을 주면서 신충을 공신의 명단에 넣지 않은 것이다.

신충이 이를 원망하는 노래를 지어 궁정의 잣나무에 붙여 두자 잣나무가 갑자기 노랗게 시들어 버렸다. 왕이 이를 이상하게 여겨 사람을 보내 살펴보게 하였더니 신충이 붙여놓은 노래를 발견해 가져와 바쳤다.

왕이 읽어보고 크게 놀라 말하였다.
"정무가 복잡하고 바빠 가까이 지내던 사람을 잊을 뻔했구나."

739년(효성왕 3)에 중시 의충이 죽었다.
효성왕은 신충(信忠)을 후임 중시로 임명했다.
그러자 궁정의 잣나무가 되살아났다.

궁정의 잣나무가 노랗게 물들었으나 신충을 등용하자 되살아났다는 사실은 효성왕이 충신을 중용함으로써 왕이 죽게 될 위기를 벗어나게 되었다는 내용일 것이다.

효성왕이 위기에 처했던 사건은 740년에 있었던 파진찬 영종의 반란으로 볼 수 있다.
반란의 원인은 영종의 딸이 효성왕의 후궁이 되어 왕의 총애를 받았다. 왕비 혜명부인이 이를 시기하여 후궁을 모살하려 하자 그녀의 아버지 영종이 반란을 일으킨 사건이었다. 삼국사기에는 이와 관련된 불길한 내용이 기록되어 있다.

739년 여우가 월성에 나타나 울었다.

740년 붉은색 옷을 입은 여인이 다리 밑에서 나와 조정을 비방하다가 홀연히 사라졌다.

신충(信忠)의 이름은 고유명사법으로 풀어야 할 것이다.

信忠

=信(믿다 신) + 忠(충성 충)

=믿다+충성

=왕은 신하를 믿고 신하는 왕에게 충성을 바치라

왕은 신하를 믿고 신하는 왕께 충성을 바쳐야 왕이 위기에서 벗어날 수 있다는 것이 본 작품의 창작의도일 것이다. 이것이 고유명사법에 의한 풀이다.

740년 파진찬 영종의 반란 때 신충이 아니었다면 왕은 위기에서 벗어날 수 없었을 것이다. 그래야 배경기록과 고유명사법에 맞는다. 이러한 공으로 인해 신충은 충성심을 더욱 인정받았고 그로 인해 효성, 경덕왕 2대에 걸쳐 중용되었다.

신충가는 효성왕이 742년 사망하였을 때 만든 작품으로 눈물가이다. 미화법이 구사되어 있다. 향가 신충가는 효성왕을 '세상을 다스림에 있어 재덕이 뛰어난 사람'이라고 찬양하고 있다.

효성왕이 신충을 믿고 중용하여 신충이 충성을 바치게 하는 등 다스리는 재주가 뛰어났다고 미화하고 있는 것이다.

효성왕은 742년 재위 6년 만에 사망했다.

그의 시신은 유언에 따라 법류사(法流寺) 남쪽에서 화장되었으며, 유골은 동해에 뿌려졌다. 효성왕은 아들이 없어 동복 아우가 왕위를 이어받았다.

새로 왕위에 오르게 되는 아우가 신라 역사의 분기점이 되는 경덕왕(742~765)이다.

신라 쇠락의 단초, 도천수대비가

신라 향가를 연대기 순으로 늘어놓으면 향가들 사이에 큰 단층 하나가 있다.

단층 뒤쪽 면에 도천수대비가(禱千手大悲歌)라는 작품이 자리 잡고 있다. 도천수대비가 앞과 뒤로 신라 향가가 크게 나뉜다고 할 수 있을 것이다. 신라가 전성기를 지나고 쇠락의 길로 접어들면서 그 기운이 향가에 반영되고 있기 때문이다.

도천수대비가로부터 계속되는 일련의 작품에서 태풍전야의 불길한 고요함을 느끼는 사람은 나만이 아닐 것이다.

누가 나에게 가장 풀기 어려웠던 향가가 무엇이었느냐고 질문을 던지면 나는 도천수대비가였다고 이야기한다. 이름조차도 어려웠다. 천수대비란 말을 처음 듣는 사람도 있을 것이다. 천수대비에게 기도하는 노래라는 뜻을 가지고 있다.

천수대비는 부처의 하나로 40개의 손이 있고, 손 하나는 각각 하나씩의 눈을 쥐고 있다. 40수(手) 40안(眼)의 모습이다. 천수대비는 특히 지옥의 고통에서 벗어나게 해주는 부처로 알려져 있다.

이 작품에 대한 과거의 해독을 보자.

무릎을 곧추며 두 손바닥 모으와
천수관음 전에 비옴은 두노이다
천 손에 천 눈을
하나를 놓고 하나를 더옵기
둘 없는 내라
하나야 그으기 고치올러라
아으 내게 끼쳐 주시면 놓되 쓰올 자비여
얼마나 큰고

나에게 제일 어렵다고 느껴졌던 향가를 양주동 박사님께서는 위와 같이 푸셨다. 이것을 우리나라 고등학교 학생들이 아직껏 공부하고 있다. 향가 고문을 받고 있다고 해야 할 것 같다.

이 작품에 대한 배경기록을 살펴보자.

신라 경덕왕(742~765) 때 일이다.

경주 한기리(漢岐里)에 사는 여인 희명(希明)의 아이가 태어난 지 5년 만에 갑자기 시각 장애인이 되었다. 희명이 아이를 안고 분황사 벽에 그려진 천수대비 그림 앞으로 가 아이를 고통에서 벗어나게 해

달라고 빌었다. 그녀가 천수대비 앞으로 간 것은 천수대비가 지옥의 고통에서 벗어나게 해주는 부처로 알려져 있기 때문일 것이다. 그렇다면 아이가 지옥의 고통에서 해매고 있다는 뜻이다. 아이는 민(民)을 상징하고, 어머니는 아이를 사랑하는 신(臣)을 상징한다. 안민가에서 이런 비유의 예를 볼 수 있다.

아이에게 향가를 부르고 기도하게 하였더니 아이가 눈을 뜨게 되었다. 민이 지옥 같은 고통에서 벗어났다는 뜻이다.

보언들의 내용은 매우 잔혹하였다.

> 中=둘로 나누다 중. 향가에서는 '두 토막 내 죽이다'라는 의미의 보언으로 中을 사용하고 있다. 한자의 모습 때문일 것이다.
> 屋=무거운 형벌로 다스리다 옥
> 尸=시체 시

두 토막을 낸다(中)거나, 무거운 형벌로 다스려 시체로 만들겠다(屋尸)는 내용이었다. 섬찟한 보언이다.

아이의 눈을 뜨게 해달라면서 소원을 들어주지 않을 경우 천지 귀신에게 형벌을 가해 두 토막 내 죽이겠다는 식으로 위협하고 있었다.

도천수대비가는 정말 어렵게 해독되었다.

향가 창작법을 동원해도 노랫말은 쉽사리 풀리지 않았다.

해독이 어려웠지만 불가능하지는 않았다. 풀다가 모르겠다며 던
져놓고, 풀다가 던져놓기를 네다섯 번 반복한 끝에 글자 하나하나에
대한 확신이 서게 되었다. 거기에는 신라 백성들을 사랑하는 경덕왕
의 마음이 담겨 있었다.

무릎을 꿇고 천수관음을 부르며 두 사람이 손바닥을 친다

천수관음 앞

기도하나니, 눈을 뜨게 해 달라

천수천목이여

한 무리(民)는 지옥으로부터 놓아 주시되

한 무리(㫌)는 지옥에서 놓아주는 대상에서 제외해 주시라

둘은 한 몸이라

한 무리(民)에게는 베풀어 주고

아미타불이여, 구천을 떠도는 백성들의 영혼을 맞아주소서

우리들은 한 몸이라

이 땅에 남아있을 때의 신(㫌)이 쌓은 업적을 알려지도록 하고

민(民)들에게 은혜를 베풀어 주고 지옥의 고통에서 놓아 주어야 할 것
이다

자비를 베풀어야 할 것이다

▮ 고유명사법

고유명사로 한기리(漢岐里)가 나온다. 한기리의 뜻을 풀어보자.

漢 한나라 한 / 岐 길림길 기

이 한자들의 뜻은 신라가 중국(=한나라)처럼 선진국이 될 것인가 말 것인가 하는 갈림길에 놓여 있다는 뜻을 가지고 있다. 당시 경덕왕은 755년 한화(漢化)정책이라는 개혁정책을 추진하고 있었다. 선진국이었던 중국의 각종 제도를 도입해 나라를 개혁하자는 취지였다.

그러나 경덕왕의 한화정책은 왕권을 강화하는 것으로 알려져 귀족들의 큰 반발을 사게 되었다.

왕의 정책은 좌초될 위기에 처해 있었다. 그래서 갈림길에 놓여 있다고 한 것이다.

경덕왕은 어머니라고 해야 할 귀족들이 사랑 주어야 할 어린아이와 같은 민들을 지옥 같은 고통 속에서 해방하고자 하는 자신의 뜻을 모르고 귀족들만의 이익을 내세워 반대하자 이 작품을 만든 것이다. 왕은 민을 지옥의 고통에서 구해 달라고 천지귀신에게 빌기로 했다. 그러한 목적으로 만든 작품이 본 향가다.

역사 연구자들은 경덕왕이 한화정책을 추진하며 신하들의 반발을 무마하기 위해 귀족들에게 일부 당근을 제시하였던 것으로 보고 있다.

'녹읍제'를 시행한 것이 그것이다. 녹읍이란 귀족에게 주는 일종의 영지와 같은 것이다. 녹읍제의 시행은 귀족들의 이익을 보장하는 것이었다. 왕이 귀족들과 타협한 것이다.

경덕왕이 준 당근으로 인해 왕과 귀족의 갈등은 일시 봉합되었다. 그러나 해결되지 않은 갈등은 내부적으로 계속 곪아 갔으며 결국은 터져 나오게 되었다.

▎향가왕

당시의 국가적 어려움이 경덕왕 대에 만들어진 향가 곳곳에 흔적으로 기록되어 있다.

경덕왕 대에 만들어진 작품으로 5편의 향가가 있다. 신라 향가 14편 중 5편이 경덕왕 대에 만들어졌으니 비중 면에서 압도적이라 할 만하다. 경덕왕을 향가의 왕이라 불러도 지나치지 않을 것이다.

그런데 이들 5편 모두는 불길함이 짓누르고 있던 경덕왕 당시의 정치적 불안감을 주제로 하고 있었다.

경덕왕 대에 만들어진 5편의 향가를 연대순으로 나열해 시계열적 의미를 찾아보겠다.

도천수대비가는 경덕왕 14년(755)을 진후해 만들어졌다. 경덕왕이 한화정책을 추진하자, 귀족들이 크게 반발하였다.

왕은 귀족들의 불만을 무마하기 위해 삼국통일 이후 폐지한 녹읍제를 부활하였다. 녹읍이란 일종의 개인 영지이다. 귀족들에게 물적 기반이 생김과 동시에 녹읍관리를 위한 인적기반이 생기게 됨을 의미한다.

녹읍은 훗날 귀족들의 송곳니로 바뀌었다.

제망매가는 755년 월명사에 의해 만들어졌다. 그해 전국적으로 큰 흉년이 들었고 콜레라까지 퍼져 고을마다 백성들이 굶주리고 병들어 죽었다. 먹지 못한 사람들은 버티지 못하고 쓰러져 갔다.

도솔가는 4년 후인 760년의 작품이다. 그해 혜성이 나타나 열흘 동안 없어지지 않았다. 혜성은 전쟁과 역병 등 불길한 조짐으로 인식되던 별이었다.

자라보고 놀란 가슴 솥뚜껑보고 놀란다고 흉년과 전염병을 겪은 사람들은 패닉현상을 일으켰다. 민심수습이 필요하자 제망매가를 지은 월명사를 다시 불러 도솔가를 지어 부르게 했다.

찬기파랑가에는 녹읍제의 폐해가 기록으로 잡히기 시작한다. 화랑과 낭도들이 녹읍을 가진 귀족들에게 가 일을 하고 있다. 왕에게 충성해야 할 화랑도가 귀족들에게 종속되어 갔다. 왕권이 약화되면서 화랑도의 기강 해이가 심해졌다.

이때 기파랑이란 이름을 가진 화랑이 나타나, 화랑도의 기강 확립을 주장하면서 일부 낭도들을 처벌하였다. 그러자 귀족들이 강력한 문제를 제기했다. 그들에게 평화 시의 화랑도 기강은 별로 중요한 것이 아니었다. 조정은 사태의 책임을 물어 기파랑을 처형하였다. 화랑도의 기강 해이는 공식화되어 돌이킬 수 없게 되었다.

마지막으로 안민가가 만들어졌다. 765년 3월 3일이 만들어진 날짜다. 작자 충담사는 왕에게 신하들이 백성들을 가혹하게 처벌하는 등 민심이 흉흉하다고 했다. 이는 귀족들이 녹읍을 바탕으로 백성들을 장악해 사형까지도 마음대로 집행하면서 힘을 키우고 있었다는 사실을 의미할 것이다. 바른 정치로 돌아가야 한다고 하였다. 경덕왕대의 정치가 크게 잘못되어 있다는 뜻이다.

경덕왕 당시 신라를 짓누르던 고요한 불안감은 왕권약화와 귀족들의 성장에 뿌리를 두고 있었다. 경덕왕은 그때만 해도 귀족들이 변심할 거라고는 의심하지 않았을 것이다. 그러나 이때쯤 되면 귀족들은 차츰 왕의 통제를 벗어나 야수로 성장하고 있었다.

경덕왕은 안민가가 만들어진지 3개월 후 귀족과의 갈등문제 해결을 미완의 과제로 남기고 사망하였다.

8살짜리 그의 아들이 즉위했다.

혜공왕이었다.

이미 힘을 키워 버린 귀족들은 그를 햇병아리로 보았다. 그들은 왕을 사내답지 못하고 계집애 같다고 하면서 깔보았다. 대놓고 무시하였던 것이다.

혜공왕이 즉위한 지 3년밖에 지나지 않았을 때 일이 터지고 말았다. 혜공왕은 겨우 10세의 아이에 불과했다.

김대공이라는 귀족이 난을 일으킨 것을 필두로 전국에서 96명의 각간들이 반란을 일으켰다. 각간이란 신라 최고위 등급이었다. 야수들이 본색을 드러내었던 것이다. 이후 2~3년마다 귀족들은 갖가지 이유로 송곳니를 드러내고 왕에게 대들었다.

싸움의 물적 기반은 녹읍이었고, 반란의 인적 기반은 왕을 향한 충성심이 무너진 화랑과 낭도들이었다.

한화정책에의 반발과 당근으로 준 녹읍제가 있었다. 거기에서 신라의 쇠락이 시작되었다.

도천수대비가는 신라 쇠락의 단초를 노래하고 있다.

이것이 도천수대비가에 들어 있던 비밀이었다.

◆ 22 ◆
콜레라 창궐, 제망매가

　'참척(慘慽)'이란 부모에 앞서 자식이 먼저 죽는 것을 가리키는 말이다. 비극 중에서도 가장 처참한 비극이기에 특별하게 이름을 붙여 참척이라 했을 것이다. 향가에도 참척과 같은 슬픔을 노래한 작품이 있다. 제망매가(祭亡妹歌)라는 작품이다. '죽은 누이를 제사 지내는 노래'라는 뜻이다.

　제망매가는 신라 경덕왕 때(742~765) 월명 스님이 누이가 자신에 앞서 죽자 만든 작품이다.
　이 작품을 양주동 박사님께서는 아래와 같이 풀었다.

　　　생사로는 예 있사매 저히고,
　　　나는 가나다 말도 못다 닏고 가나닛고
　　　어느 가을 이른 바람에 이에 저에 떨어질 잎다이
　　　하난 가시에 나 가는 곳 모르나니

아으,

미타찰(彌陀刹)에 맏보올 내

도 닦아 기드리고다

  양주동 박사님께서 풀어낸 내용을 보면 누이를 잃은 묵직한 슬픔
이 전해온다. 그의 시적 재능이 유감없이 발휘된 해독이라 할 것이
다. 한국 서정시의 큰 초석이었다고 할 번역이다. 그러나 찬탄은 여
기까지만이고 해독 결과를 바탕으로 한 감상도 일단 여기에서 멈추
어야 한다. 신라 향가 해독법으로 풀어낸 내용은 이와 너무 다른 내
용이 나오기 때문이다.

  그것은 다음과 같았다.

    삶과 죽음의 길에는 사람들의 발자국이 계속 이어지고 있나니

    아미타불에게 그대를 보낸다

    '내가 죽는 것은 아니겠지요?'라고 말했던 누이는 그만 죽고 말았다네

    '이렇게 죽는 것은 나이순이 아니지 않는가'라고 말하며 나는 그대를 보

    내었다

    그대가 가는 것을 말렸다네

    아직 가을철 이른 바람이 분 것이 아닌데도

    이리저리 떠올랐다 떨어지는 나뭇잎 같이 지면 아니되지

    하나의 가지로부터 나왔으니

    죽는 병에 걸리는 것은 나이순에 따라야 하리

    아미타불이시여, 누이의 영혼을 맞이해 주오

나 불도를 닦으리라

아미타불께서 누이를 맞이해 주시기를 기다리고만 있다면 옳지 않으리

월명사는 삶과 죽음의 길에 무수한 사람들의 무거운 발걸음이 끊임없이 이어지고 있으니 슬퍼하지 말자고 스스로를 객관화 시키고 있다.

그러나 죽음의 길에 서있는 어느 죽음이 애달프지 않겠는가. 불제자였던 그에게도 어린 누이의 죽음은 각별하였다.

누이의 목숨이 경각에 이르자, 남매의 애통함은 극에 이른다. 병에 든 누이가 "혹시 내가 죽는 것이 아니겠지요?"라고 오빠의 옷깃을 부여잡았다. 그러나 오빠는 무력했다.

"어린 나이에 죽는 것은 세상의 순리가 아니다."라고 부처님을 원망했으나 늦여름 부는 바람에 떨어지는 나뭇잎처럼 누이는 지고 말았다.

제망매가 해독은 여기에서 끝나지 않는다. 내용의 풀이도 중요하지만 그보다는 내용에 이르기까지의 여정도 못지않게 중요했다. 그러나 그 길은 결코 쉬운 길이 아니었다. 향가 해독의 과정에서 발견한 모든 지식이 총체적으로 동원되어야 살펴볼 수 있었던 길이었다.

여러 작품을 해독해본 결과 대부분의 신라 향가는 국가나 사회적 위기를 소재로 하고 있었으나 제망매가는 이상하게도 단순한 가족사의 비극에 그치고 있나.

양주동 박사님께서도 제망매가를 철저히 개인적 슬픔을 다룬 작품으로 보고 계셨다. 나는 이런 식의 해독에 만족할 수 없었다. 제망매가가 국가나 사회적 위기 극복과 관련된 작품일 것이라는 논리적 상상이 떠나지 않았기 때문이다. 양주동 박사님 풀이에 대한 찬탄도 감상도 일단 멈추라고 했던 이유가 여기에 있다.

▌콜레라 팬데믹

나는 제망매가를 해독하면서 이 작품이 가족사를 언급한 작품에 그치지 않을 것이라는 시각을 계속해서 유지했다. 제망매가가 담고 있는 뜻을 추적하는 데 많은 세월이 소요되었다. 내용에 대한 면밀한 검토가 거듭거듭 이루어졌다.

삼국유사의 편찬 배경, 향가 작품들의 성격분석 등에 대한 지식을 배경으로 하여 제망매가의 내용을 검토해 본 결과 그때 국난에 버금가는 사태가 있었고, 그것은 대규모 전염병이었다는 사실이 밝혀진다.

본 작품이 만들어진 시기는 경덕왕 때이다.

경덕왕 시절에 대규모 무슨 참상이 있었는지 확인 작업에 들어가 보았다.

아나나 다를까.

참상이 있었다.

삼국사기 열전에 그 내용이 나온다.

경덕왕 15년(755), 나라에 큰 흉년이 들었고 전염병까지 퍼져 고을마다 백성들이 굶주리고 병들어 죽는 일이 허다했다고 했다. 경덕왕이 공주에 살던 향덕이를 효도를 이유로 포상했다는 구절 속에 그 내용이 있었다.

커다란 사회적 혼란이었길래 역사서에까지 흔적을 남겼을 것이다.

제망매가는 바로 이 해 755년에 만들어졌다고 보는 것이 타당하였다.

향가의 내용을 검토하면 그해에 사람들의 목숨을 앗아간 병은 콜레라로 판단된다.

콜레라는 호열자라고 불리던 병이다. 호랑이가 물어서 살점을 찢어낸 것과 같이 고통스럽다고 한다. 치사율이 40~70%에 달할 정도로 무서운 병이다.

1858년에 우리나라에 콜레라가 창궐하였는데 무려 50여 만 명이나 죽은 것으로 알려져 있을 정도이다. 1909년에도 콜레라가 창궐했다. 이에 대해서는 다음과 같은 신문기사가 있다.

> 호열자에 걸리면 완연히 쥐 같은 물건이 사지로 올라오고 내려가는 것 같으며 운신도 못하고 뼈만 남아 죽는 고로 '쥐통'이라 하였다. 이 병이 한 집에 들어가면 한 집의 사람이 거의 다 죽고, 이 고을에서 저 고을로 칡덩굴 같이 뻗어가며 일거에 일어난 불과 같이 퍼져간다
>
> -대한매일신보, *1909. 9. 24.*

그해의 재난이 전염병 창궐로 추정되는 근거는 제망매가 원문 속에 있다.

제망매가는 많은 사람들이 죽어가고 있다는 충격적 임팩트로 작품을 시작하고 있다. '삶과 죽음의 길에 사람들의 발자국이 계속 이어지고 있다'라는 첫구절이 바로 그것이다. 또한 '이리저리 떠올랐다 떨어지는 나뭇잎'이란 구절 역시 대규모 전염병 감염과 참상을 말하고 있는 것이다.

'죽는 병에 걸리는 것은 나이순이어야 하리라'는 구절에서는 누이 동생도 병에 걸렸음을 확인 할 수 있다. 국난의 극복이라는 시각을 가지고 있지 않았다면 이러한 내용을 절대 포착해내지 못했을 것이다.

집단감염의 원인을 콜레라로 추정하는 근거 역시 작품의 내용에 있다.

아직 가을이 오지 않았다는 구절이 그것이다.

계절적으로는 초가을이 시작하지 않은 때란 늦여름이다. 여름철에 찾아오는 치명적 전염병이 무엇인가. 그것도 전국적 감염으로 많은 사람이 죽어나갈 병이 무엇인가. 의사들은 '콜레라!'라고 즉답했다.

여름에 발병했음을 암시하는 제망매가 원문의 구절과 풀이는 다음과 같다.

於內秋察早隱風未此矣彼矣浮良落尸葉如

아직 가을철 이른 바람이 분 것이 아닌데도

이리저리 떠올랐다 떨어지는 나뭇잎 같이 지면

아니되지

　아직 가을철 이른 바람이 분 것이 아니라는 내용은 늦여름을 말한다. 무수한 나뭇잎들이 떨어져 뒹굴고 있다는 사실은 많은 사람들이 죽어가고 있다는 뜻이고, 그 나뭇잎들과 같이 떨어지면 안 된다는 말은 누이가 다른 사람들처럼 죽으면 안 된다는 뜻이었다.

　월명사의 시대, 신라에 콜레라가 돌고 있었다. 집단참사가 있었다. 삼국사기의 기록에 따르면 고을마다 전염병으로 사람들이 죽었다고 했다. 이러한 삼국사기의 기록은 '이 고을에서 저 고을로 칡덩굴같이 뻗어가며 일거에 불과 같이 퍼져간다'는 1909년 9월 24일 대한매일신보의 기사내용과 너무도 흡사하다. 국가적 재난이 있었음이 틀림없다.

　월명사는 이때 죽은 사람들의 극락왕생을 빌어주었을 것이다. 그중 누이의 극락왕생을 위해서는 제망매가를 지었다.
　제망매가에 깊숙이 숨어 있던 비밀 코드는 755년 신라를 덮쳤던 콜레라 창궐이었다.

꽃이 집니다, 찬기파랑가

찬기파랑가도 경덕왕 때의 작품이다. 배경기록이 매우 간단하다. 다음이 고작이다.

765년(경덕왕 24년) 3월 3일 경덕왕이 충담(忠談)을 만났다.

왕이 충담에게 "그대가 이전에 지은 찬기파랑사뇌가(讚耆婆郞詞腦歌)의 뜻이 매우 높다(其意甚高)고 하는데 사실이냐."라고 물었다. 충담이 "그렇습니다."라고 하였다.

향가 해독은 단서로부터 시작된다.

찬기파랑가를 해독함에 있어 일단 세 가지의 단서가 있었다.

하나는 경덕왕이 '찬기파랑가의 뜻이 매우 높다(其意甚高 기의심고)'고 한 평가다. 해독의 과정에서 뜻이 왜 높다고 했는지 그것이 추적되어야 할 것이다.

또 하나의 단서는 작자의 이름 '충담(忠談)'이다. 고유명사법으로 풀어야 할 것이다. 왕과 국가에 대한 충성 이야기(忠談)가 작품의 창작 의도이다.

세번째는 '기파(耆婆)'라는 화랑의 이름이다. 고유명사법에 따르면 '미워하는 모습'이라는 뜻이다. 기파랑이 무엇인가를 미워하고 있다. 이것 역시 풀이 과정에서 확인되어져야 할 것이다.

찬기파랑가를 신라 향가 창작법으로 새로이 해독하면 다음과 같다.

> 목이 메어 운다, 화랑도가 병들었음에
>
> 이슬 내린 새벽
>
> 달이 다스려 흰 구름을 쫓아내 떠나가게 하였습니다
>
> 기파랑 그대는 어찌하여 휘하 낭도들을 바로잡으려 하였는가
>
> 기강이 해이한 휘하 낭도 여덟 명을 참수한 것은 물길을 다스림이었습니다
>
> 기파랑, 그대는 낭도들의 기강을 바로잡으려 하였습니다
>
> 늪과 같이 느리게 흐르는 내를 다스리고자 했던 화랑이었습니다
>
> 아무도 낭도들의 기강을 지탱해 주려하지 않았음이여
>
> 낭도들을 지탱해 주오려는 마음을 가진 화랑을 아직 만나보지 못했습니다
>
> 월성이 그대를 쫓아내었음이라
>
> 아미타불이여, 구천에 떠도는 기파랑의 영혼을 받아주옵소서
>
> 잣나무께서는 가지들을 높이 이르게 하기를 좋아하였습니다

눈이 여기 내립니다

꽃이 떨어집니다

찬기파랑가를 해독해 보면 화랑 기파랑이 휘하 낭도들의 기강 해이를 문제 삼아 많은(8명) 낭도들을 강가 모래밭에서 매로 치고 목을 베었다는 사실이 나온다.

▌고유명사법

여기에서 고유명사법이 활용되어야 한다.

문제가 되었던 기강 해이는 충성과 관련되어 있을 것이다. 많은(8명) 낭도들이 왕과 국가에 대해 무엇인가 근본적 불충을 저질렀기에 처벌을 받았을 것이다.

기파랑의 이름을 풀이한 결과 기파랑은 낭도들의 기강 해이를 미워하는 화랑임을 알 수 있다.

耆婆

=**耆**(미워하다 기) + **婆**(모습의 형용 파)

=(기강해이를) 미워하는 모습

이 당시 화랑도가 저지른 불충에 대한 역사적 기록을 사서에서는 찾을 수가 없었다. 그러기에 기파랑이 처형된 때를 전후하여 화랑도에 어떠한 일이 있었는지 역사의 맥락을 통해 추측해보기로 했다.

경덕왕은 765년 3월 3일 충담을 불러 안민가를 짓게 했다. 그리고 왕은 몇 달 지나지 않아 사망하고 말았다. 그의 사후 아들이 왕위에 올랐는데 그가 혜공왕이다. 8세였다. 어머니 만월부인이 섭정을 하게 되었다.

혜공왕 즉위 후 특이한 점이 있다.
잇달아 귀족들이 반란을 일으켰다는 점이다. 어떠한 반란이 일어났는지 살펴보자.

> 768년에 김대공이 반란을 일으켰다.
> 770년에는 김융이 반란을 일으켰다.
> 774년에는 김은거가 난을 일으켜 처형되었고, 이어 정문도 반란을 꾀하다가 처형되었다.
> 780년에는 김지정이 난을 일으켰다. 혜공왕이 난병에 의해 살해되고 말았다.

혜공왕이 죽고 난을 수습한 선덕왕이 왕위에 올랐다.
이때로부터 시작해 망국까지의 기간을 역사가들은 '신라 하대'라고 구분한다.
신라의 쇠락은 가속화되어 갔다.

경덕왕 말년에 왕권을 지탱하던 뿌리에 무언가 근본적인 일이 있었음이 틀림없다. 그렇지 않다면 천년왕국이 뿌리째 흔들릴 이유가 없었을 것이기 때문이다. 일련의 난은 당시 신라 귀족사회 내부에서 권력을 둘러싼 심각한 갈등이 촉발되고 있음을 말한다.

나는 잦은 반란의 이유보다는 반란의 인적토대에 관심을 기울인다. 반란에 인적토대를 공급한 계기가 화랑도의 기강 문란 때문이었을 것으로 보는 것이다.

문제는 화랑도가 신라의 중요한 사회제도였음에도 불구하고 화랑도에 대한 공식 기록이 별로 남아 있지 않아 추적에 한계를 느낀다는 점이다. 그러기에 역사적 맥락에서 화랑도의 성격변화를 검토해 보는 것이다.

화랑도는 국가의 무력 조직으로서, 몇몇 화랑을 우두머리로 하여 각각의 화랑 휘하에 백 명이 넘는 낭도들이 편제되어 있었다. 그들은 평소 문무를 수련하다가 국가의 부름에 응하였다.

앞에서 혜성가를 소개하였다. 거기에는 신라를 지키는 두 조직이 나온다.

하나의 조직은 동해 바닷가에서 수리부엉이처럼 성을 지키는 정규군이었다. 그들이 국방의 임무를 맡고 있었다. 적군이 쳐들어오면 그들은 봉화를 피우고 먼저 나가 목숨을 바쳐 막았다.

한편으로 화랑도가 있었다. 혜성가를 보면 금강산으로 수련을 떠나던 화랑과 낭도들이 왜군 침입 소식을 듣게 되었다. 그들은 머뭇거

림 없이 전쟁터로 달려가 정규군에 합세하여 왜군을 물리쳤다.

이처럼 화랑은 국가의 예비적 무력조직이었다. 절대로 귀족의 사병이 아니었다. 그들이 본격적으로 조명을 받게 된 것은 삼국통일 전쟁 때였고, 그들이 빛나는 공을 세웠음은 잘 알려진 사실이다.

▍난만한 평화의 시대

통일이 이루어지자 난만한 평화의 시대가 왔다.

찬기파랑가가 만들어진 시기는 통일 전쟁이 끝나고 백여 년이 지난 뒤였다. 평화 무드에 젖어 화랑도는 극도로 기강이 해이해졌고 조직의 성격조차 변해갔을 것이다.

급기야 왕과 국가에 충성을 바치던 조직에서, 귀족의 사병으로 일하려던 자들도 생겨났다. 기강의 해이가 심각해져 갔다.

이 시기 만들어진 찬기파랑가는 내용에서 보듯 화랑도의 기강이 땅에 떨어져 있었다고 하였다. 그토록 아름다웠던 화랑이라는 꽃이 낙화유수가 되어 여기저기에서 떨어지고 있다고 했다.

바람이 불고 꽃이 지는 시기, 화랑도 정신을 강조하는 화랑이 나타났다. 아무도 그러지 않았는데 자기 혼자 그랬다. 그가 기파랑이었다.

새로이 해독된 찬기파랑가는 이 사실을 다음과 같이 말하고 있다.

아무도 낭도들의 기강을 지탱해 주려하지 않았음이여

낭도들을 지탱해 주오려는 마음을 가진 화랑을 아직 만나보지 못했습
니다

무너지고 있는 화랑도의 기강을 강조하던 이가 기파랑이었다. 기
파랑은 경덕왕 말년 휘하의 많은 낭도들이 왕이 아니라 귀족의 사병
화되어 가는 현상을 보고, 화랑도의 근본을 무너뜨리는 기강 해이로
보았을 것이다.

그는 기강을 바로잡기 위해 많은(8명) 낭도들을 붙잡아 강변에서
매를 친 다음 목을 베었다.

이러한 사실은 적악(磧惡)이라는 보언에서 밝혀진다. 적(磧)이란 '서
덜'이다. 8명의 낭도들은 강 가운데 흙과 돌이 쌓인 서덜(磧)에서 처
형(惡)되었던 것이다.

그러자 유력 귀족들이 문제를 제기하였다. 아마도 낭도들을 사병
으로 거두었던 귀족들이었을 것이다. 그들은 더 나아가 평화시대에
화랑도의 기강을 고도로 유지할 필요가 없다고 주장했다. 화랑에 대
한 근본적인 문제 제기나 다를 바 없는 주장이었다. 그들은 화랑도
의 기강 해이를 모른 채하고 기파랑에 대한 문책을 주장하였다. 기
파랑은 사태의 책임을 짊어지고 형장의 이슬로 사라졌다.

그날은 새벽이슬이 내리던 달밤이었다. 푸른 하늘에는 흰 구름이
흘러가고 있었다. 기파랑은 형장으로 끌려갔다. 형장에 처형의 집행
을 알리는 징소리(羅)가 울려왔다.

기파랑가는 그의 죽음에 대해 이렇게 말한다.

목이 메어 운다(咽嗚), 화랑도가 병들었음(處)에

이슬 내린 새벽

달이 다스려 흰 구름을 쫓아내 떠나가게 하였습니다

기파랑의 처형을 계기로 화랑도의 기강은 공식적으로 무너졌다. 찬기파랑가는 기파랑의 죽음에 대한 만가이자, 화랑도가 어떻게 죽어갔는지를 알리는 눈물가였다. 찬기파랑가는 화랑도에 바치는 한 방울 눈물이었다.

▌이어지는 반란

화랑도가 사실상 그 기능을 다하였다. 남아있게 된 것은 껍데기로서의 화랑도였다.

젊은이들은 이제 국가가 아니라 귀족의 사병으로 흡수되어도 이상하지 않게 되었다. 그들의 충성은 왕과 국가에서 귀족으로도 향했다. 아무도 이를 탓하지 않았다.

화랑도의 기강 해이는 경덕왕 사후 곧바로 시작되는 무수한 반란에 일부 화랑도들이 귀족에 충성하는 사태를 예고하였다.

화랑이라는 국가 무력기반의 기강 해이는 왕권을 약화시켰다. 그리고 사병을 가지게 된 귀족들은 자신의 이익에 반하면 난을 일으킬 수 있다는 역심을 갖게 했다.

반란의 시대가 열리고야 말았다.

경덕왕이 죽은 지 고작 3년이 지난 768년 7월 일길찬 김대공이 난을 일으켰다. 그가 난을 일으키자 약속이나 한 듯이 신라 전역에서 각간 96명이 서로 군사를 일으켜 세력을 다투었다. 난리가 석 달이나 지속되었다.

왕의 병사가 이들을 토벌하여 평정하고 9족을 잡아 죽였다.

김대공이 망하게 되자 그 집의 보물과 비단 등을 왕궁으로 옮겼다. 다른 역적들의 보물과 곡식도 왕궁으로 날랐다. 상을 받은 사람도 많았지만 죽임을 당한 사람도 셀 수 없이 많았다. 당연히 상당수 화랑과 낭도들이 김대공과 96각간의 편에 이리저리 가담했을 것이다. 신라가 부서지고 있었다.

780년에는 김지정이 난을 일으켰다. 그는 군사들을 이끌고 궁궐로 쳐들어왔다. 혜공왕은 이때 쳐들어 온 난병에 의해 왕비와 함께 살해되고 말았다.

반란은 난병이라 불리던 인적기반이 없었다면 불가능한 일이었을 것이다. 그들이 동원한 사병들은 필시 과거 같으면 화랑도에 들어가 문무를 수련하며 왕에게 충성하였을 젊은이들이었다. 충성심이 무너진 화랑도는 이리와 늑대들의 품으로 들어가 그들의 날카로운 송곳니가 되었다.

경덕왕이 찬기파랑가를 두고 '그 뜻이 높다'라고 평가했다.

이러한 평가는 찬기파랑가가 왕에 대한 화랑도의 충성을 강조한 작품이었기에 그리하였을 것이다.

경덕왕대 화랑도의 기강은 완전히 무너지게 되었다.

힘이 빠진 왕을 귀족들은 거들떠보지 않았고, 경덕왕의 아들 혜공왕은 왕비와 함께 난병에 의해 살해되었다.

천년사직 신라가 본격적으로 기울기 시작하였다.

새로 해독된 찬기파랑가는 이렇게 마무리 된다.

눈이 여기 내립니다(雪是)

꽃이 떨어집니다(花判也)

✦ 24 ✦
태풍전야, 안민가

지금은 고인이 되었지만 나의 대학 친구인 정두언 전 국회의원의 이야기로 시작해보고자 한다.

정두언 전 의원이 2018년 9월 5일 경향신문 '내 인생의 책'에서 '정관의 치'를 추천했다. 뿐만 아니라 주변의 아끼는 사람들에게도 그 책을 선물하곤 했다. 나도 그로부터 한 권의 책을 얻어 통독했다. '정관의 치'는 당태종 '이세민'과 그의 신하였던 '위징'과의 사이에 있었던 치국문답을 기록해 놓은 책이다.

위징은 우리나라 역사와도 관련된 간언을 했던 인물이다. 위징은 살아 있을 때 당태종에게 고구려와 전쟁을 벌이는 것을 극구 말렸다. 그러던 위징이 당태종보다 먼저 죽고 말았다. 이세민이 고구려 침략에 나섰으나 말리는 사람이 없었다.

하지만 당태종 이세민은 안시성 전투에서 고구려 양만춘 장군께 되게 당했고 구사일생으로 살아나 자기 나라로 도주했다. 전해 오는 말로는 눈에 화살을 맞아 한쪽 눈을 실명했을 것이라고 한다.

"만약 위징이 살아 있었다면 이 전쟁을 막았을 것이다."

당태종 이세민의 유명한 장탄식이 여기서 터져 나왔다.

그 위징이 당태종에게 말했다.

"임금은 배와 같고 백성은 물과 같다고 했습니다. 물은 배를 뜨게 해주지만 반대로 전복 시킬 수도 있습니다."

백성이 임금을 몰아낼 수도 있으니 민(民)을 아껴야 한다는 구절이다.

이 말을 연상시키는 신라 향가가 있다. 안민가이다. 우리 향가 중 위민(爲民)과 관련된 향가로 여러 언론 매체에 자주 인용되고 있다. 주로 '임금답게, 신하답게, 백성답게'를 포인트로 한다.

지금까지 안민가가 어떻게 해독되어 왔는지를 살펴보자.

나는 솔직히 말해 아래의 해독 결과가 무엇을 말하고 있는지 잘 모르겠다.

　　　군(君)은 아비여

　　　신(臣)은 사랑하실 어머니여

　　　민(民)은 어린아이라고 한다면

　　　민(民)이 사랑을 알 것입니다

　　　구물거리며 실아가는 벡성

이들을 먹여 다스리어

이 땅을 버리고 어디로 갈 것인가 한다면

나라 안이 유지됨을 알 것입니다

아아, 임금답게, 신하답게, 백성답게 한다면

나라 안이 태평할 것입니다

안민가는 신라 경덕왕 당시 충담(忠談)이라는 승려가 지은 향가이다. 충담은 찬기파랑가를 지은 작가이기도 하다.

안민가는 14편의 향가 중 도솔가와 아울러 창작일이 명기된 작품으로 자리매김되고 있다. 경덕왕 재위 24년(765) 3월 3일의 작품이다.

이날 경덕왕은 신하들과 함께 경주 월성 귀정문루(歸正門樓)에 올랐다. 경주 시내를 내려다보던 왕은 수행하고 있던 신하들에게 영복승(榮服僧) 한 분을 데리고 오라 지시하였다.

신하들이 화려한 옷(榮服)을 입은 승려를 데려오라는 말로 알아듣고 밖에 나가 그러한 승려를 찾아 데려왔으나 왕이 자기가 말한 뜻의 영복승(榮服僧)이 아니라며 퇴짜를 놓았다.

신하들이 다시 나가 이번에는 누더기 옷을 입고 길을 가던 승려를 발견하여 모셔 왔다.

왕이 기뻐하며 그에게 이름을 물으니 '충담'이라고 하였다.

왕은 이미 그의 이름을 듣고 있었다. 충담은 찬기파랑가로 이름을 얻고 있던 승려였던 것이다. 그의 찬기파랑가를 알고 있던 경덕왕은 그에게 '백성을 다스려 편안하게 할 노래(理安民歌)'를 지어달라고 명하였다.

충담이 그 자리에서 '리안민가(理安民歌)' 대신 '안민가(安民歌)'를 지어 바쳤다. 민을 다스림(理)의 대상으로서가 아니고 편안하게(安) 해주어야 할 대상으로 보라는 뜻이었을 것이다.

▌고유명사법

충담의 안민가를 신라 향가 창작법으로 풀어보자. 우선 고유명사법으로 창작의도를 알 수 있다.

귀정문(歸正門)의 귀정(歸正)은 '바름으로 돌아간다'는 뜻이다. 무엇인가 잘못되어 있으니 되돌려 놓아야 한다는 뜻이다.

> **歸正**
>
> =歸(돌아가다 귀) + 正(바르다 정)
>
> =돌아가다 + 바르다
>
> =바름으로 돌아가라

충담(忠談)은 충성에 대한 이야기다. 안민가의 창작의도는 충성스러운 이야기이다.

忠談

=忠(충성 충) + 談(이야기 담)

=충성 + 이야기

=충성스러운 이야기

영복승(榮服僧)은 영화로운 옷을 입은 승려가 아니라 민을 번성(榮)하게 할 승려라는 뜻이다.

榮=영화, 성하다 영

나라를 바르게 돌려놓고 민을 번성시키기 위해서는 바른 정치를 해야 한다고 진언하는 것이 충성이라는 것이다.

신라 향가 창작법에 따르면 안민가는 다음과 같이 풀린다.

군(君)은 아버지야

신(臣)은 사랑 주시어야 하는 어머님이야

민(民)은 어리석음을 한탄하는 어여쁜 아해고

민은 신이 자신들에게 줄 수 있는 것을 시신이 되게 하는 것뿐이라고 알고 있습니다

민이 이렇게 알고 있는 것을 바로잡아야 합니다

신이 사랑하는 것이 민들의 시신뿐이라고 민이 알고 있게 하면 안 되지여

움집을 다스려 민들을 살게 하라

지탱해 주어 민이 살게 하라

계속 찾아다니면서 먹거리를 다스려 주라

자신들이 계속 끌려다니다가 땅에 버려지고 저승에 보내어져

나라가 지탱되고 보전되는 것으로 민들이 알고 있게 하면 안 되지여

후구

이것은 군 때문이 아니여

신하들이 많은 민들을 보전해야 한다

시체더미가 되는 것이 민의 일이 아니도록 해야 한다

민이 자신들의 시체로 인해 나라가 태평하다고 한탄하게 하면 안 되겠
지여

해독 내용을 검토하면 아픈 내용이 나온다.

일통삼한 100여 년 후가 되니 신라의 정치는 크게 잘못되어 있었
다. 아름답게 빛나야 할 신라의 밤은 꿈이 되어 있었다.

아무 욕심 없이 누더기 옷을 입고 있던 승려 충담이 바라보던 신
라 사회는 아주 잘못되어 있었다.

충담사는 작품 속에서 말하고 있다.

"민은 비록 어리석다고 하지만 그들은 나라가 자신들에게 죽음만

을 요구하고 있는 것으로 알고 있습니다.

자신들은 계속 끌려 다니다가 죽은 채로 땅바닥에 버려질 것이
고, 자신들의 희생으로 인해 나라가 지탱되고 있다고 생각하고 있
습니다.

정치를 맡은 신하들에게 문제가 있습니다.

민들에게 편안히 살 집과 먹거리를 주어 그들이 이러한 생각을 갖
지 않도록 해 주어야 할 것입니다.

왕께서 나라를 개혁하고자 하시나 신하들이 자신들의 이익만을
생각해 이에 반대하고 있습니다."

충담사의 안민가는 백성들이란 물과 같아 배를 띄우기도 하지만
뒤엎기도 한다는 당태종의 신하 위징의 말과 맥락을 같이 한다.

민은 소중한 것이니 신하들이 민을 다스리는 대상으로만 볼 것이
아니라 편안히 살 수 있도록 애써야 할 것이라고 한 것이다.

삼국유사의 향가는 대부분이 국가적 어려움에 즈음하여 만들어
지고 있었다. 이로 볼 때 신하들의 행태는 이미 국난이 예견될 정도
로 잘못되어 있었던 것이다.

그러기에 충담은 경덕왕에게 "바른 길로 돌아가야 한다(歸正)"라고
한 것이다.

▌노블레스 오블리제

이 작품이 만들어진 경덕왕의 치세는 통일 전쟁 후 100여 년이 지날 무렵이었다.

원래 신라에서 귀족들은 헌신적이었고, 충성스러웠다.

통일 전쟁 당시 신라는 위와 아래가 함께 목숨을 바쳐 역사적 과업에 매진하고 있었다. 귀족들 역시 자신들의 시신을 땅바닥에 기꺼이 버렸다.

고타소라는 여인을 예로 들어보자.

그녀의 아버지는 훗날 태종 무열왕이 되는 김춘추였다. 그녀는 품석이라는 청년과 결혼하여 남편을 따라 지금의 합천인 대야성(大耶城)으로 갔다. 품석이 대야성 성주로 부임하였던 것이다. 그런데 642년 백제군이 대야성을 공격해 와 그들 부부는 함께 목숨을 잃었다. 부부의 시신은 적국의 땅 백제로 옮겨져 어딘가에 매장되었다.

그로부터 6년 후 신라의 김유신 장군이 대야성 탈환에 나섰다. 김유신은 포로로 잡은 백제 장수 8명을 풀어주는 대가로 고타소 부부의 유골을 돌려받았다. 그들 부부의 뼈는 6년이나 백제 땅에 버려져 있었다.

관창이라는 젊은이도 있다.

660년 신라와 당나라의 연합군이 백제를 공격할 때 관창도 전쟁에 참여했다. 그는 신라 좌장군 품일의 아들이었다.

격류처럼 쏟아져 밀려오는 신라군을 계백장군이 황산벌에서 가로막았다. 양군 사이에 대격전이 벌어졌다. 관창이 공격의 길을 열기 위해 단신으로 백제군 속에 돌입하였으나 포로가 되고 말았다.

계백이 죽이지 않고 돌려보냈지만 관창은 포기하지 않고 또다시 돌입해 왔다. 계백은 이번에는 그의 목을 벤 다음 말안장에 매달아 신라군에게 돌려보냈다. 이 때 관창의 나이 15세였다.

통일 전쟁 시기 신라는 위아래나 남녀를 불문하고 목숨을 내던졌다. 그렇게 하여 통일을 이루었다.

그리고 신라가 백제 공격을 개시한 때로부터 정확히 105년이 지났다. 그해 경덕왕과 충담사가 월성의 귀정루에서 정치의 문제점에 대해 이야기를 나누었던 것이다.

충담은 '민들이 자기들 목숨으로 태평이 유지되고 있다'고 믿고 있다 하였다. 함께 희생해서 이루어낸 통일의 과실이 귀족들만의 것이 되어 있었으며 귀족들은 민을 가혹하게 수탈하였고 마음대로 처형하고 있었다.

그렇다면 당시 신라에서 귀족들이 민들을 어떻게 처우하고 있었는지 안민가의 내용을 통해 살펴보자. 표기된 한자는 안민가 원문에 나오는 글자들이다.

안민가는 다음과 같이 말하고 있었다.

민들은 어리석은 자(狂)로 취급받고 있다. 뿐만 아니라 툭하면 가혹한 형벌을 받는다. 그들은 조금만 잘못하면 죄인으로 몰려 형벌(惡)을 받았다. 그들은 몽둥이로(攵) 죽임을 당하고 있다.

　뿐만 아니라 그들은 여기저기 싸움터에 끌려 다녀야 했다.
　북을 치면 진격해야 했고, 징을 치면 후퇴해야 했다(於冬是去 於丁爲尸). 적과 마주쳐 공격하다 보면 동료들은 시체 더미(尸等)가 되어, 산처럼 쌓여 갔다. 그들의 시신은 땅바닥에 버려지고 있다(地捨).
　그러나 귀족들은 음악 소리가 하루도 끊임없을 정도로 잔치판을 벌이고 있었다. 그들의 태평은 민들의 시체를 대가로 하고 있었다.
　귀족들과 정치가 민을 배신했다.
　민들은 버려져 분노하고 있었다.

　안민가를 남기고 충담이 떠나갔다. 왕이 왕사로 봉하고자 하였으나 그는 사양하였다. 경덕왕도 충담을 만난 지 3개월 후 사망하였다. 안민가의 주역 두 사람이 문제의 원인인 귀족들을 남겨놓은 채 떠나갔다.
　경덕왕 사후 8살짜리 아들이 즉위했다. 혜공왕이었다.
　충담이 안민가를 지은 지 불과 삼 년밖에 지나지 않았는데 신라는 김대공과 96각간이 일으킨 반란에 휩싸였다. 그 후 2~3년마다 귀족들은 편을 갈라 자신들만의 이익과 갖가지 이유를 놓고 송곳니를 드러낸 채 싸웠다.
　난의 주역은 바로 충담이 안민가에서 지적한 귀족들이었다. 안민가 이후 반란의 시대가 열렸고, 신라는 크게 기울기 시작한다.

앞에서 이야기한 도천수대비가는 이러한 신라의 잘못을 개혁하는 과정에서 만들어진 작품이었다. 도천수대비가와 안민가는 주제나 사용하는 문자가 흡사 쌍둥이처럼 닮았다.

나는 두 작품이 신라의 개혁정책이 성공하기를 천지귀신에게 비는 향가였을 것으로 생각한다. 그리고 사용하는 문자가 흡사한 것으로 보아 작자 역시 동일 인물이었을 것으로 본다.

다시 정두언 전 의원이 추천한 정관의 치로 돌아간다.

신라건 대한민국이건 지도자들의 지향점은 결국 민에 대한 사랑으로 모아져야 할 것이다.

안민가는 지도자들에게 민들을 바라보라는 큰 울림의 노래였다.

◆ 25 ◆
도탄, 우적가

귀족들이 한 해가 멀다 하고 난을 일으켜 서로 죽고 죽이고 있었다. 혜공왕이 난의 와중에 왕비와 함께 살해되었다. 설상가상으로 재해가 거푸 들었다. 굶주리다 못한 백성들은 도적으로 변신했다. 민생이 이처럼 도탄에 빠져있을 때, 우적가(遇賊歌)라는 작품이 나왔다. 도적을 만난 노래라는 뜻이다.

죽음의 문턱에 이르렀음에도 마음이 그것을 안중에 두지 아니함은

...(망실 문자로 인해 해독불가)

계속해서 군사들이 쓰는 무기를 들고 다니는 사람은 관군에게 토벌당하는 재앙을 맞게 된다

재물을 좋아 함이란 가로되 스스로도 안중에 두지 말아야 하고, 남에게도 말려야 하는 것이로다

아미타불이여, 이들을 맞아주옵소서

오로지 너희들에 대해 내가 한딘함은 뭍과 언덕의 삶을 이찌히여 버리

고 오히려 무덤에 묻히려는가 하는 것이로다

이 작품은 오갈 데 없이 나락으로 굴러 떨어진 백성들의 절박함을 보여주고 있다.

우적가는 원성왕(785~798) 때의 작품이다.

원성왕 당시 몇 년 걸러 대규모의 기근이 들었다. 삼국사기에 기록된 당시의 주요한 재해는 다음과 같다.

> 786년 경주 일대에 기근이 들자 두 차례에 걸쳐 6만여 석의 곡식을 백성에게 나눠주었다.
>
> 789년 한산주(황해도, 경기도, 충청도 일부)에 기근이 들자 그곳 백성들에게 곡식을 나누어 주었다.
>
> 790년 큰 가뭄이 들어 한산주와 웅천주(공주 일대)의 백성들에게 곡식을 나누어 주었다.
>
> 796년 경주에 기근이 들고 전염병이 돌자 창고를 풀어 백성을 구제했다.

의지할 곳 없는 농민들은 유리걸식하다가 손에 칼을 집어 들었다. 조정에서는 그들을 도적이라 했고 스님은 그들에게 물욕이 있다고 하였다. 아무도 그들을 동정하지 않았다. 나라가 존망지추의 위기에 빠져들고 있었다.

이때 영재(永才)라는 스님이 있었다. 그는 재물에 얽매이지 않고 향가를 잘했다(善鄕歌). 영재 스님이 말년에 은거하기 위해 길을 가다가 60여 명의 떼도둑을 만났다. 그러나 영재는 그들의 칼날 앞에서도 두려워하지 않았다.

도둑들이 영재 스님이 향가를 잘한다고 소문난 바로 그 분이란 걸 알아보고 자신들을 위하여 향가를 지어 달라고 했다.

스님으로부터 본 향가를 받은 다음 도둑들이 감사의 마음으로 비단을 주려 하였다. 그러나 영재 스님은 "나는 재물이 지옥으로 가는 근본임을 알고 있다. 이제 이를 피해 깊은 산속으로 들어가 여생을 마치려 하는데 어찌해 이런 것을 받겠는가"라며 그것을 땅에 버렸다.

도둑들이 스님에게 감동하여 칼과 창을 버리고 스님의 제자가 되어 함께 지리산으로 들어가 물욕을 버리고 물과 언덕의 삶을 즐기며 다시는 세상에 나오지 않았다.

이 작품은 도적 퇴치를 기원하는 향가였다.

나라의 근본인 민들이 한계상황에서 절벽 끝으로 밀려가다가 밑으로 떨어지고 있었다. 신라는 심각한 위기에 처해 있었던 것이다.

이 작품에는 청언 '은(隱=가엾어 하다 은)'이 다섯 개나 사용되고 있다.

隱 隱 隱 隱 隱
가엾어 해주소서, 제발 제발 제발 제발 가엾어 해주소서 영재 스님은 천지귀신에게 이들을 가엾어 해주어야 한다고 다섯 번이나 외치고 있다. 오갈 데 없이 도둑으로 떠도는 이들을 제발 가 엾게 여겨달라는 뜻이다.

천지귀신이 청언에 감동을 받아 작자의 소원을 들어주었을 것이 다. '도적들이 향가에 감동하여 머리를 깎고 스님을 따라가 다시는 세상에 뛰어들지 않았다'라는 배경기록의 구절이 이를 뒷받침한다.

도적들은 어떠한 이들이었던가.

향가 한편 지어 주자 감사하다며 비단 두 필을 순순히 내어주던 순박한 농민들이었다. 이틀에 한 끼만 먹을 수 있어도 순종할 양순 한 이들이었다.

가혹한 정치는 호랑이보다 무섭다는 말이 있다.

신라의 정치는 이미 호랑이보다 무서운 괴물이 되어 있었다.

천연두 역병, 처용가

나는 지금 신라 향가 창작법을 도구로 하여 칠흑동굴 속 석궤에 들어 있는 향가들을 섭렵해 보고 있다. 그런데 도천수대비가로부터 신라가 위기라는 경고음이 삐익삑 계속하여 울리고 있었다. 귀족들은 싸움으로 날을 지새웠고, 백성들은 살 수가 없어 도둑으로 전락해 가고 있었다. 정치는 무서운 괴물이 되어 있었다. 거기에 엎친데 덮친 격으로 천연두가 신라를 휩쓸고 지나갔다.

처용가는 비틀거리던 신라가 천연두에 의해 치명상을 입은 이야기였다.

처용가는 신라 헌강왕 때(875~886)에 만들어진 작품이다.

신라의 향가집 삼대목이 편찬(888)되기 몇 해 전에 만들어진 것이다. 제작 시기로 보아 처용가 이후 만들어진 작품이 없다. 삼국유사 신라 향가 중 가장 늦은 작품인 것이다.

삼국유사 처용가 배경기록은 처용의 출현에 대해 상세히 기록해 놓고 있다.

헌강왕이 개운포를 다녀오는데 동해용이 그의 일곱 아들과 함께 왕의 가마 앞에 나타나 덕을 찬미하고 춤을 추고 악기를 연주(讚德獻舞奏樂)하였다. 이것은 향가였을 것이다. 노랫말의 내용은 왕의 덕을 찬미하는 것이었고, 처용 부자들은 춤을 추고 악기를 연주하였다.

동해용의 아들 중에 처용이 있었다. 왕이 그를 따라 오도록 해 정치를 보좌토록 하였다.

왜 헌강왕이 가족 향가단의 일원인 처용을 궁으로 불러들였을까. 그것은 당시 천연두가 창궐하고 있었기 때문이었다. 헌강왕은 그에게 천연두 퇴치의 임무와 그에 맞는 관직을 주었고, 그의 마음을 잡기 위해 미인을 처로 주었다.

그때 역신이 처용의 예쁜 아내를 사모하였다. 사람으로 변신하여 처용의 아내와 자고 있었다. 처용이 밖에 돌아다니다가 집으로 가 잠자리(寢) 속의 두 사람을 보고는 노래를 부르고 춤을 추었다. 그러자 역신이 형체를 드러내고 처용 앞에 꿇어 앉아 말했다.

"공이 노여움을 내지 않으시니 감동하여 아름답게 여깁니다. 이후로는 공의 모습을 그린 그림만 보아도 그 집에 들어가지 않겠습니다."

이 일로 인해 나라 사람들이 문에 처용의 모습을 그려 붙여 놓고 나쁜 귀신을 물리쳤다고 하였다. 이때 처용이 부른 노래가 처용가이다.

향가를 풀다 보면 향가를 구성하는 여러 한자 중 해독의 결정적 열쇠가 되는 글자가 있다. 그 글자는 향가 전체의 내용과 관련이 되어 있고, 전체의 내용을 압축해 표현하기도 한다.

이러한 글자를 '압축문자'라고 부른다. 처용가에 '기(期)'라는 압축문자 하나가 있었다. 이는 '상복(喪服)'이라는 뜻을 가지고 있다. 배우에게 상복을 입고 무대로 나가라는 보언으로 쓰이고 있는 것이다.

처용가에서 처용의 역을 맡은 배우는 달 밝은 밤에 상복을 입고 이리저리 월성을 돌아다니고 있었다. 무대 속 배우가 이러한 행동을 하는 데는 이유가 있었다.

'기(期)'라는 문자를 중심으로 처용가의 내용을 보면 그때 월성에는 천연두가 창궐하여 수많은 사람이 죽어 가고 있었기 때문이었다.

처용은 돌아다니며 천연두에 대한 방역조치를 하는가 하면, 죽은 자의 영혼을 저승으로 보내고 있었던 것이다. 배경 기록에 나오는 처용이 왕의 정치를 보좌하게 되었다는 내용이 바로 이것이었다. 처용의 공식 업무는 천연두 관련 업무였던 것이다.

신라 향가 창작법으로 처용가를 해독한 내용은 다음과 같다.

토함산 밝은 달아
밤늦도록 관에 들어가 너는 여기저기 돌아다니며 장례나 치르면 되나여

집에 들어가 보라

들어가 방을 보니

다리가 너는 넷이라

둘은 내 아래고

둘은 누구 다리 아래이고

본래는 내 아래 것이 아니여마는

빼앗아감을 어찌 다스리잇고

※ 향가에 대한 상세한 풀이는 저자의 향가3서 제2권 '천년향가의 비밀' 참고

▌ 고유명사법

처용의 실체에 대해 아라비아 상인이라는 이야기가 광범위하게 확산되어있다.

이에 대한 주장은 당시 신라에 아라비아 상인이 방문하였다는 증거가 있고, 처용무에 나오는 탈이 외국인의 모습을 하고 있다는 데 근거를 두고 있다.

그러나 배경기록을 보면 처용의 부자 8명이 향가를 공연하고 있다. 만일 처용이 아라비아에서 왔다면 향가가 아라비아에도 있었다는 이야기가 된다.

이 점에 대해서는 별도의 검토가 있어야 할 것이다.

처용은 고유명사법으로 그의 실체가 확인된다. 처용(處容)은 '병 앓다 처(處)', '얼굴 용(容)'이다. 병이 난 얼굴이다. 또는 병을 퇴치하는 얼굴로 풀이할 수도 있다. 병을 퇴치하는 얼굴이라는 해독은 최동호 전 고려대 교수님의 해독이다. 얼굴을 훼손하는 병은 천연두이다. 역신은 천연두였던 것이다.

처용은 헌강왕의 명에 의해 월성으로 들어가 향가로 천연두를 퇴치하라는 임무를 받았다. 그는 밤늦도록 천연두 확진자의 집을 돌아다니며 장례를 치러주고 망인의 영혼을 저승에 보내 주었다. 그러던 그에게 누군가가 아내의 변고를 알려 왔다.

"남의 장례만 치르고 있으면 되느냐. 빨리 집에 들어가 보라."

처용이 집에 들어가 보니 아내가 천연두에 걸려 고열과 근육통으로 몸을 뒤틀고 있었다.

▌처용의 춤

그는 아내를 위해 노래를 부르고 춤을 추었다.

이때 처용의 연기가 어떠했는지는 문장 속의 보언을 통해 짐작할 수 있다.

期(상복 기): 상복을 입고 무대로 나가라

可(오랑캐 임금의 이름 극): 돌궐족의 장수로 분상한 배우가 무대로 니기라

沙(사공 사): 저승배의 뱃사공이 노를 저어라

昆(종족의 이름 곤): 중국 주나라를 괴롭힌 곤이(昆夷) 족으로 분장한 배우가 나가라

烏(탄식하다 오): 탄식하라

羅(징 라): 징을 치라

於(감탄사 오): 탄식하라

肹(소리 울리다 힐): 징소리를 울리라

焉(오랑캐 이): 오랑캐로 분장한 배우가 무대로 나가라

矣(어조사 의): 역신과 아내를 향하여 활을 쏘라

馬(말 마): 말이 무대로 나가라

叱(꾸짖다 질): 역신을 꾸짖으라

을(굽다 올): 역신에게 엎드려 절하라

연기의 내용이 매우 다양하게 구성되어 있다.

처용은 위의 14개나 되는 보언을 적절하게 조합하여 춤을 추었다.

인상적인 보언으로는 중국인을 괴롭히던 이민족이 나오고 있다는 점이다. 돌궐족의 왕(叵)과 곤이족(昆), 오랑캐(焉)가 나온다. 그들은 고대 중국인을 떨게 한 공포의 대상이었다. 유목민족이었던 그들이 말(馬)을 타고 나와 천연두 귀신을 압박하였다.

신라시대 처용가를 원형에 가깝게 복원하려면 위 14개의 보언으로 춤을 구성하여야 할 것이다.

처용가는 천연두 퇴마사 처용에 대한 작품이었고, 우리 조상들의

팬데믹 극복기였다.

하지만 수수께끼가 하나 남는다. 처용이 천연두를 퇴치하기 전 신라 사람들은 '노여워하는 방법'으로 천연두를 물리쳤던 것으로 보인다.

이는 천연두 역신이 한 말에서 이를 알 수 있다.

"노여움을 나타내지 않으시니 감동하여 아름답게 여깁니다."

노여워하였다 함은 어떠한 방법이었을까? 그것은 처용가 이전에 신라의 천연두 퇴치법이었을 것이다. 그 방법이 처용가 속에는 구체적으로 나타나지 않고 있다. 나는 답을 찾지 못했다. 관련 분야 전문가들의 참여가 필요하다.

역신이 향가는 물론 처용의 얼굴만 그려 놓아도 나타나지 않겠다고 다짐했다. 처용의 향가에 역신이 소스라치게 놀랐다는 뜻일 것이다. 자라보고 놀란 가슴 솥뚜껑 보고 놀랐다. 그러니 얼굴만 보아도 도망을 갔다. 향가의 가공할 위력을 보여주는 구절이기도 하다.

처용가가 만들어지던 무렵 신라는 이미 불가역적인 혼돈에 빠져 있었다. 난이 계속되었고, 백성들은 도적이 되어 떠돌고 있었다. 그러한 신라에 치사율 30%인 천연두가 엄습해 치명적 일격을 가했다.

신라는 비틀거리며 속절없이 나락의 길로 빠져 들어갔다.

처용가는 연대기 순으로 보아 삼국유사에 실린 14편의 작품 중 마지막 작품이다.

◆ 27 ◆
일곱 알의 진주 목걸이

처용가는 헌강왕(875~886) 때 만들어진 작품이다.

처용가의 배경기록에 결정적 사실을 함축하고 있는 또 하나의 기록이 있었으나 아무도 그것에 눈길을 돌리지 않았다.

숨겨진 그 기록은 다음과 같다.

"어법집(語法集)에 따르면 그 당시 산신이 춤을 추면서 다음과 같은 노래를 불렀다.

지리 다 도파도파(智理 多 都波都波).

지혜로 나라를 다스리는 사람들이 미리 알고 많이 도망갔으므로 도읍이 장차 파괴될 것이라는 뜻이다.

지신과 산신이 나라가 망할 줄 알았기에 이를 춤으로 경고를 하였으나 신라 사람들은 이 뜻을 깨닫지 못하고 상서로운 징조가 나타났다고 여기면서 더욱 더 환락에 빠져들었다. 그래서 결국 신라가 망하고 말았다."

놀랍게도 위의 기록에는 신라의 망국이 감히 언급되고 있다. 이쯤
되면 많은 사람들이 신라의 망국을 예감하고 있었다는 소리다.

어법집의 위 구절에서 다음의 사실들을 역추적해 낼 수 있다.

산신이 춤을 추면서 노래를 불렀다고 한 것은 향가가 신라 당시
소수의 폐쇄적 특수 집단에 의해 은밀히 전수되며 공연되고 있었음
을 말한 것이다. 일반인이 춤을 추면서 노래를 불렀다면 산신이라
했을 리가 없었을 것이다.

춤을 추면서 노래를 불렀다는 것은 향가가 공연되는 모습이다. 처
용가에도 처용이 '춤을 추고 노래를 불렀다'고 하였다. 이러한 구절들
에서 우리는 향가란 노래 부르고 춤추는 것임을 구지가와 해가에 이
어 다시 한번 확인할 수 있는 것이다.
거기다 악기가 연주되기도 하였다.
노래 부르고 춤추는 것이라면 일종의 뮤지컬에 가깝다. 향가는 이
러한 공연물의 대본이었던 것이다.

지리 다 도파도파(智理 多 都波都波)라는 구절은 무엇을 뜻하는가.
아무리 힘들더라도 지혜롭게 다스리라는 의미일 것이다.
신라 향가 창작법으로 이 구절을 풀어 보면 다음과 같은 내용이
된다.

분류표

한국어	지	리	다	도	파	도	파
원문	智	理	多	都	波	都	波
노랫말	智	理					
보언			多	都	波	都	波

노랫말: 지혜롭게 다스리라(智理)

보언: 많은 사람들(多)이 무대로 나가 탄식(都)하면서 험한 파도(波)가 치는 장면을 연출하고, 계속해 또 연출(都波)하라

나라가 나락으로 떨어지고 있으니 '나라를 슬기롭게 다스리도록 해 주소서'라고 천지귀신에게 청하는 노래다. 노랫말이 청언이었다.

그러나 신라의 왕과 귀족들은 이러한 경고에도 불구하고 나라를 슬기롭게 다스리지 못했다. 신라는 나라가 세 조각으로 동강나더니 935년 결국은 망하고야 말았다.

'지리 다 도파도파(智理 多 都波都波)'라는 일곱 글자는 비록 짧지만 흐트러짐 없는 어엿한 향가다. 현재까지 발견된 향가 중 가장 적은 수의 문자로 되어 있다.

일연 스님께서 입적하시면서 삼국유사 속에 비기(秘記)를 숨겨 놓았다고 유언하셨다고 한다. 일연 스님께서는 이 작품을 향가로 독립

시켜 놓지 않고, 처용가의 배경기록에 끼워놓고 있다. 다분히 의도성이 엿보인다. 숨겨놓은 것이다. 나는 이 구절을 삼국유사의 핵심으로 본다. 삼국유사 전체를 모두 버리고 단 한 구절만 남기라고 한다면 이 일곱 글자가 바로 거기에 해당될 것이라고 확신한다. 비기 중의 핵심 비기가 바로 이것일 것이다.

일곱 글자로 만들어진 본 향가를 '지리가(智理歌)'라고 하겠다.
향가루트를 따라 걷던 중 일연 스님께서 숨겨 놓은 아름다운 진주 목걸이 하나를 발견하였다. 푸른 동해바닷가에 꼭꼭 숨겨놓은 일곱 알의 진주 목걸이였다.

일곱 알의 진주 목걸이를 우리 민족에게 바친다.
지리가의 노랫말대로 나라를 슬기롭게 다스리는 지도자가 연이어 나와 주기를 바란다.

◆ 28 ◆
왕을 내려 달라, 구지가

고려후기 이민족의 침입이 있었다.

몽골의 기마부대가 1231년~1259년 고려를 수시로 침입해 왔다. 수만 명의 병력이 국토를 휘젓고 다녔다. 몽골군의 평균 기동 속도는 하루에 50㎞이고, 급할 때는 100㎞도 넘게 이동하는 것으로 알려져 있다.

이러한 속도로 갑자기 타격해 오는 몽골기병의 기동력에 고려는 속수무책으로 당해야 했다.

몽골군의 잔혹함은 상상을 초월했다.

귀주성을 공격했을 때 몽골군은 나무에 사람 기름을 적셔 두껍게 쌓고 불을 놓았다. 고려군이 물을 부어 불을 끄려 하였으나 불이 더욱 맹렬하게 타올랐다. 사람의 기름이 누구의 것이었는지 말하지 않아도 알 수 있을 것이다.

또 몽골 병사 수만 명이 화주(和州)와 등주(登州) 두 주를 함락시켰다. 그들은 백성을 죽여 양식으로 삼았고, 부녀를 잡으면 윤간한 후에 포를 뜨는 만행을 저지르기까지 했다. 그들의 흉포함에 사람들은 치를 떨었다.

이러한 몽골군에 맞서 고려는 30여 년간 항전을 계속하였으나 결국 무릎을 꿇어야 했다. 말이 강화이지 사실상 원나라에 항복한 것이다. 그나마 다행인 것은 몽골이 고려를 대접해 주어 나라의 모습만은 유지시켜주었다는 점이다.

그러나 몽골은 사사건건 간섭하며 나라를 좌지우지하였다.

왕의 칭호도 몽골의 지시를 받아야 했다. 그 전에는 왕을 '폐하'라고 하였으나 이제는 '전하'로 부르도록 했고 왕의 이름에 이전에는 조(祖)나 종(宗)을 붙였으나 이제 왕(王)이라는 이름을 붙여야했다. 그것도 원나라에 충성을 바치라고 하여 '충'자를 넣도록 했다. 충렬왕, 충선왕, 충혜왕 이런 왕들이 몽골 지배기의 왕이었다.

왕은 남겨놓았으나 사실상 왕이 아니었다. 형식적으로는 국가 체제를 유지하고 있었으나 실제로는 원의 지배를 받는 속국이나 다름이 없었다.

이 시기의 고려를 어떻게 보아야 하는가에 대해 두 가지 시각이 있다. 하나는 '원의 복속국 내지는 속령'으로 보는 시각과 '주권을 가진 독립국이었으나 내정 간섭을 받은 나라'로 보는 시각이 대치하고 있다.

삼국유사를 편찬하신 일연 스님께서 25세가 되었을 때 몽골의 침입이 시작되었다. 그리고 스님이 53세 때 나라가 몽골에 항복하였다. 스님께서는 몽골 지배기에 노후를 보내다 83세 때 입적하셨다. 몽골과 부대끼는 일생이었다.

원나라의 침입과 지배기를 직접 겪으셨던 일연 스님(1206~1289)께서는 고려를 원의 복속국으로 보고 계셨던 것 같다. 즉 나라가 이미 망했다고 보신 것이다.

구지가를 검토해보면 스님께서 이러한 시각을 가지고 계셨음을 쉽게 짐작할 수 있다.

구지가에 대해 이야기해보자.

몽골 지배기를 살아가시던 일연 스님께서 구지가를 삼국유사에 숨겨 놓았다. 구지가는 어떠한 노래였을까. 신라 향가 창작법으로 풀어 본 구지가는 다음과 같다.

龜何龜何 首其現也 균하균하 수기현야
若不現也 燔灼而喫也 약불현야 번작이끽야

한국어	균	하	균	하	수	기	현	야
원문	龜	何	龜	何	首	其	現	也
노랫말	龜	何	龜	何	首		現	
보언						其		也

한국어	약	불	현	야	번	작	이	끽	야
원문	若	不	現	也	燔	灼	而	喫	也
노랫말		不	現			灼		喫	
보언	若			也	燔		而		也

갈라짐이 무엇인가 갈라짐이 무엇인가

우두머리가 나타난다는 점괘일 것이다

만약 그것이 나타나지 않는다면

구워서 먹으리

노랫말 속에 청이 있다.

'왕을 내려달라'는 청이다. 여기에서의 왕은 몽골 지배하 허수아비 같은 왕이 아니라 몽고지배를 벗어난 독립국으로서의 어엿한 왕이다. 진정한 왕을 내려달라고 청하는 노래인 것이다.

구지가는 삼국유사 가락국기 속에 포함되어 있다.

구지가는 서기 42년 경상남도 김해 구지봉에서 만들어져 떼창으로 불렸다. 그때 김해에는 여기저기 구간들이 있었을 뿐 아직 왕이 없던 시기였다.

그렇게 살고 있던 그들에게 왕이 나타난다는 점괘가 나오도록 해 달라고 비는 향가였다. 만일 그러한 점괘를 내놓지 않는다면 땅을 파 천지귀신을 죽여 묻어 버리겠다는 내용의 춤을 추었고, 태워서 연기로 날리고 구워 먹겠다며 천지귀신을 위협하는 노래였다.

수백 명의 사람들이 구지봉에 올라가 떼춤을 추면서 이 노래를 부르자 천지귀신이 김수로왕을 내려주었고, 가락국이 건국되었다.

일연 스님은 과거 역사에서 효험이 있었던 향가 작품을 모아 삼국유사를 편찬하였다. 스님은 몽골 침입으로 민족이 멸절의 위기에 처하자 옛날 구지봉 사람들이 그랬듯이 우리민족에게 왕을 내려달라고 비는 노래를 삼국유사에 실어놓았다.

일연 스님께서는 당시의 왕을 왕으로 보지 않고 계셨음이 분명하다.

현대적 시각으로 보면 구지가는 진정한 국가의 최고 지도자 출현을 비는 향가이다. 우리는 주기적으로 나라의 최고 지도자를 선출하고 있다. 구지가는 진정한 지도자를 출현시키는 노래다.

여러 명이 부르는 노래는 쇠를 녹이는 힘을 갖는다고 했다.

중구삭금으로 부른 구지가는 우리에게 슬기로운 지도자를 내려줄 것이다.

향가가 가진 힘은 위대하다.

◆ **29** ◆
민족의 비기, 삼국유사 속 향가

  신라 향가는 고려 말 일연 스님께서 저술한 삼국유사에 실려 있
다. 이들을 풀어 나가는 과정에서 이들 향가 모두에게 중대한 공통
점이 있는 것이 발견되었다. 모두가 국가적 어려움을 극복하게 하는
힘을 가진 주술적 작품이었다.

  전쟁에 앞서서는 평화를 간구했고(서동요), 큰 가뭄이 들면 비가 오
게 해달라고 빌었고(헌화가), 적이 쳐들어오면 적을 퇴치해 달라(혜성
가), 나라가 망하면 왕을 내려 달라(구지가)는 식이었다.

  일연 스님께서 삼국유사에 실을 작품을 선별하면서 국난극복과
관련된 작품들만 애써 고르신 것이 분명하였다.
  연구자들은 일연 스님께서 자료를 수집해 놓고 있다가 경상북도
군위군 인각사에 머물던 시절(1284~1289)에 삼국유사 집필을 마무
리한 것으로 보고 있다. 고려 왕조가 1392년 멸망했으니 고려 멸망

100여 년 전의 일이다. 이때는 몽골이 우리나라를 침략하여 항복을 받아낸 다음 자기들 마음대로 침탈을 거듭하고 있어 나라는 물론 민족 자체가 멸절될 것 같은 위기감에 빠져 있을 때였다.

▌유언

일연 스님께서 민족의 서(書)라고 할 삼국유사 집필을 마무리 하고 입적에 드시기 전 유언을 남기신 것으로 전해진다. 유언의 주요 내용은 다음과 같다.

> 내가 죽으면 나의 비석에 저서를 기록한 터인데 다른 것은 좋지만 삼국유사만은 새기지 말라.
> 삼국유사에는 민족을 살릴 만한 비기(秘記)가 숨어 있으니
> 이 비기를 찾으면 우리 민족은 멸망하지 않고 흥성하리라.
>
> -원문과 함께 읽는 삼국유사, 옮긴이 신태영,
> 한국 인문고전 연구소.

유언의 진실 여부는 알 수가 없다.

전해오고 있을 뿐이다.

그러나 나는 향가 연구가 진척이 이루어지던 어느 때부터인가 일연 스님께서 숨겨놓았다는 유언 속의 '비기(秘記)'라는 말에 주목해 왔다. 민족을 멸망하지 않게 하고 흥성하게 할 비밀기록, 그것이 삼

국유사 속에 숨겨져 있다면 그것은 무엇일까. 그런데 왜 스님께서는 이토록 자랑스러운 업적을 외부로 공개하지 않고 숨겨놓았을까.

지금까지 수많은 연구자들이 삼국유사를 탈탈 털어 연구하였으나 비기라고 할 만한 것을 찾았다고 발표한 연구자는 없었다. 그래서 아무도 일연 스님의 유언에 관심을 기울이지 않았고 유언의 가치도 무시되어 왔다. 그냥 야사 정도로 취급되어 왔다.

하지만 나는 이 유언이 사실에 가까울 것이라는 심증이 들기 시작했다. 풀이된 향가의 내용이 유언과 매우 합치된다고 느껴졌기 때문이었다.

연구자들은 삼국유사를 실오라기 하나 남김없이 털어냈다고 생각했을지 모르나 내가 보기로는 털기는커녕 어떤 부분은 해독조차 해내지 못하고 있었던 것이다. 그것은 향가에 연관되는 부분이었다. 삼국유사 본문은 물론 향가까지 해독을 완료하고 나서야 삼국유사 해독이 마무리되고, 비기가 존재하는지 여부에 대해 있다 없다 말할 수 있을 것 같았다.

향가의 해독이 완료되고 보니 삼국유사에 실린 향가의 성격을 알수가 있었다. 그것들은 과거 국가와 민족의 위기를 극복하는 데 주효했던 향가들이었다. 일연 스님께서는 민족의 멸망을 막아주라는 취지로 과거 민족을 지켜준 향가를 취사선택해 비밀리 기록해 놓으신 것으로 평가되었다.

그랬었다.

바로 향가가 비기였다.

향가 해독 백년전쟁 기간 동안 한국과 일본의 연구자들이 향가에
달라붙었다.

한국의 연구자들은 일제의 문화침탈을 막고 민족문화의 원류를
찾기 위해 향가를 연구해왔다.

일본인들은 우리 민족정신의 실체를 알아내고 이의 관리를 위해
향가를 파고들었다.

그러나 한일 연구자 모두는 사용했던 해독법의 문제로 인해 지금
까지 아무도 향가의 진실에 접근하지 못하고 있었다. 향가는 해독되
지 않았고, 그랬기에 삼국유사는 완전한 해독에 이르지 못했다.

따라서 비기를 숨겨 놓았다는 일연 스님의 유언이 사실인지 아닌
지, 만일 있었다면 그것이 무엇을 의미하는지 모르는 것도 당연한
일이었다.

신라 향가 창작법은 고대 한반도어를 기반으로 하고 있었다. 그랬
기에 우리와 언어가 다른 이민족들은 향가의 실체에 접근하지 못했
다. 향가는 온전히 보호될 수 있었다.

┃ 이기적 유전자

영국의 진화생물학자인 리처드 도킨스(Richard Dawkins)가 1976년

발표한 『이기적 유전자(The Selfish Gene)』라는 책이 있다. 세계 인문학계에 큰 충격을 던진 책이다. 그의 주장에 따르면 생명체는 자신의 주인인 유전자를 보존하기 위한 수단에 불과하다는 것이었다. 몸체가 주인이 아니라 매우 작은 유전자가 우리 몸의 주인이라는 주장이다.

리처드 도킨스의 이기적 유전자 이론은 삼국유사와 향가와의 관계에도 적용될 수 있다.

즉 삼국유사의 핵은 비기이고, 향가를 제외한 삼국유사 내 다른 글들은 비기를 숨겨주고 후대에 전달하기 위한 일종의 운반체에 불과하였다.

그런데 일연 스님께서는 왜 민족을 살려 줄 비기를 숨겨 두었다는 사실을 감추려 하셨을까. 민족의 멸절을 막아내고 흥성을 도모한다는 취지는 널리 드러내야 할 일이 아닌가.

이것은 당시 우리 민족이 몽골의 엄중한 감시하에 놓여 있었기 때문일 것이다. 몽골은 우리의 실질적 항복을 받아낸 다음 통치기구를 설치하고, 다루가치라는 관리를 파견하여 우리를 지배 감시하고 있었다.

이들의 눈길을 피하기 위하여 민족을 다시 살릴 비기는 깊숙이 감추어 두어야 했을 것이다.

일연 스님께서는 민족의 설화와 불교와 관련된 이야기를 써놓은 척하며 그 속에 민족을 흥성하게 할 비기를 숨겨두었다. 그리고 숨겨 두었다는 사실을 글로 써두지 않고 말로써 이를 전달하기 위해 유언을 남겨두었을 것이다. 그렇지 않았다면 몽골의 내정간섭 기관 이 이를 놓칠 리 없었을 것이기 때문이다. 그들은 당장 전량 회수하 여 소각시켰을 것이고, 일연 스님께 위해를 가했을 것이다. 그래서 일연 스님께서는 삼국유사 발간 사실을 비밀에 부치고, 자신의 비석 에조차 책 이름을 새기지 말라고 신신 당부하셨을 것이다. 몽골의 엄중한 감시 체제를 실감나게 하는 이야기이다.

나의 생각이 맞는다면 우리가 알고 있는 삼국유사에 실린 여러 가지의 내용은 향가 17편(새로 발견된 향가 3편 포함)을 숨겨 주고 후대에 전달하기 위한 수단이었다. 몽골 감시기관의 촉수도 삼국유사라는 책에 엄청난 비기가 숨겨져 있으리라는 데까지는 이르지 못했다. 이 러한 장치를 통해 삼국유사는 보호되었고 오늘날까지 전해질 수 있 었다. 이기적 유전자 이론과 흡사하다.

▌삼대목

여기에서 신라의 향가집 『삼대목(三代目, 888)』을 언급해야 할 것 같다.

신라의 진성여왕이 세금을 가혹하게 거두어들이자 백성들이 들고 일어나 도적이 되어 온 나라를 휩쓸고 다녔다. 귀족들만 난을 일으 킨 것이 아니라 백성들까지 난을 일으켰다.

나라가 결단이 날 지경에 이르자 조정에서는 천지귀신을 부리는 노래인 향가에 손을 내밀어 위기를 극복하고자 했다. 과거 나라의 여러 위기를 극복해주는 데 큰 효험이 있었던 작품들만을 엄선하여 집중적으로 실어 놓았을 것이다. 국난극복이 핵심 테마였다.

신라 때 만들어진 삼대목 작품과 고려 때 만들어진 삼국유사 향가 사이에는 바로 국난극복이라는 네 글자가 공통점으로 존재하고 있었다. 삼대목은 신라 말 극심한 사회적 위기, 삼국유사는 몽고치하 민족 멸절의 위기를 극복하기 위해 만들어졌다.

나는 일연 스님께서 삼국유사를 집필하시면서 신라의 삼대목에 수록된 여러 작품 중에서도 과거 확실하게 천지귀신을 감동시켰던 작품들을 골라 숨겨놓았을 것으로 추측한다.

그랬기에 몽골 강점기 우리민족을 감시하라고 파견되어 있던 다루가치들은 삼국유사 속에 민족을 부흥시킬 비기가 감추어져 있는지를 꿈에도 몰랐다.

또 일제 강점기 민족을 말살하고자 했던 일제의 조선총독부 역시 책 속에 비기가 있어 민족을 지키고 있으리라고는 짐작조차 못했다. 다만 일본의 일부 언어학자들이 본능적으로 분명 무엇인가 있다고 느끼고 향가에 덤벼들었으나 그들 역시 일연 스님의 위대한 저술 앞에 무릎을 꿇어야 했다.

향가는 민족의 비기였다.

삼국유사 17편은 우리 민족을 위기에서 구해달라고 하기 위해 선발되었다. 각 작품이 천지귀신에 청하고 있는 내용은 다음과 같았다.

구지가: 진정한 왕이 나타나게 해 달라

도솔가: 혜성의 괴변을 없게 해 달라

도천수대비가: 고통을 겪는 백성들을 사랑해 달라

모죽지랑가: 백성들을 사랑하고 지탱해 달라

신충가: 임금은 신하를 믿고 신하는 충성을 바치라

서동요: 평화가 오도록 해 달라

안민가: 민생을 보살피라

우적가: 도적을 없애 달라

원왕생가: 승려들이 중생을 극락에 가게 해 달라

제망매가: 콜레라를 물리쳐 달라

지리가: 지혜롭게 다스려 달라

찬기파랑가: 화랑의 기강을 세워 달라

처용가: 천연두를 물리쳐 달라

풍요: 절에서 백성들을 수탈하지 않도록 해 달라

헌화가 해가: 혹심한 가뭄을 끝나게 해 달라

혜성가: 적국의 침입을 격퇴해 달라

일연 스님께서는 이러한 작품을 모아 놓으면 민족이 어떠한 위기를 만나더라도 능히 그것들을 극복해 나갈 것이라고 믿으셨다.

이 중에서도 가장 핵심적이자 결론적인 비기가 있었다.

그것은 지리가(智理歌)였다.

> 지리 다 도파도파
>
> **智理 多 都波都波**
>
> 지혜롭게 다스리라
>
> 어떠한 어려움이 있을지라도

이것이 민족을 살릴 비기 중의 비기였다.

스님은 지도자가 나라를 지혜롭게 다스린다면 우리 민족은 어떠한 위기에서도 멸절되지 않고 홍성할 것이라고 믿으셨다. 향가의 힘에 의해 우리민족에게는 지혜롭게 나라를 다스릴 지도자들이 끊임없이 점지될 것이다.

일본 만엽집(萬葉集)과의 만남, 4516번가

나는 1970년대 이래 신라의 향가를 연구해 왔다. 그리고 몇 년 전 그 결과를 모아 '천년 향가의 비밀'이라는 책자를 발간하고, 학회에 논문 2편도 등재하였다.

일생일업이라 할 연구를 나름으로 마쳤으니, 이제 노후의 로망인 유적지와 맛집을 찾아다니며 인생을 즐길 수 있으리라고 생각했다. 시원하고 섭섭한 마음으로 그간 참고했던 연구자료들을 정리하기 시작하였다. 향가 연구를 마쳤으니 자료들을 치워버릴 생각이었던 것이다. 그리고 머릿속에서 향가를 지워버리자고 했다.

자료 더미 속에는 우리 향가를 공부하던 일본인들의 논문도 있었다. 그들은 일제 강점기 민족말살이란 식민 정책의 일환으로 향가를 연구했었거나, 일본에 전해지고 있는 '만엽집'이라는 자신들의 옛 시가집을 해독하는 데 도움이 될까 해서 우리나라 향가를 연구하고 있었던 것이다.

만엽집이란 신라 향가가 만들어지고 있던 시기에 일본인들에 의해 만들어진 고시가집이다. 거기에는 자그마치 4,516편의 작품이 실려 있다.

일본인들은 서기 951년 만엽집의 해독을 시작한 이래 1,000년이 넘는 긴 세월 동안 만엽집을 집요하게 연구하고 있었다. 그 긴 세월에도 불구하고 그들은 아직 만엽집 해독을 끝냈다고 말하지 못하고 있다.

일본은 노벨상 수상자들을 여러 명 배출해 내었고, 정밀 제조업으로 세계를 선도하였음에도 불구하고 만엽집이란 책자 한 권을 천년이 넘도록 해독해 내지 못하고 있는 것이다. 그러함에도 그들은 일단 지금까지의 성과만으로 만엽집을 '일본 민족의 정체성이자 마음의 고향'이라고 하며 전 세계에 자랑하고 있다.

나는 우리의 향가를 뒤적거리는 일본인들을 신기하게 생각하였다. 일본인들이 우리 민족 문학의 뿌리인 향가를 건드리는 것에 대해 그다지 유쾌한 기분이 드는 것은 아니었으나, 뿌리 깊은 우리 문화에 대한 자부심으로 뿌듯해지기도 하였다. 반 불쾌 반 뿌듯이었다.

만엽집이 대체 무엇이길래 일본인들은 우리나라의 향가 연구에 끼어들고 있을까?

일제 강점기 시절 금택장삼랑(金澤庄三郎)이라는 일본인 언어학자가 처용가 연구를 시작한 이래 지금까지도 일본인늘이 향가를 만지작거리고 있는 이유는 무엇인가?

나는 만엽집을 구체적으로 공부해 본 적이 없다. 매우 중요한 것이라고는 알았으나 솔직히 일본어 실력이 초보적이어서 연구할 엄두조차 내지 못했다.

100년 전도 아니고 1,500여 년 전에 쓰인 만엽집의 작품 4,516편은 사실 세계사적으로 보더라도 유례가 없을 어마어마한 양이다.

그러한 만엽집에 대해 연구 자료를 정리하다가 문득 궁금증이 솟아올랐던 것이다.

그날은 2019년 8월 6일이었다.

일본인 연구자들이 자신들의 만엽집 해독법을 변형시켜 향가를 풀어보았던 것과 마찬가지로 이번에는 대한민국 사람인 내가 신라 향가 창작법을 만엽집에 적용시켜 보았던 날이다.

일본인들은 4,516편의 작품들에 주민등록 번호처럼 1번부터 4516번까지 일련번호를 부여해놓고 관리하고 있다. 그날 나는 특별한 의도 없이 맨 끝 작품 4516번가를 붙잡아 보았다.

그 작품에 신라 향가 창작법을 적용해볼 심산이었던 것이다.

시작할 때까지만 해도 가벼운 마음이었다.

그러나 종달새처럼 가벼웠던 나의 마음이 아연 긴장에 휩싸인 것은 2~3분도 채 걸리지 않았다.

'아니 이게 뭐야?' 하고 속으로 중얼거렸다.

문자들이 서로 맞물려 강력하게 결속되어 있었다. 4516번가의 구조를 해체하던 나는 긴장에 휩싸였다. 시계의 톱니바퀴가 설계도에 따라 조립되어 있는 것과 마찬가지로 4516번가의 문자들이 신라 향가 창작법에 따라 치밀하게 조립되어 있었다. 시계에 설계도와 조립공이 있듯이 만엽집에도 설계도와 조립공이 있었던 것이다.

'무엇인가 잘못되었다. 우연일거야. 아마 이 작품만 이러겠지.'

4516번가가 신라 향가 창작법에 따라 만들어져 있다는 게 의아했다.

그래서 이번에는 1번가를 골라잡아 향가 창작법을 적용해보았다. 그랬더니 1번가도 설계도에 따라 조립되어 있었다. 놀란 나는 이 작품 저 작품을 골라잡은 다음 찬찬히 살펴보았다. 틀림없었다. 모두가 신라 향가 창작법 그대로였다.

손끝이 부르르 떨리고, 심장이 뛰기 시작했다. 나는 흥분에 휩싸여 의자에서 벌떡 일어나 뒷짐을 지고 방안을 이리저리 돌아다녔다.

이럴 수가.

만엽집 작품들이 향가였단 말인가.

◆ 31 ◆
리트머스 시험지

그날 내가 골라잡았던 만엽집의 작품 4516번가는 만엽집 중 맨 마지막 작품이었다. 대반가지(大伴家持)라는 가인이 지은 작품이었다. 그는 이 작품을 만들 때 일본 어느 지방의 최고 책임자로 부임하여 있었다. 759년 1월 1일 휘하 관리들과 함께 신년 모임을 주재하고, 이 작품을 만든 것으로 전해지고 있다.

노래는 아래와 같이 24글자로 되어 있다.

新年 乃 始 乃波都波流

能 家 布敷 流由伎

能伊夜 之家

余 其 騰

사실 몇 글자 안 되는 작품이다.

만엽집에 대한 연구가 시작된 이래 일본의 연구자들 중 이 작품에

도전해보지 않은 사람은 없었을 것이다.

일제 강점기 시절 일본의 언어학자들이 만엽집 푸는 법을 우리 문화의 속살이라 할 수 있는 처용가에 들이대었듯이, 광복 74년 만에 한국인이 스스로 만들어낸 신라 향가 창작법을 일본인들의 정체성이자 마음의 고향이라고 하는 만엽집 4516번가에 적용해보았던 것이다.

신라 향가 창작법은 되풀이 해 말하자면 다음의 세 가지 법칙을 기본 골간으로 하고 있다.

> ① 향가의 문자들은 표의문자로 되어있다.
> ② 향가의 문자들은 한국어 어순으로 나열되어 있다.
> ③ 향가의 문장은 노랫말＋청언＋보언으로 조립되어 있다.

과연 4516번가는 이 주요 법칙들에 반응을 보일 것인가. 리트머스 시험지를 식초에 넣으면 붉게 변하듯이 혹시 무언가 반응이 있을 수도 있다. 자못 궁금한 일이었다.

신라 향가 창작법을 적용하려면 먼저 작품을 구성하는 문자들을 기능별로 분류하고, 이 문자들이 표의문자로 기능하고 있는지를 확인해 보아야 한다.

자세한 분류과정은 생략하겠으나 첫 9글자의 분류표는 다음과 같다.

첫 구절만을 소개한다.

한국어	신	년	애	시	애	파	도	파	류
원문	新	年	乃	始	乃	波	都	波	流
노랫말	新	年		始					
보언			乃		乃	波	都	波	流

① 노랫말은 '新年 始'이다. '신년이 시작되었다'로 풀린다.

② 보언은 다음의 여섯글자이다. 배우들은 무대로 나가 보언이 알려주는 내용을 연기해야 했다.

乃(노 젓는 소리 애) 노를 저어라

波(물결이 일다 파) 바다에 파도가 인다

都(감탄사 도) 탄식하라

流(떠돌다 류) 떠돌라

문자들이 모두 표의문자로 구성되어 있음을 확인할 수 있다. 지난 1,000여 년 동안 일본의 연구자들이 갖고 있었던 '만엽집의 한자는 표음문자로 되어 있다'라는 굳센 믿음을 단숨에 깨뜨려 버리고 있다. 또 한국어 어순법에 따라 나열되어 있다. 문장 역시 노랫말 + 보언으로 조립되어 있다.

신라 향가 창작법의 첫 관문을 통과한 것이다.

4516번가는 명백히 향가였다.

신라 향가 창작법에 의해 해독한 결과는 일본인들이 지금까지 풀어 온 것과 크게 달랐다. 4516번가의 해독 결과는 다음과 같았다.

新年 乃 始 乃波都波流
能 家 布敷 流由伎
能伊夜 之家
余 其 騰

신년이 시작되었다
응당 베풀어 민들을 번무하게 하리
응당 그대들도 밤늦도록 베풀어 번무하게 해야 하리
나머지 사람들도 힘차게 달리자

4516번가는 지방에 나가 있던 관리들이 신년초 한데 모여 '한 해동안 밤늦도록 백성들에게 베풀어 주어 그들을 번무하게 하자'라고 다짐하는 내용이었다.

강력한 빙초산에 들어간 리트머스 시험지처럼 만엽집 4516번가는 파시식하며 향가 창작법에 예민한 반응을 보였다. 무언가 심상치 않은 일이 나는 것 같았다. 나는 긴장감에 휩싸였다.

◆ 32 ◆

석장사(錫杖寺)의 종소리

4516번가의 문자들은 한국어 어순으로 나열되어 있었다.

지금이야 당연한 것으로 여기겠지만 나는 신라 향가를 연구하던 초기 '향가 문자들이 한국어 어순에 따라 나열되어 있다'라는 대담한 가정을 해보았다.

그런데 이렇게 생각한다는 것은 결코 쉬운 일이 아니다.

이 책의 첫머리에서 예로 든 도천수대비가(禱千壽大悲歌)라는 신라 향가의 한 구절을 다시 살펴보자.

<blockquote>
기내복백 옥시치내호다

祈以攴白 屋尸置內乎多
</blockquote>

이러한 문자들을 보고 이것들이 '한국어 어순으로 되어 있을 것이다'라고 생각한다는 것은 가설 수준이 아니고는 결코 생각조차 할

수 없을 것이다.

고대문자의 해독 작업은 이렇게 가설로부터 시작된다. 가설들은 검증을 거쳐 채택되거나 폐기되는 과정을 거치게 된다. 이집트 그림 문자나, 메소포타미아의 쐐기문자 해독에 있어서도 수없는 가설과 검증이 있었음은 널리 알려져 있다.

나 역시 이와 마찬가지였다. '향가 문자들이 한국어 어순에 따라 나열되어 있다'라는 가설을 세우고 이것이 맞는지 검증에 나섰다. 이를 위해서는 우선 한자가 가진 의미를 확정해야 하고 그것들이 한국어 어순으로 나열되어 있는지를 확인해 보아야 했다.

그런데 이것이 결코 쉬운 일이 아니었다. 문자가 가진 의미를 확정하는 데서부터 막히기 시작하였다.

예를 들면 '차(此)'라는 글자를 보자. 누구나 '이것'이라는 의미로 해독할 것이다. 그러나 그렇지 않았다. '차(此)'라는 글자는 향가에서 '계속 이어지는 발자국'이라는 특이한 뜻으로 쓰이고 있었다.

처음에는 '이것'이라는 뜻으로 보았다가 그것이 아니고 '계속 이어지는 발자국'으로 사용되었다는 사실이 확인되기까지는 여러 차례, 그것도 오래도록 무참한 실패를 맛보아야 했다.

한자의 의미 확정과 한국어 어순으로의 나열이라는 사실의 확인은 동시적으로 진행되는 고행의 여정이었다. 과정은 저참했다. 긴 시간의 연구로 혹시라도 시력을 잃지 않을까 두려워했고, 강한 몰입으로 교통사고 직전까지 가는 부작용도 겪어야 했다. 깜깜한 밤에 잘못된 길로 들어섰다가 빈손으로 걸어 나오기를 무수히 반복해야 했다.

가시잡목이 우거진 한자의 언덕을 헤집고 올라가다가 밑으로 굴러 떨어지기를 반복한 끝에 향가 문자들의 의미를 하나하나 확정할 수 있었고, 마침내 이들이 한국어 어순에 따라 나열되어 있었음을 확인할 수 있게 되었다.

'표의문자들이 한국어 어순에 따라 나열되어 있다'라는 사실은 유물로도 뒷받침되었다.

경주에 있는 옛 신라 사찰 석장사 유지에서 발견된 임신서기석에는 74글자가 새겨져 있었다. 그런데 이 글자들은 모두가 표의문자들이었고, 한국어 어순에 따라 나열되어 있었다.

또한 울진 봉평 신라비에서도 이러한 글이 발견되었고, 울진 성류굴 진흥왕 행차 명문에서도 이러한 문장이 발견되었다.

이 중 봉평 신라비는 널리 알리는 포고문 성격의 글이다. 포고문에 이리 쓰였다는 사실은 몇 사람만 아는 문장 표기법이 아니고, '널리 쓰이던 일반 표기법이었다'라는 것을 말한다.

신라인들은 분명 한자를 한국어 어순에 따라 나열한다는 표기법을 실생활에서 쓰고 있었고, 향가 창작자들도 이러한 법칙으로 향가를 만들고 있었다.

향가 연구에서 발견된 이러한 법칙들을 만엽집 4516번가에 적용해 보았다. 과연 문자들이 표의문자이고, 한국어 어순으로 나열되어 있을 것인가. 아래에 분류해 놓은 4516번가의 노랫말을 한국어 어순으로 읽어보며 확인해 보라.

한자의 뜻은 내가 편리한 대로 뜻을 비틀었다는 비판을 피하기 위해 네이버 한자사전에 나오는 그대로 보여 드린다.

新年始

=신년(新年)이 시작(始)되었다

能布敷:

=能(응당~하다 능) + 布(베풀다 포) + 敷(번무하게하다 부)

=응당 + 베풀다 + 번무하게 하다

=응당 베풀고 번무하게 하리

能伊夜:

=能(응당~하다 능) + 伊(너 이) + 夜(밤늦다 야)

=응당 + 너 + 밤늦다

=응당 그대들도 밤늦도록 (베풀고 번무하게 해야 하리)

余騰

=余(나머지 여) + 騰(힘차게 달리다 등)

=나머지 + 힘차게 달리다

=나머지 사람들도 힘차게 달리자

4516번가의 노랫말이 첫 글자부터 끝 글자까지 한 글자도 빼지 않고 한국어 어순법을 벗어나지 않고 있다. 표의문자들이 철저하게 한국어 어순으로 나열되어 있는 것이다.

옛 신라의 사찰 석장사 터에 반쯤 흙에 묻혀 있는 상태로 발견되었던 임신서기석의 표기법 그대로 4516번가가 쓰여 있었던 것이다.

신라 향가 창작법이 만엽집 작품 속에서 무딘 빛을 내고 있었다. 신라 석장사의 한 스님이 천 년도 넘게 일본 땅에서 침묵하고 있는 만엽집의 향가들에게 이제 그만 일어나라고 종을 치고 있었다. 멀리서 환청처럼 종소리가 들려왔다.

◆ 33 ◆
난공불락의 오사카성, 이호(梨壺)의 5인

만엽집 4516번가의 문자들은 표의문자 가설과 한국어 어순법에 따라 기록되어 있었다. 그러나 많은 사람들은 이에 대해 고개를 갸웃하며 이상한 소리를 하고 있다고 생각할 것이다.

한자가 뜻글자라는 사실은 누구나 알고 있는 사실이고, 지금의 일본말도 우리말과 어순이 비슷한 걸로 보아, 그렇게 써두었을 것은 당연한 일이 아니냐. 당연한 이치를 가지고 시끄럽게 호들갑을 떠느냐 할 것이다.

언뜻 보면 맞는 말이다. 그러나 이것이 절대 당연한 일이 아니란 것은 그간의 사정을 살펴보면 금방 알 수 있다.

만일 만엽집의 한자들이 뜻으로 기능하고 있다면 한자공부 중급을 뗀 사람 정도라도 술술 풀어낼 수 있을 것이다.

일본 연구자들이라고 바보이겠는가. 그들 역시 뜻글자로 무수히 시도해 보았으나 풀리지 않았기에, 궁한 나머지 표음문자로의 해독을 시도하였을 것이다.

1,000여 년 전 이호(梨壺)의 5인이라는 일본의 연구자들은 고심 끝에 '만엽집의 한자는 기본적으로 뜻이 아니고 표음문자로 쓰였다'고 결론을 내렸다.

┃ 이호(梨壺)의 5인

일본 만엽집의 마지막 작품은 759년 만들어진 4516번가이다. 이 작품 이후 일본에서는 향가 창작법이 잊혀졌다.

그리고 200여 년이 지났다.

자료상 최초로 만엽집 해독에 도전한 이들은 이호(梨壺 나시쓰보)의 5인이라고 불리는 사람들이다. 이들 5인은 무라카미(村上) 천황의 명을 받아 궁전 안 이호(梨壺 나시쓰보)란 전각에 모여 만엽집 해독작업을 시작하였다. 그 해가 서기 951년이니 지금으로부터 1,000여년 전에 향가 해독에 나선 것이다. 그들이 정리한 것이 바로 '만엽집의 한자들은 일본어를 소리나는 대로 표기해 놓은 발음기호(萬葉假名 만요가나)이다'라는 법칙이었다. 이후 무수한 이들이 이러한 법칙을 이어받아 만엽집 연구에 매진하였다.

그러나 이러한 법칙은 만엽집을 완독해 내지 못했다. 곳곳에 해독 불가의 문구들이 속출했다. 그러나 일본인들은 거기까지의 작업 결과에 만족했다. 더 이상의 해독작업을 사실상 멈춘 것이다. 그리고 국민들과 전 세계에 고대문화의 정수로 만엽집을 홍보하고 있다.

그런데 지금에 와서 그것이 소리글자가 아니라 뜻글자로 되어 있다고 한다면 온 세계에 자랑해놓은 지금까지의 성과를 무효로 하라는 말이나 다를 바가 없을 것이다.

그걸 이제 와서 어찌하란 말인가. 1,000년 뼛골 빠지는 성과를 버리고 처음부터 다시 시작하라는 말이냐. 당신 지금 제 정신이냐. 이미 귀환불능점(the point of no return)을 지났다. 이렇게 말할 것이다. 만엽집의 한자들이 소리로 쓰여 있다는 주장은 이처럼 뿌리가 깊고 거부하기가 어렵다.

한자가 한국어 순서로 나열되어있다는 것도 그렇다. 만엽집 이전 고대 일본말의 어순이 어떠했는지 알려진 바가 없다.

일부 일본인들은 자신들의 민족기원이 태평양 섬이나 먼 대륙에서 왔다고 주장하기도 한다. 인류 언어사를 보면 한 지역의 사람들이 사용하던 어순이 민족 간 접촉에 의해 몽땅 바뀌어버리는 사례도 왕왕 있다고 한다.

일본이 이에 해당할 수도 있다. 민족 형성이 한반도와 근본적으로 다르고, 이후 한반도에서 제한적인 영향을 받았을 뿐이라는 일부 일본인들의 주장이 맞는다면, 혹시 그들의 어순이 한국어 어순과 다를 수도 있다.

그러기에 최소한 만엽집 작품들의 어순이 한국어 어순인지 아닌지 확인하는 과정을 거쳐야 할 필요가 있었던 것이다.

'표의문자로 기능한다', '한국어 어순법이다' 외에 또 다른 향가 창작법에도 들어맞는지 여부 역시 확인해 보아야 한다.

특히 어떤 작품이 향가인지 아닌지를 판단하는 결정적 법칙이 있다. '향가문장은 노랫말에 청언과 보언이 끼워져 있다'라는 암호문 기법이 그것이다.

향가문장=노랫말＋청언＋보언

의도적이 아니라면 어떠한 문장이 이러한 형태를 가질 수 없을 것이다. 다른 법칙이야 우연히 그렇게 되어 있다고 주장할 수 있다 하더라도 이 법칙만은 우연이라는 말이 통하지 않는다. 어떤 작품이 이 법칙에 들어맞으면 그것은 향가이고 그렇지 않다면 향가가 아니라고 보아도 무방했다.

4516번가가 '향가문장=노랫말 ＋ 청언 ＋ 보언'이라는 법칙을 충족시킬 것인가. 첫 구절로 이를 확인해 보자.

한국어	신	년	애	시	애	파	도	파	류
원문	新	年	乃	始	乃	波	都	波	流
노랫말	新	年		始					
보언			乃		乃	波	都	波	流

원문의 글자들을 분류해 보면 이해가 가능한 '신년시(新年始)'라는

3글자와 '애애 파도파류(乃乃 波都波流)'라는 정체불명의 6글자로 나뉜다.

신년시(新年始)는 노랫말로서 '신년이 시작되었다'라는 의미로 해독된다. 여기까지는 어려움이 없다.

문제는 신년시(新年始)라는 글자 사이에 '애애 파도파류(乃乃 波都波流)'라는 도저히 뜻을 알 수 없는 정체불명의 글자가 끼워져 있다는 점이다. 이들 6글자를 어떻게 보아야 하는지가 첫 문장 해독의 관건이자, 만엽집 모든 작품 해독의 출발점이 되는 지점이다.

'애애파도파류(乃乃 波都波流)'의 한자는 파도가 치고(波) 탄식하고(都) 노를 저어라(乃)는 의미를 가지고 있었다. 이들 모두는 지금까지 신라 향가에서 무수히 출몰하는 보언들이었다.

첫문장에 노랫말과 보언이 섞여 있다.

4516번가의 첫문장은 '향가문장=노랫말 + 청언 + 보언'이라는 법칙을 충족시키고 있었다. 다시 말해 4516번가는 명백한 향가이다.

향가로 가는 길은 높고도 험했다.

우선 향가의 문자들은 갖가지 위장술을 부리고 있었다. 푸른 나뭇잎 속에 숨어 있는 청개구리들처럼 보호색으로 자신의 진정한 모습을 감추고 있었다.

또한 어미 까투리가 새끼를 보호하기 위해 날개가 부러진 것처럼 푸드덕거리며 달아나 다가오는 천적들을 멀리 유인해 내는 것처럼, 만엽집의 문장들도 다가오는 연구자들을 자신의 실체에서 멀리 떼어 놓으려 교묘히 작동하고 있었다.

이러한 장치들이 방패 역할을 해 만엽집은 난공불락의 요새로 알려진 오사카성처럼 결코 혼마루(本丸)를 내어주지 않고 버텨 왔다.

일본의 연구자들은 만엽의 성벽을 부여안고 오르려 했다. 그러나 안타깝게도 그들은 문자들의 보호색과 까투리 날갯짓이라는 유인책에 걸려들고 말았다. 그들은 고통 속에 오사카 성벽을 오르다가 손을 놓치고 까마득한 저 아래 작은 점으로 떨어져 갔다. 지난 1,000년간 만엽집은 누가 상대가 되든 만전만승을 거두며 난공불락의 위용을 과시했다.

좌절의 끝에 이호(梨壺)의 5인은 만엽집이 한문식으로는 도저히 해독이 되지 않는다는 사실을 인정해야 했을 것이다. 대신 만엽의 한자들은 기본적으로 표음문자이고, 고대 일본어를 소리 나는 대로 표기해 놓은 것이라고 결론 내려야 했다.

이후의 연구자들도 이러한 방식으로 만엽집을 풀어내고, 그것을 집대성하여 자신의 국민들에게 만엽집이 일본인들의 마음의 고향이자 정체성이라고 가르쳤다.

그러나 그들은 몰랐다. 자신들이 풀어 놓은 것들이 만엽에 설치된 유인의 덫이 그들을 유도해낸 결과였지 실체와는 거리가 먼 내용이라는 것을 알지 못했다. 그렇게 해서 1,000년이란 세월이 흘러갔다. 만엽집의 방패가 승리한 것이다.

시간의 강이 더 흘러 일제 강점기가 되었다.

일본에서 벌어진 일련의 실패가 우리에게까지 영향을 미쳤다.

우리 땅에 온 일본인 언어학자들이 삼국유사에서 향가를 발견하였다. 그들은 자기들의 만엽집 작품들과 외관이 비슷한 것에 주목하였다. 그리고 향가를 연구하면 만엽집 해독에 무언가 도움을 받을 수 있을 것처럼 보였다. 만일 그렇다면 향가는 한일 두 나라의 동조동근론을 입증하는 결정적 증거가 될 수 있을 것이라고 생각했다.

일본인 연구자들은 신라의 향가를 연구한 끝에 향가의 한자는 표음문자로서 고대 신라어를 소리나는 대로 써둔 것이라고 결론지었다. 이른바 표음문자 가설이다. 자신들의 만엽집 풀이법과 유사한 해법을 제시한 것이다.

일제 강점기 우리 민족에 앞서 향가 25편 모두를 해독해냈다고 주장한 소창진평 경성제국대학 교수는 혁혁한 공을 인정받아 일본의 천황상을 받았고, 우리들은 민족 자존감에 씻어지지 않는 상처를 입고야 말았다.

소창진평 교수의 향가 해독법은 '기본적으로 고대 한반도어를 소리가 나는 대로 써두었다'라는 논리를 골간으로 하고 있다. 이것은 '만엽집이란 기본적으로 고대 일본어를 소리 나는 대로 써둔 작품이다'라는 만엽집 해독법을 판박이한 붕어빵 이론이다.

우리의 연구는 1927년 양주동 박사님에 의해 일본인들의 연구에 상처받은 채로 시작되었다. 우리 민족의 연구자들은 '향가란 기본적으로 고대 신라어를 소리나는 대로 써둔 것이다'라는 일본인들의 해독법을 의심하지 않고 받아들였다. 양주동 박사님께서 해독 초기 일본인들의 해독법이 타당한지를 살펴보았다면 분명 문제점을 느끼셨을 것이나 불행하게도 그러지를 않으셨다.

향가 해독 100년 전쟁은 우리가 여력 없이 어려웠던 시절 일본인들의 향가 연구라는 포성 속에서 미약하게나마 시작되었다. 그 맨 앞에 양주동 박사님이 맨손 맨발로 홀로 맞서고 계셨던 것이다.

오사카성이 열리다

나는 향가를 연구하면서 일본 연구자들의 방법을 따르지 않았다. 그것은 민족주의적 정서 때문이 아니었다. 그들의 방법에 뿌리를 둔 우리의 향가 해독법이 100년이 넘도록 성과를 내는 데 미흡하였기에 비슷한 길로 가 보았자 그 결과는 원오브뎀에 불과할 것이라 생각했기 때문이었다. 순전히 실용적 이유에서였다. 이 방법은 앞에 간 수레 뒤를 따르지 않고, 나만의 길을 가겠다는 것이나 다를 바 없었기에 고행이 예약되어 있었다.

내가 신라 향가 창작법을 발견한 것은 순전히 우연이었다.

질고음 향언운 보언야

叱古音 (鄕言云 報言 也)

찰나적 우연에 의해 신라 향가 원왕생가 속 '보언(報言)'이라는 두 글자에 주목했고, 그것이 무엇인가를 추적하는 과정에서 칠흑 동굴 속으로 들어가는 입구를 발견해 냈던 것이다.

나는 두 글자가 가리키는 단서를 물고 늘어졌다. 끊어질 듯 끊어질 듯 가늘게 이어져 나가는 개미구멍을 흙투성이가 되어 파헤치며 쫓아가다가, 마침내 향가 문자 안에 '보언(報言)'이라는 별도의 문자집단이 따로 존재한다는 사실을 알아냈던 것이다.

누군가는 무언가를 성취하는 데 제일 중요한 것은 노력이라고 이야기한다. 그러나 향가 연구에서는 꼭 그런 것만은 아닌 것 같다. 향가 연구에 쏟은 것을 모두 백이라 한다면 노력이 아흔 아홉을 차지하였을 것이다.

그러나 효과로만 본다면 노력이 그다지 중요한 것이 아니었다. 오히려 중요한 것은 우연이라 할 수 있었다. 1970년대 고등학교 때 향가를 처음 접한 이래 시작된 50여 년의 오래된 여정은 우연에 우연을 연결하여 진도를 나갈 수 있었고, 최종적으로도 우연을 통해 마무리되었다 할 수 있었다.

나는 우연을 통해 '향가의 문장이란 노랫말 + 청언 + 보언이라는 3가지 그룹의 문자들이 나름의 법칙에 따라 조립되어 있는 것'이라는 사실을 알게 되었다.

그리고 이 법칙을 4516번가에 적용해 보기로 한 것이다. 첫 구절 속 해독되지 않던 '애애 파도파류(乃乃 波都波流)'는 신라 향가 창작법이라는 열쇠에 반응할 것인가.

이들이 가진 의미를 옥편에서 찾아보면 다음과 같다.

애(乃)는 '노 젓는 소리 애'다. 이 문자는 배우들에게 노를 저으라고 지시하는 문자다.
파(波)는 '파도'이다.
도(都)는 '감탄사'다. 뱃사공들이 높은 파도에 놀라 비명을 지르고 있다.
류(流)는 '떠돌다 류'이다. 배가 파도에 밀려 이리저리 떠돌아 다닌 다는 뜻이다.

이 6글자가 신년시(新年始)라는 세 개의 글자 사이에 끼워져 있던 정체불명의 문자들이었다. 이들은 모두 표의문자였고, 배우들에게 연기의 내용을 알려주는 문자였다. 만엽집의 작품에 신라 향가에 나오는 보언(報言)이 들어 있었다.

2019년 8월 6일이 신라 향가 창작법에 의해 만엽집이 풀린 날이었 다. 그래서 이날부터 일본 만엽집의 작품 4,516편은 일본향가가 되었 다. 계산해 보니 이 향가가 만들어진 날로부터 1261년이 흐른 뒤였다.

4516번가

지방관으로 파견되어 있던 대반가지(大伴家持)라는 이가 서기 759년 1월 1일 4516번가를 만들었다.

그날 몇몇 배우가 무대로 나갔다.

'새해가 시작되었다(新年始)'라는 가사로 시작되는 노래를 가수가 멋들어지게 불렀다.

몇몇 다른 배우들은 경주 쪽샘지구 행렬도의 남녀 3명처럼 노를 저어(乃) 나가는 연기를 펼쳤다. 한 해가 시작되었으니 노를 저어 앞으로 나가자는 뜻이었다.

이때 높은 파도(波)가 쳐왔다. 뱃사공들이 놀라 비명(都)을 지른다. 배가 이리저리 표류(流)한다. 정신을 차린 뱃사공들이 파도를 헤치고 나가기 위해 힘껏 노를 젓는다(乃).

이것이 첫 구절이 묘사하는 무대 위의 장면이다. 눈썰미가 있는 분들은 짐작했겠지만 노래와 연기가 함께 존재하고 있다. 그러기에 현대의 뮤지컬과도 상통한다.

4516번가는 신라 향가가 그러했듯이 뮤지컬 대본의 성격이었다. 오랜 세월 고심참담을 거치며 무수한 우연과 상상의 끝에 나는 도쿠가와 이에야스(德川家康)가 도요토미 히데요리(豊臣秀賴)의 난공불락 오사카 성문 앞에 서듯, 4516번가 앞에 설 수 있었다.

그리고 성문의 자물쇠에 신라 향가 창작법이라는 열쇠를 꽂아보았다. 그러자 4516번가는 강초산에 들어간 푸른 색 리트머스 시험지처럼 돌연 색이 붉게 변하기 시작했다. 신라 향가 창작법 모두에 격렬히 반응했다. 나침반이 북쪽을 가리키는 것처럼 신라 향가 창작법은 만엽집 4516번가를 향가라 말하고 있었다. 성의 혼마루에는 신라에서 온 향가 창작법을 환영한다는 성주의 흰 깃발이 펄럭이고 있었다.

일본의 조심스럽고 헌신적인 연구가들에게도 천 년이 넘도록 결코 혼마루를 내주지 않던 만엽집의 작품이 신라 향가 창작법을 열쇠구멍에 꽂고 돌리니 스르르 열리고 말았던 것이다.

이렇게 되자 놀란 것은 오히려 나였다. 가슴이 두근거리고 정신이 아찔해져 왔다. 정신을 바로잡으려 안간 힘을 썼다.

향가를 연구하다 보면 서너 번의 심장마비 직전 상황을 경험한다. 이번 것도 그에 해당하는 사건이었다.

어찌 만엽집이 향가일 수 있겠는가.

일본 사람들은 대한민국 사람 누군가가 만엽집이 향가집이라는 주장을 하고 돌아 다닌다면 '혹시나' 하고 경청하기보다는 '발끈' 화부터 낼 것이다.

100여 년 전 대한민국의 양주동이라는 청년이 소창진평 일본인 경성제대 교수가 향가를 풀었을 때 받았던 민족적 모욕감을 혹시 그들도 느낄지 모른다.

일본인들뿐만이 아니다. 우리나라 학자들 역시 나를 엉뚱한 일 벌이는 사람이라고 백안시하고 있다. 남의 말 할 것도 없다. 나 자신조차도 눈앞에 펼쳐진 사실을 믿지 않으려 했다.

그로부터 시작된 만엽집 연구였다.

결과는 그 작품만 우연히 신라 향가 창작법으로 만들어진 것이 아니었다.

지금까지 내가 풀어본 만엽집 621편 모두가 향가였다.

만엽집 속의 작품들 모두 향가였고, 만엽집은 향가집이었던 것이다.

뿐만 아니라 일본서기와 고사기 속에 들어 있던 운문 역시 모두가 향가였던 것이다.

마침내 판도라의 상자가 열리고야 말았다.

향가 일본으로 도거(渡去)하다, 소잔오(素盞嗚)

향가는 고조선에서 발원된 것으로 보인다.

그러나 현전하는 최고(最古)의 작품은 고구려에 있다.

B.C 17년 고구려에서 모습을 드러낸 향가가 계속 남하하다가 한반도 최남단까지 이르렀다. 서기 42년 김해 구지봉에서 구지가가 수백명에 의해 공연되었다. 이후 오랫동안 한반도에 머무르고 있던 향가가 다시 움직여 일본 열도로 건너가기 시작하였다. 일본으로의 이동은 서기 300년 대를 전후한 시기였을 것이다.

한반도 남부에 존재하던 삼한, 수많은 소국이 있었다.

동해바다를 건너는 대이동의 배경에는 한반도에 있던 소국(小國)들이 질적 변화를 보이기 시작한 것과 깊은 관련이 있을 것이다.

그 당시 한반도 남부에는 수많은 소국이 있었다. 백제, 신라, 가야 주변 소국의 숫자가 역사서에 전해온다.

마한의 경우는 54개국이나 되었고, 진한과 변한도 각각 12개국이었다. 소국 중 큰 것은 4,000~5,000가(家), 작은 것은 600~700가(家) 정도였다고 한다.

처음에는 주변 소국과 다를 바 없었던 백제, 신라, 가야가 세력을 키워 가면서 주변부의 소국들을 흡수해 나갔다. 일부 소국들은 순순히 편제되었을 것이나, 무릎 꿇고 살기를 거부하고 서서 죽기를 원하던 다른 소국의 정치 지도자들은 철저히 파괴되거나 자신이 살던 땅을 떠나야 했다. 삶의 터를 잃은 그들은 자신의 세력 일부를 데리고 함께 일본으로의 도거(渡去)를 감행하였을 것이다.

한반도의 정치적 지형 변화에 적응하지 못한 이들은 한반도를 떠나 바다를 건너가야 했고, 일본 열도에 정착하여 삶의 근거지를 개척하기 시작하였다.

이 당시 일본으로 도거(渡去)한 이들에 대한 이야기가 일본의 역사서 고사기(古事記)와 일본서기(日本書紀)에 실려 있다. 그들은 한반도인이자 동시에 일본의 신대(神代)를 연 주인공들이었다.

▌한반도를 떠난 소잔오존(素盞嗚尊)

일본 역사서의 신대기(神代記)에 따르면 소잔오존(素盞嗚尊)은 한반도 고천원(高天原)이란 곳에 살다가 그곳에서 쫓겨났다. 이름에서 존칭어 존(尊)을 빼면 소잔오존(素盞嗚尊)의 이름은 소잔오(素盞嗚)가 될 것이다. 소잔오는 자신이 살던 고천원에서 나와 신라의 소시모리(曽尸茂梨)로 갔으나 그 땅이 마음에 들지 않았다. 신라 정착에 실패했다는 말이다. 신라는 이미 소국의 단계를 지나 국가로서 자리 잡고 있었기에 그에게 거주할 땅을 내어주지 않았다는 말이 될 것이다.

한반도와 출운국(出雲國, 이즈모)과 해류

그래서 소잔오는 10명의 사나운 측근들(十猛)과 함께 배를 타고 바다를 건너 일본 땅 출운국(出雲國, 이즈모)에 도착했다.

고천원을 떠나 신라 쪽으로 갔다는 것으로 보아 소잔오는 아마도 마한이나 변한 진한 어딘가에 있던 소국의 정치지도자 중 하나였을 것이다.

소잔오는 열도로 건너가 그곳을 개척한 초기 한반도인이었던 것이다.

소잔오가 출운국에 도착해 길을 가고 있다가 노부부와 한 소녀가 울고 있는 것을 발견하였다. 그들은 그 나라의 주인이던 각마유(脚摩乳)와 아내 수마유(手摩乳), 딸 기도전희(奇稲田姫)였다. 그들 부부에게는 원래 딸이 여덟 있었는데 해마다 머리 여덟 달린 큰 뱀에게 한 명씩 잡아 먹히다가 이제 마지막 남은 딸 기도전희(奇稲田姫) 차례가 되어 슬피 울고 있었던 것이다.

소잔오는 뱀을 물리쳐 주겠다며 딸을 자기에게 달라고 하였다. 노부부가 허락하자 소잔오는 노부부의 딸을 빗으로 만들어 머리장식으로 꽂았다. 머리에 빗을 장식을 꽂았다는 것은 당시의 문화였을 것 같다. 아마도 승리를 기원하는 행위였을 것이다. 그리고 이것은 한반도에서 가지고 온 문화였을 것임은 분명하다.

소잔오는 여덟 개의 통에 술을 가득 담아 놓고서 뱀을 기다렸다. 그때 머리와 꼬리가 각각 여덟 개 달린 뱀이 찾아왔다. 뱀은 술통에 머리를 하나씩 박고 술을 마시더니 술기운에 잠이 들었다. 소잔오가 칼을 빼어들고 큰 뱀을 잘라 죽였다. 뱀의 꼬리부분을 갈라보니 그 속에 한 자루의 칼이 있었다. 이것이 소위 초치검(草薙劍, 풀 깎는 검)이다. 여기에서의 큰 뱀은 토템으로서 노부부의 나라를 침범해 오던 세력이었을 것이다.

소잔오는 뱀을 물리치고 난 뒤 터를 골라 각마유(脚摩乳)에게 자신과 각마유의 딸이 결혼할 궁을 짓도록 하였다. 궁을 다 지었을 때 하늘에 구름이 8겹이나 겹겹이 끼었다.

향가에서 하늘에 구름이 낀다는 것은 불길함을 의미한다. 8겹이나 되는 구름이니 매우 불길한 징조였다. 구름을 제거하기 위해 소잔오가 향가를 지었다. 그때의 작품이 고사기와 일본서기에 각각 1번가로 실리게 된다.

고사기와 일본서기에 수록된 신대의 기록은 역사로서의 신뢰도에 수없는 논란이 있다.

그러한 논란은 별도로 하고 고사기와 일본서기 편찬자들은 소잔오가 그때 지었다는 작품을 일본 땅 최초의 향가로 규정해 놓은 것이다.

▌고사기 1번가

고사기에는 총 112편의 향가가 수록되어 있다. 이 중 편찬자가 일본 최초의 향가로 수록해 놓은 1번가의 원문과 신라 향가 창작법에 의한 해독은 다음과 같다.

夜久 毛多都 伊 豆毛

夜弊 賀

岐 都麻 碁微 爾

夜弊賀

岐 都 久 流曾 能

夜弊賀

岐 袁

밤늦도록 너(각마유)는 힘써 일했다

밤늦도록 힘써 일한 것을 칭찬하여 기린다

울퉁불퉁한 곳을 장기알처럼 돌아다니며 힘이 다하도록 일했다

밤늦도록 힘써 일한 것을 칭찬하여 기린다

울퉁불퉁한 곳에서 오래도록 일하였으니 응당 칭찬하여 기려야 하리

밤늦도록 힘써 일한 것을 칭찬하여 기린다

울퉁불퉁한 곳에서

지금까지 일본 연구자들은 1번가를 다음과 같이 풀었다.

맑은 구름이 피어오르는 이즈모 땅에,

구름처럼 여러 겹이나 울타리를 둘러치고,

아내를 두는 곳으로 하여 몇 겹이나 울타리를 만들고 있다.

아아,

몇 겹이고 둘러친 울타리여.

-고사기, 권오엽 권정 옮김, 고즈원

고사기 1번가를 신라 향가 창작법에 의해 해독하면 일본인들의 해독과 아주 큰 차이를 보인다.

새로 해독한 결과 이 작품은 소잔오가 궁을 지은 각마유를 치하하고, 구름이 없어지도록 해 달라(爾)고 비는 향가였다. 이로 미루어 볼 때 하늘에 구름이 피어오르는 사실을 상서롭지 못한 일로 보고 있었음이 분명하다.

노래를 짓고 나서 소잔오는 장인 각마유를 궁을 관리하는 책임자로 임명하였다. 그리고 각마유의 딸 기도전희와 침소에서 교합을 갖고 자손을 퍼뜨리게 된다.

▌일본서기 1번가

고사기(712년 편찬)의 1번 작품은 다소 변형되어 일본서기(720년 편찬)에도 1번가로 실려 있다. 일본서기 1번가를 신라 향가 창작법에 의해 해독해낸 결과는 다음과 같다.

夜句 茂多兎 伊弩 毛

夜覇餓 岐 兎 磨語昧爾

夜覇餓 枳都俱盧 贈廼

夜覇餓 岐廻

밤늦게까지 일을 주관하느라 너는 힘썼다

밤늦게까지 부하들을 닦달하느라 밥을 굶으며

울퉁불퉁한 곳을 몸이 닳도록 뛰어 다니며 소리치느라 목이 쉬었다

밤늦게까지 부하들을 닦달하느라 밥을 굶으며

탱자나무 울타리를 갖춘 집을 지어 바치는 너

밤늦게까지 부하들을 닦달하느라 밥을 굶으며 울퉁불퉁한 곳을 돌아다

녔다

이 작품을 지금까지 일본의 연구자들은 다음과 같이 풀었다.

많은 구름이 서리는 출운(出雲, 이즈모)의 팔중원이여,

아내를 안에 숨기게 하려고 팔중원을 만든다. 그 팔중원으로 된 집이여

-역주일본서기, 연민수 등 7인 저, 동북아 역사재단

일본서기 1번가는 고사기 1번가를 다소 윤색해 놓고 있다. 누가 언제, 어떠한 목적으로 변형시켰는지 별도의 연구가 있어야 할 것이다.

내용에 따르면 각마유는 밥 먹을 시간도 없이 목이 쉬도록 인부들을 닦달하여 궁전을 지어냈다. 그가 지은 궁전의 모습은 탱자나무를 두른 허름한 집이었다. 탱자나무는 방어용 시설로 보아야 할 것이다.

고사기 1번가와 일본서기 1번가는 철저하게 신라 향가 창작법을 설계도로 하여 만들어져 있었다. 즉 향가의 한자는 표의문자였고, 한국어 어순법에 따라 나열되어 있었다.

향가문장은 노랫말에 청언과 보언을 끼워 넣어 만들었으며, 글자로 꼰 새끼줄과 같은 형태였다. 즉 고사기와 일본서기 1번가는 둘 다 향가였던 것이다.

일본인들은 이들 작품을 표음문자 가설(만요가나)에 의해 풀고 있다. 그러나 지금까지 보아 왔듯이 표음문자 가설 자체가 가진 문제점으로 인해 일본연구자들의 해독은 심각한 오류를 빚고 말았다. 그 결과 일본인들은 자신들의 국서인 고사기와 일본서기를 크게 오독하고 있는 것이다.

오독해 놓은 역사내용을 기초로 하여 일본의 역사와 인문과 문화의 탑이 세워져 있다. 이를 어찌해야 할 것인가. 이 사실이 가지는 의미를 어찌해야 할 것인가. 이 사실을 일본인들에게 알려주어야 할 것인가, 아니면 말아야 할 것인가. 가르쳐 준다고 해서 일본인들이 지난 천년의 연구결과를 폐기할 수 있을 것인가. 일본인들은 이미 귀환불능점(the point of no return)을 넘어서지 않았을까.

신라 향가 창작법으로 소잔오존을 알아보자.

고유명사법에 따라 그의 이름을 풀어보면 소잔오존(素盞嗚尊)은 고기나 생선을 쓰지 않은 소찬을 제찬으로 올리고(素) 잔에 술을 따라 올리며(盞) 비는(嗚) 높은 사람(尊)이란 뜻이었다. 소잔오는 천지귀신에 바치는 제사의례의 주재자였다. 그는 제정일치 시대의 지배자였던 것이다.

소잔오는 한반도에서 동해바다를 건너 출운국으로 건너갔다.

일본 역사에 나오는 신대의 주인공들이 일본으로 도거하기 전 살았다는 한반도의 고천원에 대해 일본의 고대 언어학자 마연화부(馬淵和夫) 교수는 경북 고령의 대가야라고 주장하고 있다.

고조선과 고구려에서 발원해 흐르기 시작한 향가는 한반도 소국의 정치지도자들의 이동을 따라 동해바다를 건너갔다.

향가는 최고의 정치지도자들이 사용하던 것이었다.

한반도 소국의 정치지도자 소잔오가 일본 땅 최초의 향가를 만들었다. 그로부터 시작된 향가는 일본을 낳는 모태문화가 되었다.

◆ 36 ◆
향가 code, 소죽엽(小竹葉)

일본 만엽집과 고사기, 일본서기에 실린 향가의 해독에 성공하고 보니 그 속에는 우리의 고대사와 연관된 내용이 상당부분 들어 있었다.

향가와 만엽집 해독 과정에서 드러난 한국과 일본의 고대 이야기, 아주 오래된 이야기를 조금 해보고자 한다.

이야기는 한반도를 떠나 열도로 들어갔던 이들이 가지고 있던 문화 코드에 대한 것이다. 그리고 그 문화코드는 한국과 일본의 고대로부터 시작하여 현재까지도 이어지고 있었다.

여기서 말하고자 하는 문화코드는 대나무의 한 종류인 '신우대'이다. 만엽집 2652 번가로부터 그 이야기를 시작해보자.

신우대=小竹葉

<2652번가>

妹之髮上 小竹葉

野之放駒 蕩去家良

思 不合思 者

세상이치 모르는 여인(妹)이 머리카락 위에 작은 대나무 잎(小竹葉)을 꽂
는다

들에 풀어놓은 망아지가 마구 뛰어다니다 죽었다

매우 슬프다

한 여인이 자신의 아이를 마음대로 다니라고 놓아두었더니, 고삐
풀린 망아지처럼 뛰어 다니다가 그만 죽고 말았다고 한다.

풀어놓으면 아무렇게나 마구 뛰어다닐 줄 알았어야 했는데, 그러
지 못해 아들이 죽고 말았다며 자신을 '세상 이치 모르는 아낙(妹)'이
라고 자책하고 있다.

이 작품은 아이를 잃은 여인이 슬픔에 젖어 만든 노래다.

그런데 그 여인이 특이한 행동을 하고 있다. 머리에 작은 '대나무
잎(小竹葉)'을 꽂은 것이다. 이 행동은 앞서 열도로 이동해 간 소잔오
가 머리에 빗을 꽂았다는 행동과 흡사하다.

당시 샤머니즘에 기반을 둔 문화였을 것이다.

'소죽(小竹)'은 대나무의 한 종류인 '신우대'이다. 한국(중부 이남)과 일본의 산과 들에서 자라며 바닷가에서도 잘 자란다. '신우대'는 '신(神)의 대나무'라는 뜻으로 보인다.

일본서기 신공황후 1년조 기록에 따르면 '소죽(小竹)'을 '시노(芝努)'라 읽는다 해놓고 있다. 즉 '소죽'은 한반도 남부 지방에서 자라는 '신우대'를 말하고 있다.

장례에서 대나무가 언급되는 또 다른 작품이 만엽집에 실려 있다.

<1830번가>

打靡 春去來者
小竹之末 丹尾羽
打觸而
鶯鳴毛

그대가 관 속에 누워서 간다
신우대 끝에서 붉은 만장이 날갯짓을 하고 있다
그대의 관을 만져 보나니
휘파람새가 울며 날아 간다

한 여인이 죽어 떠나고 있다.

신우대 끝에 붉은 만장을 걸어 두고 있다. 만장은 앞서 설명한 경주 쪽샘지구 신라 행렬도 2단에도 그려져 있다. 만장이 바람에 날리며 마치 휘파람새처럼 날갯짓을 하고 있다.

이 작품에서는 신우대 잎이 아니라 신우대가 나오고 있다.

앞의 작품에서 소죽엽은 머리에 꽂는 꾸미개였으나, 여기에서의 신우대는 만장을 거는 깃대로 쓰이고 있다.

위의 작품들을 통해 신우대 잎과 신우대가 죽음과 장례에 관계되고 있음을 알 수 있다. 만엽집에는 이 작품들 말고도 더 많은 신우대 이야기가 나오고 있었다.

장례와 신우대라는 그 연결점에 낯선 느낌을 받는다. 신우대는 무엇을 의미하는 걸까. 나는 견문이 짧아서인지 현대 한국의 장례식 때 신우대 잎을 머리에 꽂는 문화현상을 아직 보지 못했다.

▌미추왕 죽엽군

빠뜨릴 수 없는 하나의 이야기가 있다.

우리나라 옛기록에도 대나무 잎(竹葉)에 대한 이야기가 전해오고 있다. 삼국유사에 나오는 미추왕 죽엽군(竹葉軍) 이야기다.

그 내용은 다음과 같다

신라 유례왕(284~298) 때 이서국(伊西國, 지금의 청도지방에 있던 소국)의 군사들이 월성에 쳐들어왔는데, 신라가 막을 수 없었다. 그때 갑자기 이상한 군사들(異軍)이 나타나 신라군을 도와주었다. 그들 모두는 대나무 잎을 귀에 꽂고 있었다. 그들은 신라 군사들을 도와 적군을 쳐부수었다.

그러나 적군이 물러간 뒤 이들이 사라져 버렸다. 다만 대나무 잎이 미추왕릉 앞에 쌓여 있는 것을 보고서야, 죽은 미추왕이 도와주었다는 것을 알게 되었다.

귀에 대나무 잎을 꽂고 이서국의 군사들을 무찌른 다음 홀연히 사라져버린 군사들, 영문을 몰랐던 신라인들은 그 군사들을 죽은 미추왕이 보낸 신군(神軍)으로 이해했다.

삼국유사에는 또 하나의 놀라운 대나무 이야기가 있다.

죽어서 바다의 용이 된 문무왕과 천신이 된 김유신이 합심하여 대나무를 내려 보냈다. 신라의 신문왕이 이 대나무를 베어 피리를 만들도록 했다. 그 피리를 불면 적병이 물러가고, 병이 나았으며, 가뭄에는 비가 오고, 바람이 잦아지고, 물결이 평온해졌다. 그래서 이를 만파식적(萬波息笛)이라 부르도록 하고 신라의 보물로 삼았다

대나무 잎과 대나무는 분명 무엇인가를 상징하고 있는 비밀스러운 암호, 즉 code일 것이다.

❚ 한반도의 소죽엽

현대의 한반도에는 비록 장례는 아니지만 대나무가 사용되는 문화 현상이 있다. 무당집에서 깃발을 내거는 '서낭대'가 그것이다. 서낭대는 하늘과의 소통을 의미할 것 같다.

무속인 스스로도 이 문화의 원형이 무엇인지에 대해 잘 모를 것이다. 원형이 가진 본래의 의미는 우리 민족이 가진 잠재의식의 밑바닥에 가라앉아 있을 것이다.

원형은 잊어버리고 비록 흔적으로만 남아 있다고 하지만 이와 관련된 지문들이 많이 발견된다.

2004년 11월 4일 경남 통영 해란마을 별신굿 무녀와 신우대. 사진 서울신문. 2004.11.9.

2004년 11월 4일 경남 통영 바닷가에서 별신굿이 펼쳐졌다. 액을 털어내달라고 마련한 굿이었다.

별신굿은 잎이 달린 신우대 가지로 나쁜 기운을 몰아내는 부정굿을 시작으로 해 진행되었다. 무녀는 잎이 달린 신우대를 휘저으며 사기를 몰아낸다. 바람에 휘날리는 신우대가 오랜 세월을 가로질러 변함없이 자신의 역할을 다하고 있다. 무녀는 신우대 잎이 나쁜 기운을 몰아낸다고 생각하고 있을 것이다.

한반도의 신우대와 일본 만엽집에 나오는 시노(小竹, 芝努)라는 단어는 연결되는 문화일 것이다. 현대 한국 무녀의 신우대와 만엽향가의 소죽엽은 동일한 문화의 원형으로부터 시작되었을 것이다.

만엽집의 작품들이 향가였음이 증명된 이상 만엽향가 속에 들어있는 소죽엽도 한국과 일본이 풀어나가야 할 공통 문화의 암호이다. 한국과 일본을 연결 짓는 code이다.

일본에서도 문화현상으로서의 대나무 잎이 발견되고 있다. 일본인들은 신우대 잎을 든 무녀가 일본 고분(古墳)시대에 존재하면서 제의를 주재하였다고 알고 있다.

일본의 역사에는 고분(古墳)시대로 규정한 시기가 있다.

일본 고분시대 신우대를 든 무녀

기원후 300년 대에 들어오면 일본 열도 여기저기에 존재하던 작은 나라들이 통일되며, 전방후원분(前方後円墳)으로 대표되는 커다란 고분들이 만들어지기 시작했다.

이러한 현상은 바로 이 시대에 한반도에서 진행되었던 소국통합 경쟁에서 밀려난 정치 지도자들이 열도에 건너가 흩어져 있던 다른 집단들을 통합해 나갔음을 말해주는 것이다.

이 시기를 고분이 나타났다고 하여 고분(古墳)시대라고도 한다.

일본 열도에 도거한 한반도의 정치집단들은 신우대 문화를 가지고 갔다. 고분시대의 무녀가 신우대를 가지고 있던 것으로 보아 신우대 문화를 가진 사람들이 건너갔다는 것은 당연한 귀결이다.

큰 무덤과 신우대가 나타나던 고분시대의 무녀들은 2004년 한반도 통영에서 별신굿을 하던 무녀와 별반 다르지 않다.

현대의 일본에서도 마을과 신사에서 제를 지낼 때 대나무가 신과의 매개체로 존재하고 있다. 대나무 문화는 한반도와 일본을 한몸으로 묶는 문화이다.

▎은제 소죽엽 꾸미개

그렇다면 이러한 신우대 문화의 시발점은 어디일까.

가장 오래된 대나무 잎 모양의 유물이 발견되는 역사적 사건이 한국에서 일어났다. 그곳은 전라북도의 고창이었다.

2009년 9월 어느 날 원광대학교 마한 백제문화연구소 조사단이 전북 고창군 봉덕리에 있던 한 고분을 발굴하고 있었다.

고창군 지역에는 서기 200~400년대에 걸쳐 만들어진 것으로 보이는 20여 개소의 마한 시대 '분구묘'가 산재해 있다.

전라북도 고창군 봉덕리 분구묘. 영상 KBS 전주

분구묘란 땅을 파고 시신을 지하에 매장하는 일반적인 방법과 달리,

위의 사진에서 보듯이 먼저 큰 토단을 만들고 그 위에 여러 기의 무덤을 만든 것이다. 마한 전통의 분묘 형태다.

고창군 봉덕리에는 상태가 좋은 대형 분구묘 여러 개가 자리하고 있다. 외형상으로 이들 분구묘는 일본 고분시대에 있었던 큰 무덤들과 비교될 수 있을 정도로 크다.

전라북도 고창군 봉덕리 은제 소죽엽 머리 꾸미개

우여곡절을 겪던 원광대학교 조사단은 마침내 무덤 하나에서 심상치 않은 유물을 찾아냈다. 대나무 잎 꾸미개가 사상처음으로 출현한 것이다. 그것은 만엽집에 전해오던 머리꾸미개 소죽엽(小竹葉)이 실물로 확인된 순간이었다.

은으로 만들어지고 끝에는 짙푸른 유리가 끼워진 고급 장식품이었다. 아마도 모자나 머리에 꽂았을 것으로 보인다. 길이는 7cm, 폭은 1.5cm 정도 크기였다.

신우대 잎 모양의 유물이 발굴된 고창지역은 마한시대 모로비리국

(牟盧卑離國)이 있던 곳이다. 이 나라는 기원전 1세기부터 서기 4세기경 한강유역으로부터 충청도와 전라도 지역에 있던 마한 54개국 중 하나다. 모로비리국은 분명 마한 54개국의 문화 중심지였을 것이다.

모로비리국은 성장을 지속하다가, 여타 마한 소국들과 함께 4세기를 전후해서 백제에 편제되었을 것으로 생각된다.

모로비리국의 지도자는 백제에 항복했을까, 아니면 굴종을 거부했을까. 만일 굴종했다면 김해 구지봉에서 구지가를 부르던 구간처럼 되었을 것이고, 만일 거부했다면 소잔오처럼 무리를 이루어 동해를 건너는 집단이동을 감행했을 수도 있다. 어쩌면 소잔오가 모로비리국에서 나와 신라의 소시모리를 거쳐 열도로 건너간 정치지도자였을 수도 있다.

소죽엽을 머리에 꽂던 문화는 삼국시대 이전 마한의 중심지 고창에서 발원했던 문화현상으로 보아야 할 것이다.

은제 소죽엽 장신구는 지금 당장 지방자치단체에서 복제품을 만들게 해도 큰 인기를 끌 것 같은 고급스러운 유물이다. 이곳에서 발원된 고급 문화가 한반도 전체로 퍼지고, 일본열도로 확산되어 갔을 수도 있다.

한반도 남부 땅에 신우대 문화가 있었다. 특히 마한의 모로비리국 사람들은 은제 소죽엽을 머리에 꽂는 문화를 갖고 있었다.

한반도에서 일본으로 건너간 소잔오가 뱀과 싸우기에 앞서 빗을 머리에 장식으로 꽂고 있었다. 이는 죽음을 각오하며 신의 가호를 비는 행위였을 것이다. 그것은 분명 고대 한반도의 토착문화에 따른 행동이다.

소잔오도 소죽엽 문화를 가지고 갔던 것이다.

그는 고사기와 일본서기 1번가를 남긴 인물이다.

또한 칼로 뱀으로 상징되는 무리들을 퇴치하기도 하였다. 그는 무력을 가지고 있던 정치 지도자였다. 10명(十猛)의 용맹한 부하를 거느리고 소죽엽과 향가와 칼을 든 그는 제정일치 시대의 정치지도자였다.

만엽집에 기록된 소죽엽은 전라북도 고창군 모로비리국에서 일본으로 건너간 대나무 잎 문화에 대한 이야기였고, 소잔오가 가지고 갔던 문화였다.

우리시대 통영 별신굿의 무녀가 들고 있던 신우대와 일본의 신사에 세워놓은 대나무는 마한 모로비리국의 대나무 잎 문화가 여전히 생명력을 가지고 살아 있음을 보여주고 있다.

아주 오래된 옛날부터 한반도 남단 삼한 지역에 살던 사람들은 마을의 중심지에 모여 향가를 부르고 집단으로 춤을 추면서 하늘에 제의를 치르곤 했다. 그들은 머리에 신우대 잎을 꽂았다. 행사장 가운데에는 신우대 줄기를 세웠을 것이다.

소도에 신목(神木)을 세웠다는 단군의 이야기가 여기에서는 대나무로 바뀌어 있었다. 신우대는 신목(神木)이었던 것이다.

그러던 중 한반도 남부에 있던 소국의 정치지도자들이 신우대 문화를 가지고 일본으로 건너갔다.

세월이 흘러가며 신우대 문화는 일본 전역으로 확산되었다. 만엽집 속에도 흘러 들어가 여러 작품 속에 그들이 왔다 갔다는 증거로 선명한 발자국을 찍어 놓았다.

신우대는 민족문화의 원형이다.

향가를 모르고는 고대 동북아의 역사와 문화를 이야기할 수 없다.

소잔오의 머리에 꽂았던 빗과 1,500여 년 전 경주 미추왕릉 앞의 대나무 잎, 고창의 최고급 은제 소죽엽 꾸미개는 우리에게 진정 무엇을 이야기하고 있을까.

◆ 37 ◆
백제 지원군 파병, 동요

개인적 이야기이지만 김해김씨 족보에 따르면 나는 삼국을 통일한 김유신 장군의 62대 손이다. 그의 후손으로서 백제의 패망 장면에 대한 글을 쓰거나 읽을 때는 왠지 진지한 느낌이 드는 것은 김유신 장군과의 혈연적 인연이 한몫을 하지 않나 생각이 든다.

한반도에서 동북아 전체의 나라들이 모두 얽혀 판을 벌인 일이 있었다. 1950년 6.25때 유엔군이 참전하기 전까지는 한반도를 둘러싼 최대 규모의 국제전이 아니었나 싶다.

660년 7월 신라와 당나라가 한 팀을 만들어 갑자기 쳐들어 오자, 백제는 열도의 왜국에 지원을 호소해 맞싸웠다. 신라와 당나라는 전쟁을 속전속결로 끝내고자 했다.

그해 7월 9일 서쪽에서 소정방이 이끄는 13만의 당군이 서해안 기벌포에 상륙했고, 동쪽에서는 김유신이 이끄는 5만 신라군이 진격해 왔다. 삼국시대에 5만여 명의 병력은 한반도의 국가가 총동원령을 내려야 가능한 숫자였다.

그에 반해 백제의 계백은 소수의 결사대로 이에 맞섰다. 이는 신라와 당나라의 기습으로 말미암아 군사들을 집결시킬 시간적 여유가 없었다는 뜻이 될 것이다.

신라의 김유신 장군은 황산벌에서 백제의 계백 장군과 만났다. 각자는 자기 나라의 운명을 어깨에 짊어지고 있었다. 이때 계백장군이 시간을 끌어주었더라면 백제는 비록 동서 양쪽에서 기습 협격을 당했다 하더라도 무너진 전선을 재정비해 신라와 당나라의 속전속결 전략을 흔들 수가 있었고, 잘하면 망국으로의 길도 피할 수 있었을 것이다. 그러나 계백은 얼마 견디지 못한 채 무너지고 말았다.

신라와 당나라의 연합군이 수도 사비성을 포위해 오자, 백제 의자왕은 웅진성(지금의 공주)으로 후퇴했다. 하루도 버티지 못하고 수도 사비성이 신라와 당나라 군의 수중에 떨어지고 말았다.

7월 18일에는 의자왕이 항복하였다. 당군이 서해안 기벌포에 상륙한 날로부터 고작 열흘 만에 벌어진 황당한 일이었다. 짧은 기간에 500여 년을 이어오던 멀쩡한 백제가 지우개로 지우듯 지상에서 지워졌다. 세계 역사에서도 보기 드문 짧은 기간의 대국의 수도 함몰 사건이었다. 동서 양면 기습공격의 효과였겠지만 마치 2차 세계대전 독일군의 전격전을 보는 듯하다.

이 때 왜국의 천황은 제명(齊明)이라는 여인이었다. 그러나 실제의 권력은 중대형(中大兄)이라는 그녀의 아들에게 있었다. 왜국은 전쟁 발발 전까지 백제와 신라 양국 모두와 친선 관계를 가지고 있었다. 막상 전쟁이 발발하자 왜국은 백제의 손을 들어주기로 하였다.

왜국은 백제 지원을 위해 물심양면의 노력을 다 기울였다. 거국적 지원태세를 갖추어가던 중 제명천황이 사망하자 그녀의 아들 중대형이 천황으로 즉위하였다.

백제 멸망을 전후해 있었던 두 모자의 행적이 일본서기라는 일본의 역사책에 상세히 기록되어 있다.

▌최인호의 잃어버린 왕국

내가 일본서기를 알게 된 것은 1986년의 일이었다. 최인호의 역사소설 잃어버린 왕국을 읽었던 게 계기였다. 잃어버린 왕국은 한일 간의 고대사를 본격적으로 다룬 역사소설이다.

지금도 기억이 선하다.

역사소설 잃어버린 왕국에 흠뻑 빠져들었고, 앉은 자리에서 네 권으로 된 그 책을 다 읽어 버렸다. 지금까지도 그 소설 중 한 부분을 잊지 못하고 있다. 그 부분을 그대로 옮기면 다음과 같다.

> 일본서기 제26권에는 수수께끼의 동요가 하나 나오고 있다. 일본서기 제명천황 6년과 7년 5월에 나오는 이 수수께끼의 동요는 수백명의 일본 학자가 나름대로 연구하고 해석하고 주석을 붙이고 있었지만 그

누구도 정설이라고 할 수 있는 정확한 해석은 내리지 못하고 있었다.

그 구절은 다음과 같았다.

摩比邏矩都能倶例豆例於能幣陀	마비라구도능단례어능폐타
乎邏賦倶能理歌理 鵝	호라부구능리가리 아
美和陀騰能理歌美烏能陛陀	미화타등능리가미오능폐타
烏邏賦倶能理歌理 鵝	호라부구능리가리 아
甲子騰和與騰美烏能陛陀	갑자등화여등미오능폐타
烏邏賦倶能理歌理 鵝	호라부구능리가리 아

그중 가장 그 동요의 훈독에 대해서 정확한 결론을 내리고 있는 사람은 가와무라 히데네(河村秀根)이다.

그는 이 동요가 백제가 멸망했을 때 백제를 구원하기 위해서 응원군을 파견해도 패전할 것이 틀림없다는 기분 나쁜 암시를 하고 있는 그 당시에 유행하고 있었던 동요라는 식의 주장을 하고 있었다.

그러나 어쨌든 이 '수수께끼의 동요'는 수많은 논란을 일으키고 있다. 유명한 학자들인 사카키 타로(坂本太郎), 이노우에 마츠사다(井上光貞), 이에나가 사부로(家永三郎), 오노 스스무(大野晉) 등이 교주(校註)로 되어있는 '일본서기'의 주석에는 이렇게 이 수수께끼의 동요에 대해서 설명하고 있을 뿐이다.

이 수수께끼의 동요에 대해서는 제설(諸說)이 분분하고 있으나 아직 명해(明解)는 얻지 못했다.

다만 서쪽으로의 백제 구원의 원정군은 성공하지 못할 것이라는 것을 풍자한 노래임에는 틀림없다.

이것이 최인호 소설 속 있는 그대로의 구절이다.

일본서기 속에 기록되어 있는 이 동요는 해석에 있어 최인호가 소설을 쓰던 35년 전이나 지금이나 진척을 보이지 못하고 있다. 이대로 놓아 두면 앞으로 또 백 년이 지나간다 한들 신통한 답을 찾아내기 어려울 것으로 보인다.

극적인 상황 변화가 없는 이상 어제 모른 것을 오늘 알 수 없을 것이기 때문이다.

이 동요는 일본서기 660년 12월조에 나온다.

한국사와 일본사에서 660년은 각별한 의미를 갖고 있다. 신라와 당나라가 백제를 기습 공격하여 백제는 태풍 부는 날 돛대에 내걸린 난파선의 깃발처럼 갈기갈기 찢겨지고 있었다.

이 동요가 만들어 질 때가 되면 백제 의자왕은 이미 나당 연합군에 생포되어 당나라로 압송된 후였다.

660년 12월 24일 일본의 제명천황이 아스카에서 오사카궁으로 행차하였다.

제명천황은 이곳에서 머물며 백제 지원을 위한 파병을 추진하기로 하였는데 일본서기는 그 무렵 이상한 일이 있었다고 기록해놓고 있다.

파리 떼가 서쪽을 향해 날아 오사카를 지나갔는데 그 크기가 열 아름쯤이고 높이는 하늘까지 닿는 일이 있었다고 한다.

이러한 심상치 않은 사건이 일어나자 일본서기에는 혹시 백제 구

원군이 크게 패할 전조가 아닌지 걱정하는 사람까지 있었다고 기록
해 놓고 있다.

이 때 아이들이 최인호가 소설 『잃어버린 왕국』에 인용하였던 동요
(童謠)를 부르며 골목길을 돌아 다녔다.
예민한 시점에 유행했던 동요이기에 한일 역사가들의 관심은 매
우 뜨겁다. 그러나 이 동요에 대해 아무도 손을 대지 못하고 있다.
해석은커녕 설조차 없는 실정이다. 그러다 보니 온갖 억측만이 횡
행한다.

▌일본서기 동요(童謠)의 해독

아시다시피 나는 일본의 속살을 들여다 볼 수 있는 도구를 하나
가지고 있다. 신라 향가 창작법이 그것이다.
만엽집 해독에 분주하던 어느 날 나는 지난 천년 이래 아무런 설
조차 제시하지 못하고 있다는 이 작품에 신라 향가 창작법이라는
열쇠를 꽂아보아야 할 상황에 직면하였다. 이 일은 개인적으로 내심
큰 부담이 되었으나 피할 수가 없었다.

신라와 고려 향가 25편의 해독을 마무리해 놓고 있다가 엉겁결에
만엽집에 손을 대어 그것이 향가라는 사실을 밝혀내게 되었고, 뜻하
지 않게 그 사건이 나를 반쯤 골병이 드는 길로 끌고 갔었다.

그때까지 만엽집 4,516편 중 621편을 해독해 내고 있었다. 여기까지도 있는 힘과 없는 힘을 다 쏟아 부었는데 고사기와 일본서기에 덜컥 손을 대었다가 만에 하나 두 책에 실린 운문들까지 향가라는 사실이 밝혀진다면 나더러 더 이상 어떻게 하란 말인가. 일본은 나의 나라도 아니지 않는가. 그러나 여기까지 온 마당에 고사기와 일본서기를 검토하지 않을 수 없었다.

'제발 이 쓴 잔을 받지 말게 해주옵소서.'

마음 속으로 간곡하게 기도하며 1,400여 년 전 일본 땅 뒷골목에서 아이들에 의해 불려졌던 일본서기 속 동요에 잔뜩 끼어 있는 먼지를 털어내 보기로 한 것이었다.

동요는 최인호가 소설에 소개한 이 후 한국에서는 더 이상 거론되지 않고 있었다.

동요를 들여다 보니 벌써 낯선 문자들 속에 눈에 익은 문자들이 보이기 시작했다.

향가의 청언과 보언이 눈에 띄었다.

문자들이 서로 물고 물리는 관계를 보이고 있었다. 언뜻 보아도 그들은 향가임이 분명했다.

본격적으로 검토에 착수했다. 그런데 우려했던 일이 사실이 되고 말았다. 일본서기 속의 작품까지 향가였던 것이다.

일본서기에 실려 있는 이 동요를 해독해 보니 결과는 다음과 같았다.

뼈가 닳아 없어지더라도 똑같이 순라를 돌아야 할 것이다

응당 공평하게 순라 돌게 하는 게 전례이고 전례다

응당 돈을 내든 비탈길 순라를 돌든 세납은 공평해야 할 것이다

이렇게 하면 응당 다스림이 노래로 불리고, 다스림이 기려지게 되고, 민들과 화합하게 될 것이다

이렇게 하면 비탈길을 달리게 하더라도 응당 다스림이 노래로 불리고 기려질 것이라네

응당 궁궐에서 시립하든, 비탈길에서 순라를 돌든 세납은 공평해야 할 것이다

이렇게 하면 응당 다스림이 노래로 불리고, 다스림이 육십갑자 중 첫째로 꼽히네

이렇게 하면 비탈길을 달려야 해도 화합하게 되고 더불어 비탈길을 달려야 해도 기려지네

응당 궁궐에서 시립하고, 비탈길을 순라 돌더라도 세납은 공평해야 한다네

이렇게 하면 응당 다스림이 노래로 불리고 다스림이 기려진다네

  풀어낸 내용은 당시 제명천황과 그녀의 아들 중대형이 백제로 출병시킬 병력을 징집하고, 군납을 거두어 들이면서 모두에게 공정하게 부담시키면 칭송받게 될 것이라는 노래였다.
  파병을 주도하였던 중대형 황자의 세력이 징발에 따른 민심이반을 걱정했고, 민심의 이반을 향가의 힘에 의해 다스리고자 한 것이다.
  고도의 정치성을 띤 작품이었다.

재미있는 보언도 나온다.

원문 속의 '鵝(거위 아)'이다. 하나도 아니고 세 개나 된다. 이 글자는 '거위가 꽥꽥 울고 다니듯 이 노래를 부르라' 하는 것이었다. 그래서 아이들은 이 보언의 지시에 따라 거위가 우는 것처럼 큰 소리로 동요를 부르며 골목골목 돌아다녔을 것이다.

앞서 신라 향가 서동요의 경우 아이들이 을(乙)이라는 보언의 지시에 따라 후배위 섹스동작을 하면서 월성의 길거리를 돌아다녔다고 하였다. 오사카의 거리에서도 월성의 거리에서처럼 아이 놈들의 동요 소리가 요란하였다.

이 노래는 만들어진 지 60년이 지난 후 일본서기라는 역사책에 수록(720)되었다. 이때 권력을 담당하고 있던 세력은 작자 중대형 황자의 세력과는 정치적 입장이 대척점에 있었다. 그래서인지 그들은 이 동요를 칭송이 아니라 패전의 징조로 해석해 두었다. 역사는 승리자의 기록이라고 하였다.

▎백촌강 충격

나당 연합군이 백제를 침공한 지 3년이 지났다. 백제는 끈질기게 저항하고 있었다.

663년 중대형 황자는 군사 2만 7천 명과 400여 척의 전선을 구원군으로 백제에 파병하였다. 그러나 일본군과 백제 언합군은 백촌강

전투에서 당나라 수군에 대패하여 낙조 짙은 서해바다를 붉은 피로
물들였다. 이어 그해 9월 백제 최후의 거점이었던 주류성 결전에서
까지 패하고 말았다. 이를 끝으로 백제의 잔명이 끊어졌다.

신라에 흡수될 수 없는 백제인들은 조상의 묘를 버리고, 동해바다
를 건너 왜국으로의 도거(渡去)에 나섰다. 퇴각하는 왜국의 군사들과
결사 항전을 다짐하는 백제인들을 실은 배가 한반도 남해안 대례성
이라는 곳을 떠나 속속 왜국을 향해 떠나갔다. 대례성이 남해안 어
디인지는 밝혀지지 않고 있다.

도거한 것은 사람뿐이 아니었다. 문화도 같이 갔다. 한반도의 문화
가 왜국의 문화를 또다시 강타했다.

공룡이 운석의 충돌로 사라졌듯이 백촌강 충격 몇 년 후 '왜국'이
란 이름이 사라지고 '일본국'으로 바뀌었다. 백촌강 충격으로 인한
자욱한 먼지 속에서 일본은 새로운 나라로 탈바꿈해 갔다.

한반도의 향가가 사람들을 따라 동해 바다를 건너가 그곳에서 전
성기를 맞이했다. 엄청난 수의 작품이 만들어졌고 그것들이 만엽집
이란 이름으로 묶여져 오늘에 전해진다.

향가는 만엽집뿐만 아니라 일본의 정사라고도 할 고사기와 일본
서기 속으로도 흘러들어가 일본의 역사를 기록했다.

660년의 동요는 한반도와 일본 사이 뜨거웠던 일을 노래로 만든

것이다.

일본서기의 동요는 노래이면서 역사였다.

노래로 쓴 한일 고대사였다.

◆ 38 ◆
일본 황실의 제사축문

어느 날이었다.

고려대학교에서 은퇴하신 후 연백시사(然白詩社)를 이끌고 계시는 최동호 교수님께서 일본 천황가에서 매년 지내고 있는 제사의 축문이 한국어로 되어 있다고 하니 거기에 신라 향가 창작법을 적용해 보라고 권유하셨다.

이는 문헌사학자인 홍윤기 교수님의 연구에 대한 이야기였다. 오랫동안 우리나라의 연구자들은 일본에 남아 있는 옛 문건들을 해독하면서 그 문자들을 고대 한국어 발음을 표기한 글자로 보아왔다. 얼마 전 작고하신 만엽집 연구자 이영희 교수님의 연구가 대표적이다. 그녀는 만엽집은 고대 한국어를 소리나는 대로 표기해 놓은 것이니 한국어로 풀어야 한다고 생각했다.

홍윤기 교수께서 연구하신 황실의 제사 축문 해독도 마찬가지 이론이었다. 축문의 끝단락에 나오는 '아지녀(阿支女)'라는 구절을 '아지

메'라는 한국어로 읽고 이를 고대 신라의 귀부인을 가리킨다고 하였다

지금까지 여러 차례 말하였듯이 향가를 표음문자로 보는 방식은 나름 설득력이 있으나 대부분의 경우 큰 성과를 거두지 못했다.

축문을 풀어보기로 하였다.

일본 황실의 축문을 향가 창작법으로 푸니 별다른 어려움 없이 풀려 나갔다. 만엽집과 고사기, 일본서기의 운문뿐만 아니라 황실의 축문조차도 향가로 밝혀졌다.

새로 풀린 축문에 의하면 일본 황실에서는 어느 때부터인가 한반도에서 건너온 자신들의 한 조상신에 대해 제사를 모시고 있었다. 그리고 천여 년 전에 만들어진 축문을 지금까지 사용해 오던 것이었다.

특이한 점은 그 조상신이 여자라는 사실이다. 그 여자가 어떤 분이었는지는 알 수가 없다. 관련분야 연구자들의 별도 연구를 기다려야 할 것이다.

세계일보가 이 축문과 관련된 내용을 기사화 했다.

2011.7.12 '일본 천황, 매년 한국의 신에게 제사 지내고 있다' 제하의 기사였다. 다음은 기사의 요지다.

문헌사학자인 홍윤기 교수는 한국인 역사학자로는 처음으로 아키

히토(明仁) 천황과 함께 고대의 한국신인 한신(韓神)에 대해 제사를 모시는 담당관 아베 스에마사(安倍季昌)를 만나 이야기를 나누었다.

일본 황실은 매년 11월 23일, 천황이 직접 한신(韓神)의 제사를 모시고 있다.

홍윤기 교수는 2002년 7월 11일과 2013년 4월 21일 두번에 걸쳐 직접 도쿄 천황궁에 들어가서 제사 음악 실연을 3시간 동안 관람함으로써 이 사실을 확인하였다.

홍윤기 교수는 한신(韓神)에 대한 제사의 축문을 손에 넣을 수 있었다. 다음은 홍윤기 교수가 입수한 축문과 홍교수가 직접 번역한 결과이다.

韓神

(本)

見 志 萬由 不加太仁止 利

加介 和 禮可 良

加 見 波

加 良乎 支 世武也

加 良乎 支

加 良乎 支 世牟也

(末)

也 比 良 天 乎 天 耳 止 利毛 知 天 和 禮 加良 加見 毛 加 良乎支 世武哉 加良 乎 支 加良乎 支 世毛也

(本方)

於 介 阿支女 於於於於

(末方)

於 介

신(本, 본 축문의 노래) 미시마무명(三島木綿) 어깨에다 걸치고 우리 한국의 신(韓神)을 뫼셔 오노라. 한(韓)을 뫼셔 한(韓)을 뫼셔 오노라

말(末, 축문의 끝노래)

팔엽반(八葉盤)을랑 손에다 쥐어 잡고 우리 한국의 신(韓神)도 한(韓)을 뫼셔 오노라

한(韓)을 뫼셔 한을 뫼셔 오노라

본방(本方):

오게 아지메(阿知女) 오오오오

말방(末方):

오게

홍 교수님은 축문의 끝부분에 나오는 '아지녀(阿知女)'를 '아지메'로, '어개(於介)'를 '오게'라고 풀고 있다. 표음문자로 푼 것이다.

그러나 신라 향가 창작법은 한자를 뜻글자로 보는 방식이다. 한자의 본령인 표의문자로 풀면 다음과 같은 내용이 나온다.

본(本)

한신(韓神)께서 나타나신다

우리가 마음을 베풀어 주지 않았으나, 크게 인자하시어 이곳에 이르셨으리

베풀어 주시기에 우리는 그대를 의지한다

한신(韓神)과 화합해야 할 것이라

베풀어 주시기에 나타나신다

베풀어 주심이라

우리를 지탱해주시고 계심이야

그대께서 베풀어 주심이라

지탱해 주시고 베풀어 주심이라

지탱해 주심이야

말(末)

한신(韓神)과 나란히 해야 할 것이라

하늘이여

하늘께서 이곳에 이르셨으리

생전의 업적을 알리고 하늘과 서로 화합하고 베풀라

베풀어 주셔 나타나신다

베풀어 주심이라

지탱해 주신다

베풀어 주심이라

지탱해 주시고 베풀어 주심이라

우리를 지탱해주심이야

본방(本方)

의지하나니, 물가에서 우리를 지탱해주시는 여인이시여

말방(末方)

의지하나니

새로이 풀린 축문에서 다음의 사실들이 확인될 수 있었다.

이 글은 일본 황실에서 지내고 있는 제사의 축문이었다. 축문 중에서도 초혼(招魂)에 해당한다고 할 것이다.

한신(韓神)이라는 구절은 한국에서 일본으로 간 최고위층 사람을 가리킨다. '물가에서 우리를 지탱해주시는 여인이시여' 라는 구절은 제사 대상이 여인임을 말하고 있다. 이 여인을 하늘이라고 칭하고 있다.

나는 고대 문자 연구라는 황무지에서 천 년 이래 애써오는 많은 연구자들에게 깊은 존경의 마음을 가지고 있다. 고대 문자 연구의 길은 시행착오 위에 또 하나의 시행착오를 쌓아올리는 과정이라고 믿고 있다.

홍윤기 교수의 연구 성과가 있었기에 나의 길이 있게 되었고, 나의 성과가 이어져 다른 길도 모색될 것이다.

연구의 과정에서 지녀야 할 중요한 시각 중 하나는 혼자만 완주하는 마라톤으로 볼 것이 아니라 끊임없이 협조하며 달리는 이어달리기로 보는 시각일 것이다.

◆ 39 ◆
신라에 온 일본의 사신단

　내가 해독하여 손에 쥐고 있는 만엽집의 작품은 621편이다. 4516 편 전부 다가 아니고 일부의 해독이기에 아직은 만엽집의 전체 모습은 드러나지 않았으나 그럼에도 불구하고 상당 부분 윤곽은 잡혔다고 생각한다.

　만엽집 속의 작품들은 신라 향가 창작법에 따라 만들어진 작품들이었다. 본서에 모두를 소개하기는 그렇고 몇몇을 소개해야 한다면 621편의 작품 중 어느 작품을 소개할 것인가. 신라와 일본국이 연관된 작품을 이야기하는 것이 제일 좋을 것이다.

　때는 서기 736년으로 거슬러 올라간다. 그해 일본국이 신라에 사신단을 파견하였다. 신라는 성덕왕 때였다. 이때의 일본 사신단은 신라를 오가며 145편이나 되는 향가를 남겨놓았다. 그중 한 작품이다.

일본은 아배계마려(阿倍繼麻呂)라는 인물을 대사로 임명하였고, 그를 정점으로 하여 상당수 인원으로 꾸려진 사신단이 6월 만 리 길 신라로 출발하였다. 아마도 돛단배에 몸을 싣고 한반도 쪽으로 부는 동남풍을 받으며 항해했을 것이다.

그러나 신라는 어쩐 일인지 그들을 환영하지 않았다.
학계에서는 신라가 이들의 월성 입경을 거부한 것으로 보고 있고, 이유로는 당시 대유행하던 전염병 때문일 것이라고 추측하고 있다. 오늘날 팬데믹 사태로 인한 국경통제에 해당한 조치였을 수도 있다.

신라로부터 문전박대를 당한 그들은 귀로에 올랐다.
그러나 아배계마려(阿倍繼麻呂) 대사는 귀국길 대마도에서 전염병으로 죽고 말았다. 그 외에도 많은 사람들이 죽었다. 살아남은 일행 85명은 다음해인 737년 1월 27일에야 돌아갈 수 있었다.
대사 다음으로 높은 직책인 부사 역시 전염병에 걸렸고, 일행으로부터 격리되어 두 달 후인 3월에야 귀국할 수 있었다. 신라로의 사신길은 실로 목숨을 건 공무 출장이었다.

7개월 만에 귀국한 그들은 신라국이 자신들의 뜻을 받아들이지 않았다고 상부에 보고했다. 자존심에 상처를 받은 일본 수뇌부는 머리를 맞대고 대책을 논의했다. 군사를 보내 신라를 정벌해야 한다는 극단적 주장까지 나왔다. 이런 부작용을 깜깜히 몰랐을 신라는 의문의 일격을 당할 뻔했다.

위 내용은 속일본기(續日本記)라는 일본의 고대 역사서에 실린 팩트 위주의 사실이다. 하지만 왜 신라로부터 박대당했고, 과정에 어떤 일이 있었는지 알려진 사실이 별로 없다.

그러나 대사일행이 겪었던 구체적 사정을 알려줄 수 있는 단서가 있었다. 만엽집에 사신단원들이 지은 향가가 그것이었다. 해당 작품들에는 궁금증을 해소시켜 줄 수 있는 여러 가지 사실이 포함되어 있을 것이다. 사신들이 쓴 작품 중 3578번가를 소개한다.

武庫能浦乃
伊里江能渚
鳥羽具毛流伎
美乎波奈礼弖古
非尓之奴倍之

무기창고는 어울린다, 바닷가와
그대 마을의 강은 어울린다, 모래섬과
조우관(鳥羽冠)을 갖추어 썼으니 신라대사와 어울릴 것이다
그대들은 오래토록 기려질 것이다
바다물결이 좋지 않으니 노 젓는 노비들을 곱절로 늘려라

조우관(鳥羽冠)은 삼국시대 한반도 국가들의 관리가 쓰던 관이다. 일본국의 대사가 신라로 출발하면서 조우관을 챙겼다. 비닷가와 창

고가 어울리고, 강과 모래섬이 어울리듯, 신라 조우관이 신라대사와 어울린다고 하였다. 또한 길이길이 기려질 수 있도록 임무를 수행할 것이라고 다짐한다. 신라로 출발하면서 지은 만엽향가임을 단박에 알 수 있다.

신라 향가 창작법으로 풀어낸 내용에서는 이처럼 구체적 내용이 나왔다. 만엽집을 풀어내면 생각하지도 못했던 놀라운 이야기들이 나와 한일 고대사를 풍성하게 할 것이다.

한국과 일본의 사학자들은 원하든 원하지 아니하든 다시 향가 해독에 나서야 할 것이다.

일제 강점기 시절 우리 민족은 일제에 의해 노래 하나를 강요받아야 했다. '바다에 가면(海行かば, 우미유카바)'이라는 일본의 군가이다. 이 노래는 '기미가요(君が代)'에 이어 제2의 국가로 여겨졌다.

'바다에 가면(海行かば)'은 일본의 만엽집 작가인 대반가지(大伴家持)가 지은 만엽집 4094번가의 한 구절을 해독해 곡을 붙인 것이다.

만엽집 4094번가 원문의 구절은 다음과 같다.

海行者美都久屍

山行者草牟須屍

大皇乃敝尓許曾死米可敝里

일본인들은 이 구절을 다음과 같이 해독하였다. 문제는 지금까지 만엽집 작품 해독에서 본 것처럼 심각한 오류를 범한 해독이다.

海行かば 水漬く屍

山行かば 草生す屍

大君の辺にこそ死なめ

かへりみはせじ

바다로 가면 물에 잠긴 시체

산으로 가면 풀이 난 시체

천황의 곁에서 죽어도

돌아보는 일은 없으리

산과 바다의 시체가 되더라도 후회하지 않겠다는 내용이다.

일본인들은 해독해 놓은 향가의 내용이 당시의 시대 분위기에 적합하다고 생각하여 거기에 곡을 만들어 붙여 일본 민족 정신을 고취시키려 하였다. 1939년에 일본 빅타 관현악단과 합창단이 취입한 후 각급 행사에서 불러졌다. 심지어 우리 민족에게까지 부르도록 강요하였다.

박경리 여사의 대하소설 토지에 일제 강점기 일본인들이 우리에게 이 노래를 어떻게 강요하고 있었는지 그 공포의 트라우마가 묘사되고 있다.

이시다 선생은 천장을 한 번 올려다보았다.

"우리들은 더욱더 긴장하여야 한다. 전쟁터에서는 매일매일 천황

폐하를 위하여 대일본 제국의 남자들이 죽어 가고 있다. 우리는 이번 전쟁에서 반드시 승리하여야 하며 천황 폐하의 거룩한 빛이 온 세상을 덮도록 만들어야 한다. 우리는 마지막 피 한 방울까지 바쳐서 이 임무를 완수하여야 하며 영원토록 천황 폐하의 옥체를 보위해야 한다. …… 우미 유카바, 미즈쿠 가바네, 야마 유카바, 구사무스 가바네, 오키미노 헤니코소 시나메, 가에리미와 세지."

마지막 부분에 와서 이시다 선생은 눈을 지그시 감고 노래 구절을 암송하였다. 그러다 곧 하얀 손수건을 꺼내 눈물을 닦으며 "오오 덴노사마 (천황님) 덴노사마" 하는 것이 아닌가.

반의 3분의 1쯤 되는 일본 아이들은 엄숙한 표정으로 감격해 있었지만 조선 아이들은 말똥말똥, 더러는 웃음을 참느라 애쓰고 있었다. 한데, 불행하게도 교실 한구석에서 낄낄낄, 아주 낮은 웃음소리가 났다.

"다레카(누구냐)?"

이시다 선생의 얄싹한 입이 엄청난 크기로 벌어졌다.

"와랏타 야쓰와 도이쓰카(웃은 놈이 어느 놈이냐)!"

교실 안은 마치 죽음의 바다처럼, 경적에 응고된 것처럼 느껴졌다. 상의는 숨이 막힐 것만 같았다. 바로 옆에 앉은 옥선자가 웃었던 것이다.

"다마카와(옥선자의 일본식 이름)! 오마에다로(너지)?"

"……."

"오마에가 와랏타나(네가 웃었구나)!"

"……."

"데데곤카(나오지 못하겠나)!"

달려온 이시다 선생은 선자의 가슴팍, 교복을 움켜쥐고 교단 앞까지 질질 끌고 나갔다.

"고노 후추모노, 한갸쿠샤(이 나쁜 놈, 이 반역자)!"

뺨을 연달아 갈긴다. 그러더니 선자를 벽면 쪽으로 끌고 가서 벽에다 머리를 짓찧기 시작하였다. 쓰러지니까 발로 차고 짓밟고 이시다는 완전히 짐승이 되었다. 학생들 속에서 고함과 울부짖는 소리가 났다. 일본 학생들만은 차갑게 구타 장면을 지켜보고 있었다. 무서운 폭행이었다.

-박경리, 《토지》

그러나 만엽집 4094번가를 신라 향가 해독법으로 풀어 보았더니 일본인들이 해독한 내용이 아니고, 선대 천황들의 업적을 칭송하라는 내용이었다.

일본 연구자들은 오독한 것이다.

신라 향가 창작법에 의하면 이 구절은 다음과 같이 해독된다.

바다로 가 선대 천황들을 기리기를 오래하라

산으로 가 거친 풀들에게 그렇게 하도록 하라

선대 천황들의 업적을 드러내라. 죽음으로써 드러내라

만엽집 4094번가의 내용은 지방관들에게 선대 천황들의 업적을 관할 지역 백성들에게 기리도록 하라는 내용이었지 산이나 바다에 천황을 위해 목숨을 내던지라는 내용은 전혀 아니었다.

오독해 놓은 4094번의 구절이 2차 세계대전 당시 군가로 성격이 바뀌었다. 곡이 장송곡 분위기여서, 군사를 내보내거나 옥쇄를 감행할 때 불렀던 노래로 사용되었다.

천황을 위해 몸을 내던지는 행위를 극단적으로 미화하면서 죽음을 두려워하지 않도록 하는 정신 마취용 노래로 쓰인 것이다.

당시 일본군은 후퇴 없이 진지를 사수하다 죽는 걸 옥쇄라고 표현하였다. 옥쇄는 일본군 스스로에만 국한된 것이 아니라 끌려온 강제 노동자들과 현지 민간인들에게까지 강요되었다.

사이판 전투 끝에 일어난 만세 절벽(Banzai cliff)의 비극이 그것이다. 1944년 7월 7일 일본군은 자살공격으로 전멸당하고 노인과 부녀자들 1,000여 명이 80미터 높이의 절벽에서 몸을 날려 자살하였다. 그들 모두는 천황폐하 만세(덴노 헤이카 반자이)를 외치며 죽었다.

그러나 그들이 자극받은 군가의 가사는 잘못 해독된 것이었다. 문화의 오용이 인류에게 끼친 심각한 해악의 하나라고 해야 할 것이다.

지금도 이 노래의 가사는 군함가라고 하여 해군의 군가로 불리고 있다. 군함가 2절이다.

4094번가는 간절히 말하고 있다.

나는 그러한 내용이 아니라고.

향가를 잘못 사용하면 주화입마에 빠지니 오용을 당장 그치라고.

우리 곁에 있었던 천년향가

향가는 이 땅에서 천년이 넘도록 사랑을 받으며 우리 민족과 역사의 영욕을 함께 했다.

향가는 B.C 17년이면 우리 곁에 있었음이 확인된다. 고구려 유리왕이 지었던 황조가가 현존하는 최고(最古)의 작품이다.

> 펄펄 나는 꾀꼬리여
>
> 암수가 서로 의지한다
>
> 생각해 보나니 나의 고독이여
>
> 누구와 더불어 돌아갈까

향가는 우리 민족에게 꾀꼬리의 모습으로 처음 나타났다. 암수 꾀꼬리는 역사의 길에서 향가와 우리가 서로 의지해야 할 운명적 존재임을 암시하고 있는 것만 같다.

서기 300년대에 이르자 한반도의 정치적 지형이 급격히 변해갔다. 백제, 신라, 가야가 갑자기 팽창을 거듭하면서 한반도 남부지방에 존재하던 삼한지방의 여러 소국들을 통합해 나갔다.

그러나 소잔오(素盞嗚)와 같이 복속될 수 없었던 여건을 가진 일부 소국(小國)의 최고 정치지도자들이 향가문화를 가지고 동해를 건너갔다. 그들은 거기에서 열도를 개척했다.

한반도와 일본 열도에서 영혼의 외로움을 다독여 주던 향가는 불꽃같이 찬란했던 전성기를 거친 다음 소멸의 길로 접어들었다.

일본의 향가는 대반가지(大伴家持)라는 가인이 759년에 만엽집 4516번가를 만든 후 그 맥이 끊어졌다. 300년대에 일본 열도에 들어갔으니 향가는 약 400여 년간 일본 땅에서 한반도로부터 분리해 나간 이들에게 그들의 정신적 고향이 어디인지를 가리켜 주었다. 향가는 일본 민족의 탄생과정에서 자양분을 공급하던 탯줄이었다.

한반도에서의 마지막 작품은 고려의 균여 대사가 만든 보현십원가 11편이다. 작품의 내용으로 보아 균여 대사가 경기도 개풍군에 있던 귀법사(歸法寺) 주지로 있을 때였던 963~973년 사이 만들어진 것으로 판단된다.

보현십원가 11편의 마지막 작품이 총결무진가(總結無盡歌)이다. 보현행원품이면 충분하고도 남음이 있으니 다른 것을 생각하지 말고 이를 끝없이 실천해 나가자는 취지의 노래다.

❙ 총결무진가의 새로운 해독

한반도에 남아 있는 마지막 향가가 되는 총결무진가(總結無盡歌)의
해독 결과는 다음과 같다.

> 중생이 사는 세계가 다하였다 함은 나의 서원이 다하는 날로 해두고,
> 너의 서원도 다하는 날로 해 둔 것이다
> 중생계의 가에 닿아, 원하나니 고해의 바다를 그대가 건너가기를
> 계속해 고해의 바다를 건너가게 해달라고 원하기만 하면 안 된다
> 보현십원가의 취지를 그대는 행하여야 한다
> 향하라, 중생에게로
> 지금까지 쌓아온 선업을 가벼이 여기는 길을 가라
> 섬겨 따르라, 보현의 행원을
> 또 모든 부처님들이 그리하셨듯이 너 자신을 폐기하라
> 아미타불, 보현의 마음이여
> 아미타불이여, 그대에게는 보현행원품만으로도 남음이 있어라
> 다른 일은 버리자

고구려 유리왕 이후 우리 민족은 향가만으로도 불편함이 없고 부
족함이 없었다. 향가가 삶의 기쁨과 고단함을 어루만져 주었다. 그
래서 신라 사람들은 향가를 숭상해 왔다.

그렇지만 신라가 망하고 고려가 건국되면서, 숭불정책이 국가적
정책과제로 추진되자 향가는 어려운 국면을 맞게 되었다. 불교 외의

다른 종교가 철저하게 소외되기 시작한 것이다.

향가를 만든 균여 대사조차도 위의 총결무진가를 다음과 같은 구절로 마무리 하고 있다.

> 그대에게는 보현행원품만으로도 남음이 있어라
> 다른 일은 버리자

마치 소외되고 있는 향가의 처지를 이야기하고 있는 것만 같다. 향가를 버리자고 하는 것만 같다.

향가는 고대 동북아의 문화를 그 배경문화로 하고 있었다. 향가가 가진 힘으로 천지귀신을 감동시키거나 위협하여 병을 낫게 했고, 기근에서 벗어나게 했고, 외국의 침입을 격퇴하여 주었다. 향가는 원하는 바를 이루어 주던 만능의 종교였던 것이다.

그러던 것이 고려조에 들어와 강력한 숭불정책이 시행되었고 향가는 소외된 처지가 되고 말았다. 사람들이 향가를 멀리하고 불교로 달려가 어려움을 하소연하자, 향가는 지금까지 누려왔던 자리를 불교에게 넘겨주어야 했다. 향가가 수행했던 고유한 샤마니즘적 기능까지 불교가 담당하고자 했다. 이제 한반도의 향가는 쇠락의 길을 피할 수 없었다.

한일 향가의 쇠락과정을 보면 자못 모습이 다르다.

일본 향가의 경우 향가와 불교는 서로 습합하지 않았다.

향가는 향가대로, 불교는 불교대로 독립적으로 존재하며 경쟁하고 있었다. 향가가 소멸될 때까지 향가 안에 불교적 요소가 일체 들어오지 않았다. 일본의 향가는 타협 없이 자신의 자리였던 주술적 기능을 수행하고 있다가 서기 759년 이후 사라졌다.

그러나 한반도의 향가는 일본과 다른 길을 걸었다.

자신 속에 불교를 적극 받아들였다. 향가가 가진 기복종교로서의 기능을 불교와 나누어 가지며 타협했다. 향가 안에 샤머니즘적 요소와 불교가 공존했다.

향가는 자신의 본질적 요소를 보조적 지위로 떨어뜨리고 불교적 요소를 대폭 수용한 형태로 자신을 바꾸어 갔다. 대표적인 모습이 균여 대사의 보현십원가이다.

한반도의 향가는 이질적 요소를 받아들이는 습합의 자세를 가졌다. 그러한 습합의 정신이 향가를 소멸로부터 구했다. 불교 승려들을 중심으로 불경 공부 외 공부해야 할 외학(外學)의 대상으로 취급받으며 최소한의 기능일망정 명맥을 이어갈 수 있게 되었다. 균여 대사께서도 외학으로 향가를 공부할 수 있었다. 향가에 있어 불교와의 습합은 유연성이자 생존을 가능하게 한 위대한 덕목이었다.

한반도의 향가는 그의 마지막을 일연 스님(1206~1289)과 함께 하였다. 고려 왕조 시절 우리 민족은 북방민족의 침입으로 존립을 걱정해야 하는 위기를 겪었다.

1010년 거란의 침입으로 수도 개경(開京)이 함락 당하는 변이 있었다.

국가와 불교계는 이민족의 침략을 막아내기 위해 초조대장경을 만들었다. 고려 현종 2년(1011년)에 발원하여 선종 4년(1087)에 걸쳐 대장경을 판각해 냈던 것이다. 불력에 의해 국가를 수호하자는 것이 제작의 직접적 동기였다.

150여 년 후에는 몽골이 침입해 왔다. 1231년부터 1259년까지, 무려 6차례에 걸쳐 침략을 거듭하며 온 국토를 유린하였다. 우리 민족은 세계에서 가장 끈질기게 몽골에 저항하였다.

국가에서는 또다시 대장경을 만들기로 했다

그때 만들어낸 팔만대장경은 고려 고종 23년(1236)부터 38년(1251)에 걸쳐 완성되었다. 경판(經板)의 수가 무려 8만 1258판에 이르며 현재 합천 해인사에 보관되어 있다. 이번에도 불력에 의해 외적을 물리치고자 했던 것이다.

일연 스님은 징기스칸 몽골의 침략을 현장에서 직접 겪으면서 민족이 백척간두의 위기에 처해 있음을 알게 되었다. 스님께서는 민족의 멸절을 막기 위해서는 불력뿐만이 아니라 향가가 가진 힘을 이용해야 한다고 생각했다.

당시 승려들은 외학의 하나로 향가를 공부하고 있었다. 그랬기에 고려조에 들어와서도 불교계를 중심으로 향가의 전통이 이어질 수 있었던 것이다.

스님께서는 신라 향가를 비기(秘記)로 숨겨 '민족의 서(書)'라 할 수 있는 삼국유사를 저술하기로 하였다. 일종의 항가집이었다. 그 위대한 작업이 경상북도 군위군 인각사에서 1281~1283년 사이 비밀리 이루어졌다. 팔만대장경 완성 후 약 30여 년이 지난 뒤였다.

민족의 위기극복을 위해 외래 불교에서는 팔만대장경이 나왔고 전통 문화에서는 향가집의 일종인 삼국유사를 내놓은 것이다. 불교의 팔만대장경에 해당하는 것이 전통문화에 있어서는 향가였다. 실로 아(我)와 비아(非我)의 투쟁에 민족이 가진 모든 방어기제가 총력 동원되었다.

▌일연 스님은 향가 창작법을 알고 있었다

한 가지 주목해야 할 점은 일연 스님께서 신라 향가 창작법을 알고 계셨느냐, 아니면 모르는 채 그 때까지 전승되어오던 향가를 단순히 써 옮겨 놓으셨느냐 하는 문제다. 신라 향가 창작법으로 이를 확인해 본 결과 일연 스님께서는 창작법을 알고 계셨던 것으로 판단된다.

여러 가지 증거가 있지만 원왕생가 원문 속 '질고음 향언운보언야 (叱古音 鄕言云 報言也)'라는 구절이 결정적 증거가 된다.

이 구절은 '질고음(叱古音)은 향가 용어로 보언이다'라는 뜻으로서, 삼국유사 편찬자가 원문 속에 적어둔 글구였다. 이 구절을 필요한 곳에 정확히 삽입해 두었다는 것은 일연 스님께서 향가 창작법을 알고 계셨음을 증명하는 스모킹 건에 해당한다. 더구나 이 구절은 신라 향가 창작법의 핵심 중 핵심이다. 이것을 안다는 것은 신라 향가 창작법을 알고 있다는 명백한 증거이다.

일연 스님의 목소리가 낭랑하게 들려온다.

이놈들아!
의심하지 마라
나는 향가 짓는 법을 다 알고 있었느니라

일연 스님께서 신라 향가 창작법을 알고 계셨다 함은 그때까지도 스님들 사이에 외학(外學)의 대상으로서 향가 창작법이 전해오고 있었다는 사실을 입증한다.

일연 스님께서는 향가의 힘에 의해 우리 민족이 갖가지 어려움에 굴하지 않고 다시 흥할 수 있도록 하기 위하여 삼국유사에 향가를 비밀리 감추어 두었다.
향가에게 새로운 소임이 부여되었다.
민족을 다시 흥성시키라는 성스럽고 위대한 미션이었다.

이후 고려의 망국이 있었고, 조선의 건국이 있었고, 일본의 침략에 의한 강점기까지 겪었다. 그러나 민족은 절대 망하지 않았다. 믿기 어렵겠지만 향가가 우리 곁에 있으며 우리 민족을 도와주었을 것이다.

일제 강점기 일본인들은 삼국유사 속에 심상치 않은 것이 있음을 본능적으로 느꼈다. 특히 언어학자들은 민족정신의 해체라는 식민지 정책의 일환으로 콕 집어 향가의 해독에 나섰다. 이에 맞서 우리 민족도 향가의 해독에 나섰다. 그렇게 하여 향가 해독 백년전쟁이 발발한 것이다.

그러나 일본인들은 민족정신의 본질에 결코 다가설 수 없었다. 향가는 우리민족이 아닌 이민족의 손길을 결단코 허용하지 않았다.

일연 스님께서는 1289년 유언을 남기시고 입적하셨다.

향가도 일연 스님을 따라 홀연 우리의 곁을 떠나갔다. 향가는 황조가가 만들어진 B.C 17년부터 일연 스님의 1289년까지, 최소한 1306년 간 우리의 곁에 있었다. 실로 천년 향가였다.

향가가 우리의 곁을 떠난 이후 우리는 향가가 무엇인지, 언제 왔다 언제 갔는지, 어디서 왔다가 어디로 갔는지 조차도 망각한 채 지냈다. 궁금해 하지도 않았다. 정체모를 글로만 여기고 있었다. 그렇다고 해서 향가는 서운해하지 않았다.

향가는 암수 꾀꼬리가 서로 의지하는 것처럼 알아주던 몰라주던 우리 민족의 곁에서 힘이 되어주고 있었다. 오늘날까지도 삼국유사 속에 숨어 있으며 민족을 지켜주고 있었다.

민족을 흥성시키려는 향가의 힘에 의해 우리 민족은 북방의 몽골에도 중국의 한족에게도 열도의 일본에게도 결코 멸망당하지 않았다.

비록 외우내환이야 줄을 이었지만 우리민족은 끈질기게 다시 일어섰고 세계 최강국 중 하나에 진입했다.

우리는 나라와 민족이 어려울수록 삼국유사를 읽으며 민족을 생각했다. 많은 사람이 읽을수록 그 안의 향가는 '여러 사람의 입은 쇠를 녹인다'는 중구삭금(衆口鑠金)의 힘에 의해 구시월 독사처럼 독이 올라 민족의 적에게 맹렬히 대들고 있었다.

경주 쪽샘지구 행렬도 안에 뱀 한 마리가 기어가고 있다. 뱀은 망인을 보호하며 함께 저승으로 가고 있다. 아마도 그 뱀은 맹독을 가진 독사였을 것이다.

안중근의 총탄에도 유관순의 아우내 장터 태극기에도 그 뿌리를 파 보면 민족을 결코 멸절시키지 않겠다는 향가의 위대한 힘이 있었다.

민족을 흥하게 하겠다는 일연 스님의 유언은 현실이 되었다.

향가는 고조선에서 시작된 우리 문화 고유이자 최초의 빛이었다.

고구려에서 포착된 이후 남하를 계속하다가 신라와 가야에 발자국을 찍었다.

향가는 한반도 남쪽 바닷가까지 도달한 다음 서기 300년대를 전후한 시기 한반도 소국의 정치지도자들을 따라 동해를 건너가기 시작하였다.

향가가 도거(渡去)한 시기를 서기 300년대를 전후한 시기로 보는 까닭은 그 시기 일본에 소국들을 통합하는 유력 정치지도자들과 샤마니즘 문화가 나타나기 시작했기 때문이다.

이때를 일본의 역사서에는 신대(神代)로 기록한다.

한반도에서 열도로 건너간 이들과 그 후손들이 일본의 역사서에 나오는 신대(神代)의 주인공들이었다.

일본 땅에 건너가 최초로 향가를 만든 이로 기록된 이는 소잔오

(素盞嗚)이다. 소잔오의 작품은 고사기와 일본서기에 각각 1번가로 남아 있다.

일본으로 간 향가는 기본적으로 왕실에서 국가를 위한 행사에 사용되었다. 당시 향가를 지을 수 있던 이들은 최고위 정치지도자들이거나 그들과 가까이 있던 소수의 전문가들이었다.

그들이 남긴 작품들은 서기 700년대에 이르러 일본의 국서라고 할 만엽집, 고사기, 일본서기 등에 수록되었다.

그러기에 향가를 풀어내면 일본의 신대(神代)와 고대 일본의 모습이 드러날 것이다. 이 시기 그들의 역사를 한반도 역사라고 해야 할까, 아니면 열도의 역사라고 해야 할까. 우리가 관심 가져야 할 매우 중요한 포인트 중의 하나이다.

그동안 일본의 연구자들은 향가 해독에 엄청난 노력을 기울였다. 그러나 그들이 풀어낸 내용에는 심각한 오류가 있었다.

새롭게 풀어 보니 향가들은 고대의 역사적 사실과 밀접하게 연결되어 있었다. 그러기에 향가의 풀이가 잘못되었다 함은 역사서조차 상당 부분 잘못 해석되었음을 의미한다. 일본인들은 자신들의 역사를 모르거나 잘못 알고 있는 것이다.

신라 향가 창작법은 일본인들이 지난 1,000여 년 동안 애썼던 일본 향가의 해독이 오류라는 사실을 분명히 가르쳐 주고 있다.

한반도에서의 향가 해독은 100여 년 전부터 본격화하였다. 그러나 한반도의 향가 역시 일본과 마찬가지로 해독법의 문제로 인해 실체에 접근하지 못했다.

이제 대한민국과 일본을 막론하고 해독되지 않은 향가라는 역사의 원사료가 21세기 우리 앞에 놓여 있다. 향가에는 한일 고대사와 한일 고대문화의 원형과 지금까지 알지 못했던 역사가 담겨 있다.

신라 향가 창작법이라는 해독법을 손에 쥐게 된 우리들은 드디어 이들 모두를 풀어 헤칠 수 있게 되었다. 이들을 먼저 푼 나라가 한일 고대사의 주도권을 쥐게 될 것이다.

▎진리는 나의 빛

만엽집 풀이 과정에서 비극적 사태도 있었다.

만엽집 4094번가에 있었던 일과 같이 고대인들이 남긴 원사료에 오물을 끼얹거나 문화적 테러를 가한 일이 대표적이라 할 것이다. 이러한 것은 향가를 더럽히는 일이 될 것이다.

진실을 향한 의지만이 향가를 왜곡하지 않을 것이고, 거기에서 밝혀지는 광휘가 한일 양국을 밝혀줄 미래로 가는 힘이 될 것이다.

대한민국 어느 대학에 향가 해독과
관련지어 음미해 볼 만한 표어가 있다.

일제 강점기 신라와 고려 향가 전체
를 풀어낸 소창진평(小倉進平) 교수가 재
직했던 대학이 경성제국대학이다. 경
성제대는 지금의 서울 대학교 전신이
다. 서울대의 로고가 베리타스 럭스 메

서울대학교 로고

아(VERITAS LUX MEA)다. '진리는 나의 빛'이라는 뜻이다.

향가의 전체적 모습은 아직 확정되어 있지 않다. 향가의 실체는 모
든 작품들이 주의깊게 완독되고 비교된 다음에야 백일하에 드러날
것이다.

향가의 완독은 개인 연구자가 할 수 있는 범위를 한참 넘어선다고
생각한다. 언어적으로도, 문화적으로도, 역사적으로도, 양으로 보아
도 그렇다. 한국인만으로도 안 되고, 일본인만으로도 되지 않을 것이
다. 두 나라 민족의 역량이 모아져야 가능할 것이다.

향가의 길을 먼저 걸어가 보니 향가의 세계는 신라 향가 창작법이
라는 등불을 들고 가야만 갈 수 있는 곳이었다. 신라 향가 창작법은
한반도의 고대 언어를 기반으로 하고 있는 법칙이기에 일본의 향가
는 반드시 신라 향가의 등불이 밝혀주어야 해독이 가능했다. 대신
한반도에 남겨진 향가도 숫자가 적기에 일본의 향가를 풀다가 다시
돌아와야 그 실체를 드러낼 수 있는 구조로 되어 있었다.

이제 우리는 일본인 언어학자들에 의해 촉발된 향가 백년 전쟁을 끝낼 수 있게 되었다. 그 전쟁을 끝내는 최종병기는 '신라 향가 창작법'이었다.

신라 향가 원왕생가의 한 구절 '보언(報言)'이라는 글자에서 일기 시작한 작은 불씨가 한반도의 향가, 만엽집의 향가, 고사기와 일본서기의 향가, 일본 황실의 문헌들로 까지 옮아 붙었다. 작은 불씨가 온 산을 태우는 불길이 되었다.

향가루트는 잊혀진 고대 동북아의 문화와 역사로 가는 길이었다.
한국과 일본의 국민들에게 향가루트에의 동참을 권유한다. 부디 귀환 불능점(the point of no return)을 인정하지 않기를 부탁드린다.

◆ 43 ◆
여정의 끝

향가루트는 아사달에서 시작하여 동해바다를 건너 교토까지 걸쳐
있었다.

돌아가야 하는 길.
해가 지려는 나지막한 재에 작은 너럭바위 하나가 있었다.
걸터앉아 지나온 길을 내려다본다.
언덕 아래로는 멀리 들판을 흐르는 강이 보이고, 작은 길이 길게
가로질러 나있다.

기나긴 여정을 함께 해주셨던 분들이 자신들은 이제 돌아가겠다
고 한다.
고구려 유리왕, 가락국의 수로왕, 선화공주, 그리고 처용과 그의
아내, 분황사의 희명, 백제를 지원했던 중대형 황자, 일본으로 건너
간 소잔오존, 향가의 여왕 지통천황, 고려 인각사의 일연 스님….

그들과 하직의 말을 나눈다.

헤어지기 아쉬운 여정의 끝, 그들이 등을 돌리고 몇 걸음 발을 떼려는데 일연 스님께서 걸음을 멈추시더니 다시 나에게 다가오신다.

가다가 먹으라며 흰떡을 한지에 싸 건네주시며 자신이 삼국유사 속에 민족의 비기(秘記)를 숨겨 놓았음을 잊지 말라고 당부하신다. 그것을 찾게 된다면 우리민족은 영원히 흥하게 될 것이니 잊지 말고 꼭 전해달라고 하신다.

그리고는 학처럼 여위신 분이 언덕길을 내려가 휘적휘적 들판 길로 멀어져 가신다.

모두가 떠나고 적적한 곳에 나 혼자 남았다.

이제 나도 긴 여정을 끝내야 한다.

오래된 봇짐을 등에 메고 한지에 싼 흰떡 한 조각을 떼어내 입에 넣으려다 뒤돌아본다.

가신 분들이 어느새 사라져 보이지 않는다.

내가 내게 물었다.

지금까지 있었던 일이 몽환이었던가, 현실이었던가.

텅 빈 시오리 들판에는 희끗희끗 늦가을 억새꽃만 춤추고 있었다.

끝.